現代的 감각으로
풀이한

唐詩의 이해와 감상

鄭旼浩 編著
文暻鉉 監修
(문학박사, 경북대 명예교수)

明文堂

머리말

'唐詩의 이해와 감상' 을 내면서

나는 지금까지 내 나름대로 한문과 한시에 관심을 가지고 공부해왔다. 그것은 주로 한문교양서인 사서나 삼경, 그리고 당시(唐詩)에 관한 것들이었다. 작품을 읽으면서 풀이를 하여 정리를 하고 컴퓨터에 입력하여 나가다 보니 한 권씩의 책이 된 것이 벌써 여러 권이다.

내용을 읽어보면 그 동안 많은 사람들의 입에 오르내리던 당시(唐詩)들을 새롭게 풀이해서 독자에게 즐거움을 주기 위해 만든 것이 '唐詩의 이해와 감상' 이란 명칭으로 선보이게 되었다. 이런 시들은 이미 우리 고전 문학에도 많이 인용되어 국문학 연구의 자료로 활용되고 있었고, 우리 조상들이 많이 읽고 즐기던 것이기 때문에 우리의 정서와 상당히 근접하고 있다고 할 것이다. 비록 한시이기는 하지만 우리 조상들이 공감했던 정서들이기에 친근하게 받아들일 수 있다는 사실도 느끼게 되었다.

여기에 실린 당시들은 쓰이어진 햇수가 이미 천년도 훨씬 넘고 있다. 천년이 넘게 지나온 세월동안 많은 사람들에게 회자(膾炙)되었다는 것은 그만큼 뛰어난 작품이기 때문이고, 사람들의 입에 오르내리던 명작이기에 더욱 그렇다. 내가 듣기에 서양 사람들이 동양학을 연구하는 학자들은 이 唐詩부터 연구한다고 하니 이는 그러한 이유가 충분히 있기 때문이리라.

이러한 나의 작업이 헛되이 끝나버리지 않기를 기원하면서 이 책이 많은 사람들의 호응 있기를 기대하는 바이다.

2015년(乙未)

榴花節에 仙桃山人 鄭昄浩 識之

監修(감수)의 글

문경현
(문학박사, 경북대 명예교수)

丁巴(정파) 정민호 詩伯(시백)께서 "唐詩의 이해와 감상 '을 上梓(상재)하심에 學界(학계)와 文苑(문원)의 盛事(성사)이므로 기쁘기 그지없습니다. 세계 역사상 최고 시의 境地(경지)는 唐詩(당시)라 하는데 異見(이견)을 가진 이는 없을 것입니다.

중국의 문학을 漢文(한문), 唐詩(당시), 宋詞(송사), 元曲(원곡)이라 하여 단연 당시를 높게 다루었습니다. 나도 시를 좋아하여 全唐詩(전당시)를 섭렵했으며, 나의 한시 작품도 적지 않습니다. 시를 좋아하여 세계명시를 탐독애창했으나 그 중 古今(고금)의 절창은 李白(이백), 杜甫(두보), 白居易(백거이) 등으로 대표되는 唐詩(당시)는 詩中(시중)의 精金美珠(정금미주)로 감탄하고 애송했습니다.

丁巴(정파) 詩伯(시백) 같은 탁월한 시인이 번역한 것은 더욱 빛을 더합니다. '詩三百一言而弊之 思無邪(시삼백일언이폐지 사무사) '라 했듯이 시는 정말 인간의 속된 사악한 마음을 순화시켜 至純無垢(지순무구)한 觀照(관조)의 경지에 이르게 합니다.

丁巴(정파) 선생께서 그 고매한 경지의 위대한 인류문화유산인 당시를 엄선해서 훌륭히 번역하여 그 시의 높은 향기를 재현해놓은 공적은 영원히 빛날 것입니다.

이제 우리의 그 위대한 당시를 감상할 수 있는 기회를 주신데 대하여 옷깃을 여며 致謝(치사)하오며 이 위대한 당시가 우리 지식의 값진 자양소가 될 것을 굳게 믿으며, 정파 선생의 學究詩境(학구시경)이 영원하기를 기원하는 바입니다.

2015년 5월 신록의 계절

保蕙苑 鵲巢芸香齋 主人 鹿村 文璟鉉 謹撰

목차

현대적 감각으로 풀이한

唐詩의 이해와 감상

1
尋, 隱者不遇 ● 賈島 가도
심 은자불우

松下問童子하니 言師採藥去라.
송하문동자 언사채약거

只在此山中이되 雲尋不知處라.
지재차산중 운심부지처

| 풀이 | 은자隱者 찾아가 만나지 못함

소나무 아래 동자께 물으니
선생님 약초 캐러 가셨다네.
다만 이 산속에 있겠네만
구름 짙어 찾아갈 곳 알 수 없어라.

| 낱말 | *형식 : 오언절구 *운자 : 去, 處

• 隱者(은자) : 벼슬하지 않고 숨어 사는 고고한 사람. • 松下(송하) : 소나무 아래에. • 童子(동자) : 어린아이. • 採藥(채약) : 약을 캐다.

| 감상 |

시인 가도가 은자를 찾아가서 만나지 못하고 돌아왔다는 내용의 시다. 은자란 학식이 높으나 벼슬하지 않고 세상에 나오지 않으면서 숨어서 사는 덕 있는 사람이다. 소나무 아래에 있는 어린아이에게 「너희 선생님이 어디 계시냐?」고 물으니, 선생님께서는 약초를 캐러 가셨다고 말한다. 이 산속에 어디엔가 있겠지만 산이 깊고 구름이 짙어 찾지를 못한다는 내용

이다. 학식 높은 은자를 찾는 것은 동양사상에 고매한 은둔사상과 자연과 의 동화를 의미하는 것이기도 하다.

唐賈浪仙長江集卷第一
普州司倉叅軍范陽 賈島 浪仙
古意
碌碌復碌碌百年雙轉轂志士終夜心良馬白日足
俱爲不等閑誰是知音目眼中兩行淚曾吊三獻玉
望山
南山三十里不見踰一旬冐雨時立望望之如朋親
虬龍一擲波浼蕩千萬春(一作里) 日日雨不斷愁殺望
山人天事不可長勁風來如奔陰霪(一作霾) 一似掃浩
翠瀉國門長安百萬家家張屏新誰家最好山我

가도(賈島)의 당가낭선장강집(唐賈浪仙長江集)

2
度，桑乾 ● 賈島 가도
도 상건

客舍幷州已十霜하니 歸心日夜憶咸陽이라.
객사병주이십상 귀심일야억함양

無端更渡桑乾水에 卻望幷州是故鄕이라.
무단갱도상건수 각망병주시고향

| 풀이 | 상건강을 건너며

나그네 되어 병주(幷州)에 산 지 벌써 십 년
고향 가고 싶은 마음 밤낮 함양(咸陽)만 생각했네.
무단히 상건강(桑乾江)을 다시 건너가게 됨에
돌아서 병주(幷州) 땅 바라보니 오히려 거기가 고향 같네.

| 낱말 | *형식 : 칠언절구 *운자 : 霜, 陽, 鄕.

• 度(도) : 건너다. 渡와 같다. • 桑乾(상건) : 강 이름. • 幷州(병주) : 산서성에 있는 지명. • 十霜(십상) : 십 년. • 咸陽(함양) : 장안 서북에 있는 지명. • 無端(무단) : 까닭 없이, 생각지 않게도. • 更(갱) : 그 위에 더욱. 다시. • 卻望(각망) : 돌아서 바라보다.

| 감상 |

나그네 되어 10년 동안 타향에만 머물다 보니 항상 함양만 생각하게 되었다. 그러다가 어느 날 상건강을 건너게 되고 보니 오히려 병주가 타향인데 고향 같은 느낌이 들었다. 타향에 살면서 정이 든 제2의 고향에 정이 붙어 그 정을 노래한 작품이다. 우리말에 "고향이 따로 있나 정들면 고향이

지" 하는 것이 바로 그것이다.

작자 | 賈島가도(779~843) ; 中唐

가도(賈島)

하북성 范陽(범양) 출생. 字는 浪仙(낭선). 여러 차례 과거에 낙방하여 불교에 귀의, 無本(무본)이란 호를 썼다. 그 뒤에 韓愈(한유)에게 문장을 배워 환속하고 진사에 급제했다. 사천성 장강의 주부가 되었다가 사천성 普州(보주) 司倉參軍(사창참군)으로 전임 되었으나 부임하지 못하고 죽음. 당시 유행했던 元稹(원진), 白居易(백거이)의 평범한 시풍에 대해 반발, 孟郊(맹교), 張籍(장적) 등과 시를 和唱(화창)하며 시명을 드날림. '賈浪仙長江集(가낭선장강집)' 10권과 400여 수의 시가 전한다.

*__推敲(퇴고)의 출전__ : 唐詩紀事(당시기사)에 이런 말이 나온다. 당나라 시인 賈島(가도)가 나귀를 타고 가다가 시 한 구절을 떠올렸는데 "宿鳥池邊樹, 僧推月下門." 에서 推를 敲라고 하면 어떨까? 망설이다가 京兆尹(경조윤)인 韓愈의 행차 길을 침범했다. 한유의 앞으로 끌려간 賈島(가도)는 사실을 고백하니 한유가 말하기를 推(퇴)보다는 敲(고)가 '낫겠군!' 했다. 그래서 '퇴고' 란 말이 여기에서 생겨난 것이다. 글을 더 좋게 지을 때, 고치는 작업을 '퇴고' 라고 한다.

3
秋日 ● 耿湋경위
추 일

返照入閭巷하니 憂來誰共語요.
반 조 입 여 항 　　우 래 수 공 어

古道少人行하고 秋風動禾黍라.
고 도 소 인 행　　추 풍 동 화 서

| 풀이 | 가을 날

저녁 햇살 마을 거리에 되비치니

이 쓸쓸한 생각 누구와 함께 말하리요.

옛길엔 지나는 사람 거의 없고

벼와 수수만 가을바람에 흔들리고 있었네.

| 낱말 | *형식 : 오언절구　*운자 : 語, 黍.

• 返照(반조) : 저녁 해가 되비치다. • 閭巷(여항) : 마을과 길거리. • 憂來(우래) : 근심 어린 생각. '來' 는 조사. • 古道(고도) : 옛길. 오래 되어 낡은 길. • 禾黍(화서) : 벼와 수수.

| 감상 |

가을바람이 쓸쓸하게 불어오는 가을 날 저녁, 햇빛이 비치어 눈부신 길거리에서도 서글픈 마음이 든다고 했다. 역시 가을은 서글프고 애달픈 계절인 것이다. 길은 외롭게 뻗어있는데 오가는 사람은 아무도 없었다. 가을바람에 익어 가는 곡식만 흔들리고 있을 뿐이다. 가을 붉은 해가 마을을 비추고 있다. 가을은 일 년의 끝을 향해 달음질치고 저녁 무렵은 하루의 마지막, 그래서 가을은 서글프고, 황혼도 역시 슬픔 속에 저물어 간다. 사람의 그림자는 없고 낡은 길만 놓여있는 이 저녁 무렵에 길가의 벼와 오곡잡곡 이삭은 가을바람에 날리고 있다. 쓸쓸한 마을의 저녁 풍경이 잘 묘사되어 있다.

작자 | 耿湋경위(734~?) ; 中唐

산서성 河東人(하동인). 진사급제 後 左拾遺(좌습유), 大理司直(대리사직) 등의 관직을 역임. 좌습유로 있을 때 括圖書使(괄도서사)가 되어 강남으로 劉長卿(유장경) 등과 시를 주고받음. 大曆十才子(대력십재자)의 한 사람으로, 당시 사회상을 리얼하게 묘사한 작품들이 많다. 耿拾遺集(경습유집) 1권이 전하며 170여 수의 시가 남아 있다.

4
山亭夏日 高駢고병
산 정 하 일

綠樹陰濃夏日長하여 樓臺倒影入池塘이라.
녹 수 음 농 하 일 장 누 대 도 영 입 지 당

水精簾動微風起하니 一架薔薇滿院香이라.
수 정 렴 동 미 풍 기 일 가 장 미 만 원 향

| **풀이** | **산속 정자의 여름**

푸른 나무 짙은 그늘에 여름날은 길고 길어
누대의 그림자는 거꾸로 연못에 되비치고 있네.
수정 발이 조용히 흔들리면 부드러운 바람 일어나고
울타리에 핀 장미꽃 향기 집안에 가득 풍기네.

| **낱말** | *형식 : 칠언절구 *운자 : 長, 塘, 香.

• 陰濃(음농) : 짙은 그림자. • 倒影(도영) : 거꾸로 선 그림자. • 池塘(지당) : 연못. • 水精(수정) : 水晶과 같음. • 一架(일가) : 꽃이 올라가는 울타리.

| 감상 |

한적한 산속의 별장에서 여름을 맞았다. 아름답고 한적한 곳에서 고요한 정경이 보는 듯 곱다. 초록색 짙은 그림자, 긴 여름날의 고운 하늘 모두가 여름의 특색을 살린 낱말들이다. 수정 발이 고요하게 흔들리면 미풍이 불어온다는 증거요, 울타리에 가득한 장미꽃은 여름을 대표하는 화려하고 아름다운 시적인 소재다. 그리고 온 집안 가득 향기가 바람에 날릴 때 화려하다 못해 사치스러운 느낌까지 든다.

작자 | 高駢고병(821~887) ; 晩唐

字는 千里(천리). 조부 이래의 명문세가를 배경으로 출세하여 최후에는 발해 군왕에 봉해졌으나 부하의 배반으로 살해되었다.

5
除夜作 ● 高適고적
제 야 작

旅館寒燈獨不眠하니 客心何事轉凄然고?
여 관 한 등 독 불 면 　 객 심 하 사 전 처 연

故鄕今日思千里라 霜鬢明朝又一年이라.
고 향 금 일 사 천 리 　 상 빈 명 조 우 일 년

| 풀이 | **섣달 그믐날 밤에**

여관의 차가운 등불, 홀로 잠을 못 이루니
나그네 마음 어찌 이리 쓸쓸하냐?

오늘 밤 고향 생각, 아득한 천릿길인데
내일 아침 이 흰머리에 나이 한 살 더 먹겠다.

| **낱말** | *형식 : 칠언절구 *운자 : 眠, 然, 年.

• 除夜(제야) : 섣달 그믐날 밤. • 客心(객심) : 나그네의 마음. • 轉(전) : 더욱 더. • 凄然(처연) : 쓸쓸함. • 霜鬢(상빈) : 흰 머리털. • 又一年(우일년) : 또 한 살의 나이를 먹는구나.

| **감상** |

고독한 나그네의 쓸쓸한 모습을 표현하면서 홀로 잠들 수 없음을 표현하고, 쓸쓸한 여관에서 외로운 등잔을 짝하여 앉았으려니 만감이 교차한다. 오늘 밤 고향을 생각하니 너무나 아득하여 어쩔 줄을 모르는데, 내일 아침이면 싫어도 한 살 더 먹게 된다는 서글픔을 나타내고 있다. 작자의 이런 고독감을 차가움(寒), 외로움(獨), 나그네(客), 쓸쓸함(凄), 늙음(霜鬢) 등의 단어가 이를 잘 표현하고 있다.

6
田家春望 高適고적
전 가 춘 망

出門何所見고 春色滿平蕪라.
출 문 하 소 견 춘 색 만 평 무

可歎無知己하니 高陽一酒徒라.
가 탄 무 지 기 고 양 일 주 도

| 풀이 | 채전菜田에서 봄을 바라봄

사립문 밖에 나가서 무엇을 바라볼까?

봄빛 들판에 거친 풀만 가득하네.

아, 나를 알아주는 친구 없음을 한탄 하나니

고양에서 술 한잔할 친구, 이 하나 뿐이로세.

| 낱말 | *형식 : 오언절구 *운자 : 蕪, 徒.

• 田家(전가) :채전 밭. 텃밭. • 春望(춘망) : 봄을 바라봄. • 平蕪(평무) : 잡초가 무성한 거친 들판. • 知己(지기) : 친구. 나를 이해해 주는 사람.

*高陽一酒徒(고양일주도)의 고사 : 고양 사람 酈食其(역사기: 食은 '사' 로 읽음)는 한고조에게 면회를 청하니 끝내 선비와는 만나지 않기로 되어 있다고 거절했다. 역사기는 칼을 들고 '나는 高陽(고양)의 술꾼이지 책이나 읽는 유생이 아니다.' 하고 소리쳐서 한고조를 만나게 되었고, 고조의 신임을 받아 중요한 위치에 앉게 되었다고 한다. 뒷날 그는 군사 한 명 없이 제나라를 항복시키는 역할을 하게 되었다.(吾高陽一酒徒요, 非儒人也라.)에서 나온 말.

| 감상 |

봄날, 들판을 바라보아도 시시하기만 하다. 조금도 마음에 드는 일이란 하나도 없다. 넓은 들판에는 풀만 자욱할 뿐, 더군다나 나를 알아주는 사람마저 하나 없는 현실에서 언젠가는 내가 보란 듯이 출세를 한번 하게 되리라. 고양의 술꾼은 그냥 술꾼이 아니라 때가 되면 언젠가는 이 세상에 나타나는 야심에 찬 인간이 되리라. 마치 고양의 역사기(酈食其)처럼 말이다. 그의 야심은 대단하다. 과연 그는 안사의 난 때 벼락출세를 한 풍운아였다.

7
塞上, 聞, 吹笛 — 高適고적
새상 문 취적

雪淨胡天牧馬還하니 月明羌笛戍樓間이라.
설정호천목마환 월명강적수루한

借問梅花何處落고 風吹一夜滿關山이라.
차문매화하처락 풍취일야만관산

| 풀이 | 변방에서 피리 소리 들으며

눈 갠 호천(胡天) 아래 말 먹여 돌아오니

달 밝은 수루에는 羌笛(강적) 소리 들려온다.

묻노니, 매화는 어느 곳에 피었다 지고 있느냐?

바람 부는 하룻밤 사이 관산(關山), 꽃잎 가득하다네.

| 낱말 | *형식 : 칠언절구 *운자 : 還, 間, 山.

• 胡天(호천) : 오랑캐 땅의 하늘. • 羌笛(강적) : 오랑캐들이 사용하던 피리. • 戍樓(수루) : 군에서 적을 지키는 망대. • 借問(차문) : 잠간 묻노니. • 梅花(매화) : 피리의 곡조 이름인 '梅花落(매화락)' 을 인용한 것. • 關山(관산) : 관문이 있는 산. 피리의 곡조에 '關山月(관산월)' 이 있다.

| 감상 |

군사들이 주둔해 있는 관소에서 멀리 호족의 피리 소리를 듣고 애달픈 심정을 노래한 작품이다. 눈은 내려 차가운데 맑고 깨끗한 이국땅에서 말을 먹여 돌아오면서 피리를 불고 오는 그 소리를 들으면 한결 쓸쓸하고 외롭게 들릴 것이다. 더구나 그 곡조에서 '매화락' 과 '관산월' 이란 곡조를

들으니 고향의 봄을 생각하지 않을 수 없었다. 여기서 이순신 장군의 시조 한 수, 〈한산 섬 달 밝은 밤에 수루에 혼자 앉아 / 긴 칼 옆에 차고 깊은 시름하는 적에 / 어디서 일성호가는 나의 애를 끊나니〉하는 작품을 연상시킨다.

8
別, 董大 ● 高適고적
별 동 대

千里黃雲白日曛하니 北風吹雁雪紛紛이라.
천 리 황 운 백 일 훈 북 풍 취 안 설 분 분

莫愁前路無知己하라 天下誰人不識君고?
막 수 전 로 무 지 기 천 하 수 인 불 식 군

| 풀이 | **동대董大를 이별하며**

천리 밖 누런 구름 백일이 어두컴컴,

북풍에 기러기 날아가니 눈마저 분분하네.

앞길에 함께 갈 친구 없다고 걱정을 말지어다.

이 세상 그대 모를 사람 누가 있다 그러는가?

| **낱말** | *형식 : 칠언절구 *운자 : 曛, 紛, 君.

• 董大(동대) : 성이 동씨요, '大'는 항렬이다. • 黃雲(황운) : 황사가 섞여 날아오르는 구름, 혹은 황혼의 구름. • 白日(백일) : 하늘의 해. • 日曛(일훈) : 어두컴컴한 햇빛. • 知己(지기) : 나를 알아주는 친구.

| 감상 |

누런 구름이 하늘을 뒤엎는 이런 시기에 친구인 동대를 보내는 마음 몹시 아프다. 북풍은 불어 눈마저 뿌리는 이 추운 겨울에 너의 가는 길을 알아주는 사람이 없다고 너무 걱정을 하지 말라. 이 세상에 자네를 모르는 사람이 몇 사람이나 될까? 그러니 그대 잘 다녀오시길 기원하는 바이네. 하고, 친구 '동대'와 이별하고 있다. 이별의 시조 한 편을 감상하면 〈천만리 머나 먼 길에 고온님 보내옵고/ 내 마음 둘 곳 없어 냇가에 앉았으니/ 저 물도 내 안 같아야 울어 밤길 예놓다.〉 하는 왕방연의 시조가 생각난다.

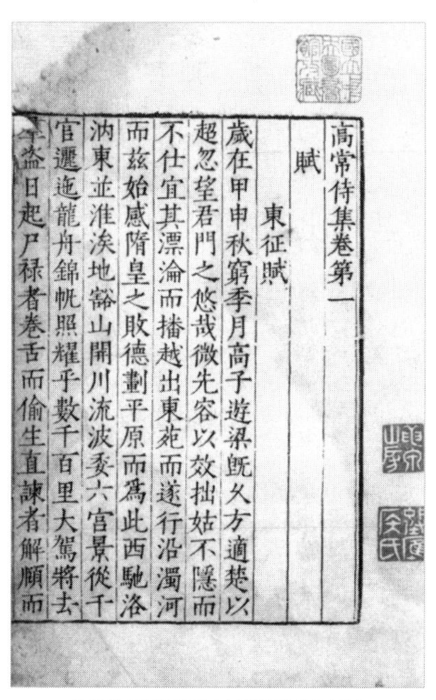
高常侍集卷第一
賦
東征賦
歲在甲申秋窮季月高子遊梁既久方適楚以
超忽望君門之悠哉微先容以效拙姑不隱而
不仕宜其漂淪而播越出東苑而遂行沿濁河
而茲始感隋皇之敗德劃平原而為此西馳洛
汭東並淮涘地豁山開川流波委六宮景從千
官遷迤龍舟錦帆照耀乎數千百里大駕將去
盜日起尸祿者卷舌而偷生直諫者解顏而

고적(高適)의 고상시집(高常詩集)

9
人日, 寄, 杜二拾遺 ● 高適고적
인일 기 두이습유

人日題詩寄草堂하니 遼憐故人思故鄕이라.
인일제시기초당 요련고인사고향

柳條弄色不忍見하여 梅花滿枝空斷腸이라.
유조농색불인견 매화만지공단장

身在南蕃無所預하고 心懷百憂復千慮라.
신재남번무소예 심회백우부천려

今年人日空相憶하나 明年人日知何處리오.
금년인일공상억 명년인일지하처

一臥東山三十春이라 豈知書劍老風塵고?
일와동산삼십춘 기지서검노풍진

龍鐘還忝二千石하니 愧爾東西南北人을.
용종환첨이천석 괴이동서남북인

| 풀이 | 인일에 두보에게 보낸다.

인일(人日)을 시제로 하여 시 한 편 지어 초당에 보내노라
멀리 있는 친구 고향 생각하고 있을 줄을 알았네.
버들가지 봄빛을 희롱하는 것 차마 보지 못하겠고
매화 만발한 가지를 보니 공연히 애끓는 마음뿐이었네.
나는 남번(南蕃)에 있어 중앙 벼슬에 들지 못하고
마음의 회포는 백 가지 근심과 천 가지 생각뿐.
금년 인일에는 그대 못 만나고 그대만을 생각하나
내년 인일에는 우리가 어디에 있을 것인가?

한 번 동산 와서 유유자적한 날을 보낸 것이 30년
나의 글과 칼이 풍진에 썩으리라 어찌 알랴?
늙은 나는 아직 이천 석 받는 지방 관직하고 있으니
동서남북 두루 다니는 그대 보기 부끄럽네.

| **낱말** | *형식 : 칠언고시 *운자 : 堂, 鄕, 腸, --- 預, 慮, 處, --- 春, 塵, 人.

• 人日(인일) : 음력으로 1월 7일. 이날에는 7가지 나물을 끓여 먹고 친한 사이에는 잔치를 여는 풍습이 있었음. • 杜二拾遺(두이습유) : 두보. '二' 는 형제 가운데 두 번째의 배항이다. 拾遺(습유) : 두보가 일찍 맡았던 벼슬 이름. • 草堂(초당) : 두보는 그때 성도 서쪽 浣花溪(완화계)에서 초가를 짓고 살았다. • 南蕃(남번) : 남쪽에 있는 소수민족의 나라 이름. • 一臥東山(일와동산) : 진나라 謝安(사안)의 고사. 그는 회계산에 묻혀 벼슬을 하지 않고 유유자적하게 살았다. • 風塵(풍진) : 이 세상 떠도는 생활. • 龍鐘(용종) : 늙어있는 모양. • 二千石(이천석) : 한나라의 군수의 녹이 2천 석이었다는 뜻. • 東西南北人(동서남북인) : 禮記(예기)에 나오는 말로, 집도 절도 없고 지위도 없는 자유로운 사람.

| **감상** |

시인 고적(高適)이 권력자인 이보국(李輔國)에 의해 밀려나 촉주자사가 되어 있었다(760년). 그때 두보는 진주에서 기근을 만나 벼슬을 버리고 유랑하다가 성도 교외에 초가를 짓고 살고 있었다. 촉주와 성도는 그리 멀지 않아 서로 찾아가기도 하였는데, 이 시는 그때 썼던 것으로 생각된다.

고적(高適)

작자 | 高適고적(702~765) ; 盛唐

字는 達夫(달부). 호탕한 성격이어서 어렸을 때는 무절제한 방랑생활을 하였으나 과거에 급제한 뒤에는 순조로운 관리생활을 보내어 만년에는 渤海侯(발해후)에 봉해졌다. 50세가 되어서야 비로소 시를 배우기 시작했으나 곧 그때 시인의 일인자가 되었다. 高常詩集(고상시집)이 있으며, 240여 수의 시가 전한다.

10
春怨 ● 金昌緖김창서
춘 원

打起黃鶯兒하여 莫敎枝上啼하라.
타 기 황 앵 아　　막 교 지 상 제

啼時驚妾夢이면 不得到遼西라.
제 시 경 첩 몽　　부 득 도 요 서

| **풀이** | **봄날에**

잠자는 꾀꼬리를 두들겨 깨워서
나뭇가지 위에서 울지 말게 하라.
꾀꼬리 울음소리가 내 잠을 깨우면
(꿈속에서라도)
그대 있는 遼西(요서) 땅에 이르지 못하리.

| **낱말** | *형식 : 오언절구　*운자 : 啼, 西.

• 打起(타기) : 쫓아서 날려 보내다. • 黃鶯兒(황앵아) : 꾀꼬리. 兒(아)는 허사. • 遼西

(요서) : 요녕성에 있는 지명. 거란족의 침입을 대비하여 요서에 수비대가 있었다.

| 감상 |

남편은 요서(遼西)지방에 군인이 되어 변방을 지키고 있었다. 아내는 빈방에서 남편을 꿈속에서나마 만나기 위해 꿈을 꾸고 있는데 봄에 꾀꼬리가 울어서 잠을 깨우니 그것이 원망스럽다. 그러니 꾀꼬리야 제발 나무 위에서 울지 말라. 잠 좀 자자. 잠 속에 꿈을 꾸면 그리운 내 남편을 만날 수 있을 텐데. 아내가 하녀에게 하는 말처럼 해석도 된다.

〈잠을 자야 꿈을 꾸고, 꿈을 꿔야 임을 만나지!〉 하는 우리의 속담이 생각난다.

작자 | 金昌緖김창서(생몰연대 미상) ; 中唐

절강성 錢塘市(전당시)에 살았다는 사실밖에 모른다.

11
易水送別 ● 駱賓王 낙빈왕
역 수 송 별

此地別燕丹터니 壯士髮衝冠이라.
차 지 별 연 단 장 사 발 충 관

昔時人已沒하니 今日水猶寒이라.
석 시 인 이 몰 금 일 수 유 한

| 풀이 | 역수易水에서 송별함

여기에서 연단(燕丹)과 이별할 그때에

장사의 머리카락이 갓을 다 찔렀다네.

그때 사람들은 이미 모두 죽고 없는데

오늘도 물은 오히려 차갑게만 느껴지네.

| **낱말** | *형식 : 오언절구 *운자 : 丹, 冠, 寒.

• 易水(역수) : 하북성 易縣(역현)에서 흐르는 강. • 燕丹(연단) : 전국시대 燕(연)나라 태자 丹(단). 진나라에 볼모로 잡혀가게 되었다가 도망쳐 돌아와 秦王(진왕)을 죽이기 위해 자객인 荊軻(형가)를 보내어 역수에서 그와 이별했다는 고사. • 壯士(장사) : 荊軻(형가)를 가리킨다. • 髮衝冠(발충관) : 머리털이 갓을 찌름. 아주 성을 낸 모습. • 昔時(석시) : 지난 날.

| **감상** |

이 시는 연(燕)나라 태자 단(丹)이 진시황에게 원수를 갚기 위해 형가(荊軻)를 보내면서 역수 가에서 헤어질 때, 형가는 [도역수가(渡易水歌)]를 노래하면서 비분강개했다. 그러나 형가는 사명을 다하지 못하고 붙잡혀 사형을 당했다. 세월이 흘러 연나라, 진나라도 다 망하여 없어졌다. 이처럼 인생은 덧없지만 역수는 지금도 흐르고 있다. 작자 낙빈왕(駱賓王)은 측천무후(則天武候)가 당나라 황제자리를 빼앗고 멋대로 정사를 보는데 의분을 느껴 지은 시라고 한다.

역수(易水)

작자 | 駱賓王낙빈왕(640?~684?) ; 初唐

낙빈왕(駱賓王)

절강성 義烏人(의오인). 7세 때 賦(부)를 지은 천재로 王勃(왕발), 楊炯(양형), 盧照隣(노조린)과 함께 初唐四傑(초당사걸)로 불린다. 섬서성 武功縣(무공현) 主簿(주부), 長安(장안) 주부 등을 지냈다. 측천무후 때 자주 상소를 올려 절강성 臨海縣(임해현)으로 좌천, 이에 불만을 품고 벼슬을 버림. 駱丞相集(낙승상집) 10권이 전한다.

12
南樓望 ● 盧僎노선
남 루 망

去國三巴遠이요 登樓萬里春이라.
거 국 삼 파 원 　 등 루 만 리 춘

傷心江上客이 不是故鄕人이라.
상 심 강 상 객 　 불 시 고 향 인

| 풀이 | 남쪽 망루에서 바라봄

서울을 떠나 멀리 이 三巴(삼파)까지 오니
누에 올라 바라보니 멀리서 봄이 오고 있구나.
강가의 나그네 마음이 이렇게 아프니
이는 (내가) 이 고장 사람이 아니기 때문이네.

| 낱말 | *형식 : 오언절구　*운자 : 春, 人.

• 南樓望(남루망) : 성 남쪽에 있는 누각에서 멀리 바라보다. • 去國(거국) : 나라, 곧 서울을 두고 떠나오다. • 三巴(삼파) : 사천성. • 江上客(강상객) : 작자 자신. '江上(강상)' 은 長江(장강) 기슭을 말함.

| 감상 |

고향의 노래는 동서고금을 막론하고 항상 그립기 마련이다. 여기 이 시도 고향을 노래하는 작품이다. 남루에 올라서 바라보는 순간 갑자기 고향 생각이 나서 이 봄 경치도 별로 즐겁지가 않다. 고향에 가서 이 봄의 정경을 보았으면 얼마나 좋겠니? 다시 말하면, 이 멋진 봄 경치를 고향의 봄 경치로 보았으면 얼마나 좋을까 하는 마음을 시인은 생각하고 있는 것이다. 나그네 되어 타향에서 맞는 봄이 슬프기만 하다. 그래서 아, 고향이 그립다 하고 마음 아프게 생각하고 있다.

작자 | 盧僎노선(?)

맹호연과 교제가 있었다고 하니 그와 동시대 사람일 것이다. 전하는 작품은 시 14수뿐이다.

13
和, 張僕射, 塞下曲 ● 盧綸노륜
화　장복사　새하곡

月黑雁飛高한데　單于遠遁走라.
월흑안비고　　선우원둔주

欲將輕騎逐하나 大雪滿弓刀라.
욕 장 경 기 축　　대 설 만 궁 도

| 풀이 | 장복사의 새하곡에 화답함

달은 침침하고 기러기 높이 날아오르는데

선우(單于)는 멀리 도망을 치려 하는구나.

가벼운 기병(騎兵)을 몰아 쫓아가려 하나

눈이 퍼부어 활과 칼에 가득 하구나.

| 낱말 | *형식 : 오언절구　*운자 : 走, 刀.

• 月黑(월흑) : 구름 속의 검은 달. 우중충하게 보임. • 雁飛高(안비고) : 기러기 높이 날다. • 單于(선우) : 匈奴(흉노)족의 왕의 이름. • 遠遁(원둔) : 멀리 도망가다. • 輕騎(경기) : 가벼운 기병. • 滿弓刀(만궁도) : 활과 칼에 가득히 내리다.

| 감상 |

장복사(張僕射)의 새하곡(塞下曲)에 대해 답하는 내용으로 되어 있으나 이 시는 그 자체가 '새하곡(塞下曲)' 이다. 새하곡은 변방의 노래를 말한다. 날이 추운 변방에서 오랑캐를 무찌르는 용감한 기지(氣志)가 잘 나타난 시이다. 원래 4수로 된 연작시의 하나인데, 여기서는 오언 절구의 하나로 소개되고 있다. 흑과 백의 색채의 대조와 함께 '만궁도(滿弓刀)' 에서 무사(武士)의 기개가 느껴지기도 한다. 우리나라 시조 중에 김종서의 시조가 있다. 〈삭풍은 나무 끝에 불고 명월은 눈 속에 찬데, 만리변성에 일장검 짚고 서서 긴파람 큰 한 소리에 그칠 것이 없어라.〉 이것도 변새의 시가 아니라고 누가 말할 수 있겠는가?

작자 | 盧綸노륜(748~800?) ; 中唐

산서성 河東人(하동인). 字는 允言(윤언). 추천에 의해 감찰어사에 이르렀고, 천자의 시에 언제나 화답하도록 명을 받았다. 大曆十才子(대력십재자)의 한 사람. 盧戶部詩集(노호부시집) 10권이 남아 있다.

14
湘南卽事 ● 戴叔倫대숙륜
상 남 즉 사

盧橘花開楓葉衰에 出門何處望京師요?
노 귤 화 개 풍 엽 쇠 출 문 하 처 망 경 사

沅湘日夜東流去하니 不爲愁人住少時아.
원 상 일 야 동 류 거 불 위 수 인 주 소 시

| 풀이 | 상남에서 즉흥시를

귤 꽃 피고 단풍잎 지는 이 계절에
문 밖으로 나간다고 어느 곳에서 서울이 바라 뵐까?
원상(沅湘)은 밤낮 없이 동쪽으로 흘러가는데
강물이여! 수심에 찬 나를 위해 잠시 머물 수는 없는가?

| **낱말** | *형식 : 칠언절구 *운자 : 衰, 師, 時.

• 湘南(상남) : 호남성을 흘러 동정호로 들어가는 湘江(상강)유역 일대. • 卽事(즉사) : 사물을 보고 즉각 읊는 시. 즉흥시. • 盧橘(노귤) : 감귤 종류의 하나. • 京師(경사) : 서울. 여기서는 장안을 말한다. • 沅湘(원상) : 원강과 상강. 둘 다 호남성에 있으며 동정호로 흘러 들어간다. • 愁人(수인) : 향수에 젖어있는 사람, 곧

작자 자신.

| 감상 |

초겨울을 맞아 천하의 명승지인 상강(湘江)과 원강(沅江)을 바라보며 즉흥시를 읊었다. 저 아름다운 풍경을 보고 어찌 시가 나오지 않으랴. 그러나 끊임없이 흐르는 강물 줄기와 짧은 인생을 생각하니 어찌 슬프지 않으랴. 더구나 서울에서 쫓겨 나온 벼슬아치가 멀리 장안을 바라보면서 인생을 탄식하는 것으로 시인의 심상이 잘 나타나 있다. 끝에 '강물이여! 나를 위해 잠시 흐름을 멈출 수는 없는가?' 하고 안타까움을 호소하고 있다.

상강(湘江)

15
贈, 殷亮 ● 戴叔倫 대숙륜
증 은 량

日日河邊見水流하고 傷春未已復悲秋라.
일 일 하 변 견 수 류 　 상 춘 미 이 부 비 추

山中舊宅無人住하니 來往風塵共白頭라.
산 중 구 택 무 인 주　　내 왕 풍 진 공 백 두

| 풀이 | 은량殷亮에게 주다

매일처럼 강가에서 흘러가는 물을 바라보고

가는 봄 아쉬움에 다시 가을을 슬퍼하네.

산속의 옛집에는 사는 사람이 없으니

풍진 세상 오갔더니 머리만 허옇게 세었네.

| 낱말 | *형식 : 칠언절구 *운자 : 流, 秋, 頭.

• 亮(량) : 밝을 량. • 河邊(하변) : 강가. • 傷春(상춘) : 봄을 감상(感傷). 봄을 아쉬워하다. • 悲秋(비추) : 가을을 슬퍼함. • 舊宅(구택) : 옛 고향집. • 風塵(풍진) : 세속적인 세상.

| 감상 |

매우 쓸쓸한 심정으로 이 시를 쓰고 있다. 강가에 나가 매일 물을 바라본다는 것은, 흐르는 물은 세월을 의미하고 있다. 마찬가지로 가는 봄을 아쉬워한다는 것도 세월이 빨리 지나간다는 뜻이 포함되어 있다. 그래서 가을을 슬퍼한다고 했다. 옛 고향집에는 아무도 살지 않으니 더욱 슬프고 답답하다. 이 풍진 세상을 여기저기 왔다 갔다 하며 살다보니 너 나 할 것 없이 검은 머리만 허옇게 세어지고 말았다는 탄식이 이 시에 잘 나타나 있다.

작자 | 戴叔倫대숙륜(732~789) ; 中唐

字는 幼公(유공). 撫州刺史(무주자사 : 현,강서성 장관)가 되었고, 후에 덕종의 부름을 받아 서울로 돌아가는 도중에 작고했다. 시 300편이 전하고 있다.

16
山行 ● 杜牧두목
산 행

遠上寒山石經斜하니 白雲生處有人家라.
원 상 한 산 석 경 사　　백 운 생 처 유 인 가

停車坐愛楓林晩하니 霜葉紅於二月花라.
정 거 좌 애 풍 림 만　　상 엽 홍 어 이 월 화

| 풀이 | 산에 오르며

멀리 차가운 산, 비스듬한 돌길을 오르니
흰 구름 일어나는 곳에 아련히 인가가 보이네.
수레를 세우고 앉아 늦은 단풍을 바라보니
서리 맞은 단풍잎, 봄꽃보다 더 아름답네.

| 낱말 | *형식 : 칠언절구　*운자 : 斜, 家, 花.

• 山行(산행) : 산길을 가다. • 寒山(한산) : 가을 산. 쓸쓸하고 차가운 산. • 石經(석경) : 돌길. • 停車(정거) : 타고 가던 수레를 세우고. • 坐(좌) : 멍하니 앉아서. • 晩(만) : 저녁 때. • 霜葉(상엽) : 단풍잎. • 二月(이월) : 음력 이월을 말함. 이월은 仲春(중춘)으로 봄이 한창인 계절.

| 감상 |

멀리 보이는 가을 산은 마치 한 폭의 그림과 같다. 지나가는 사람들이 수레를 멈추고 앉아서 정신없이 단풍을 쳐다보고 있으려니 그 단풍이 어쩌면 봄날 꽃 빛깔보다 더 아름답다는 생각을 하게 된다. 흰 구름이 일어나는 곳에 아련히 인가가 보인다고 했으니, 이런 아름다운 산속에 사는 사람을 마음속으로 시인은 부러워하고 있다. 여기에서 자연과 인간이 일치되는 소위 물아일체(物我一體)의 경지를 이 시에서 느낄 수 있다. 널리 알려져 애창되는 시다.

17
清明 ● 杜牧두목
청 명

清明時節雨紛紛하니 路上行人欲斷魂이라.
청 명 시 절 우 분 분 노 상 행 인 욕 단 혼

借問酒家何處有요? 牧童遙指杏花村이라.
차 문 주 가 하 처 유 목 동 요 지 행 화 촌

| 풀이 | 청명절에

청명(清明) 계절에 비도 하염없이 내리니
길 가는 나그네 마음 쓰리고 아프구나.
잠시 묻겠노라, '여기 술집이 어디쯤 있는가?' 하니
목동은 저 멀리 살구꽃 핀 마을을 가리키누나.

| 낱말 | *형식 : 칠언절구 *운자 : 紛, 魂, 村.

• 清明(청명) : 24절후의 하나. 양력 4월 5, 6일 경이 된다. • 紛紛(분분) : 어지럽게 내리다. 줄줄 내리다. • 斷魂(단혼) : 아주 마음이 아프다. 슬프고 괴로운 기분. • 借問(차문) : 잠시 물어보다. • 遙指(요지) : 먼 곳을 손가락으로 가리키다. • 杏花(행화) : 살구꽃, 借問酒家何處在' 라고 된 곳도 있다.

| 감상 |

봄비가 내리는 청명절에 길을 가고 있는 나그네의 컬컬한 목마름과 허전한 심사와 향수가 잘 그려진 멋진 한편의 시다. 길을 가다가 만난 목동에게 주막집이 어디냐고 물으니, 아이는 말도 않고 손가락질로 살구꽃이 만발한 마을을 가리킨다. 비가 왔다 갔다 한다는 청명일에 멀리 있는 마을의 풍경이 그림처럼 떠오른다. 맨 끝 구절을 읽고 나면 머릿속에 희미하게 떠오르는 이미지가 좀처럼 떠나가지 않는다. "借問酒家何處有, 牧童遙指杏花村."은 흔히들 춘첩(春帖)으로 사용하기도 한다.

18
赤壁 ● 杜牧두목
적 벽

折戟沈沙鐵未銷하여 自將磨洗認前朝라.
절 극 침 사 철 미 소 자 장 마 세 인 전 조

東風不與周郎便이면 銅雀春深鎖二喬를―.
동 풍 불 여 주 랑 편 동 작 춘 심 소 이 교

| 풀이 | 적벽

부러진 창이 모래에 묻혀 그 쇠붙이 아직 삭지 않아
그것을 들고 물에 씻으니 정녕 그때 그것이었네.
그때 동풍이 주유를 위해 불어주지 않았더라면
동작의 봄도 깊을 무렵 二喬(이교)의 운명도 달라졌을 걸?

| **낱말** | *형식 : 칠언절구　*운자 : 銷, 朝, 喬.

• 赤壁(적벽) : 삼국지에 나오는 그 시대의 전쟁터. 양자강 남쪽 기슭에 위치한 곳으로, 오나라 주유와 촉나라 제갈공명이 연합하여 위나라 조조의 백만 대군을 무찌른 것으로 유명하다. • 折戟(절극) : 부러진 창. • 銷(소) : 삭아 없어짐. • 將(장) : 손에 가지다. • 前朝(전조) : 전 시대. 여기서는 삼국시대를 말함. • 周郎(주랑) : 오나라 주유(175~210). • 銅雀(동작) : 대의 이름, 즉 동작대. 조조가 위나라 서울에 세웠던 대를 이름. • 二喬(이교) : 형주 喬公의 두 딸. 절세미인으로 언니는 孫策(손책)의 아내, 동생은 周瑜(주유)의 아내가 되었다.

*七言唐音(칠언당음)에는 東風(동풍)이 春風(춘풍)으로 되어 있다.

| **감상** |

적벽대전에서 많은 세월이 흐른 뒤에 쓴 시로서 삼국지에 나오는 고사를 시로 읊은 것이다. 여기서 모래 속에 묻힌 창이 아직 삭지 않고 남아있다는 사실이 세상의 허무함을 말해주고 있다. 여기에 나오는 주유와 제갈공명의 연합 전투를 연상하게 된다. 그리고 이교가 나오는데, 만약 전쟁의 승부로 인해 두 연인의 운명도 바뀌게 되었을 것이라는 추측이 가능해진다. 세월이 흐른 먼 훗날에도 누가 또다시 이와 같은 시를 쓸 줄도 모른다는 생각이 갑자기 든다.

적벽(赤壁)

19
江南春 ● 杜牧두목
강 남 춘

千里鶯啼綠映紅하니 水村山郭酒旗風이라.
천 리 앵 제 녹 영 홍　　수 촌 산 곽 주 기 풍

南朝四百八十寺하니 多少樓臺烟雨中이라.
남 조 사 백 팔 십 사　　다 소 누 대 연 우 중

| 풀이 | 강남의 봄

천리에 꾀꼬리는 울고, 녹홍(綠紅) 꽃빛 비쳐오니
강마을 산성에 술집 깃발 여기저기 나부끼네.
남조 때에는 사백팔십 채의 절이 있었다 하더니
많은 누대들이 비 안갯속에 자욱하게 비쳐오네.

| 낱말 | *형식 : 칠언절구 *운자 : 紅, 風, 中.

• 江南(강남) : 양자강 하류 남쪽 지방. • 綠映紅(녹영홍) : 초록색 나무에 빨간 꽃빛이 비친다. • 水村(수촌) : 갯마을. • 山郭(산곽) : 산성 동네. • 酒旗(주기) : 술집을 알리는 깃발. • 南朝(남조) : 강남을 서울로 정했던 宋, 齊, 梁, 陳의 왕조(420~589). 그전의 吳, 東晋을 합쳐 六朝라 했다. 이때가 불교가 번성했던 시대라 알려지고 있다. • 多少(다소) : 많다. '少'는 허사임.

| 감상 |

강남의 봄을 잘 나타내고 있다. 전반에는 봄이 온 강남의 붉게 핀 꽃과 푸름을 나타내고 마을의 옛 역사를 말한 다음, 그때를 회고하는 정서를 나타내고 있다. 밝은 농촌과 산촌 강마을의 풍경을 읊었고, 그 풍경에서 회고

강남(江南)

의 정이 하나가 되어 강남의 봄날과 그 전경을 잘 표현하여 나타내고 있다. 끝구절의 '烟雨中' 이란 낱말의 '아득한 물안개' 가 시적 이미지로 자꾸 머리에 떠오른다.

20
漢江 ● 杜牧두목
한 강

溶溶漾漾白鷗飛하고 綠淨春深好染衣라.
용 용 양 양 백 구 비 　 녹 정 춘 심 호 염 의

南去北來人自老하니 夕陽長送釣船歸라.
남 거 북 래 인 자 로 　 석 양 장 송 조 선 귀

| 풀이 | 한강

굽이치며 흐르는 강물 위에는 흰 갈매기 날고
푸른 빛 깨끗하고 봄빛 깊어 옷에 베는 것 같구나.
남북으로 오가는 사람 그 사이 스스로 늙어가니
석양 속에 낚싯배만 늘 오가곤 하는구려.

| 낱말 | *형식 : 칠언절구 *운자 : 飛, 衣, 歸.

• 漢江(한강) : 섬서성에서 무한으로 흐르는 강 이름. • 溶溶(용용) : 물이 흘러가는 모양. • 漾漾(양양) : 물이 용솟음치는 모양.

| 감상 |

넓은 한강 가에 서서 굽이치는 물결을 바라보며 흐르는 강물과 함께 찾아오는 봄을 감상하고 있다. 이런 가운데 우리 인생도 늙어가고 허무한 삶을 강물에 비겨 노래하고 있다. 저녁 해가 돌아가는 낚싯배를 비추는 모양은 쓸쓸하기까지 하다. 초록색, 빨강색, 흰색이 시각적 대비를 잘 이루어 내고 있다. 인간은 늙고 강물은 흐르고 계절도 오가는 석양 무렵 이 강가에는 갈매기만 늘 왔다 가는구나!

21
遺懷 (유회) ◉ 杜牧두목

落魄江湖載酒行하여 楚腰纖細掌中輕이라.
낙 백 강 호 재 주 행 초 요 섬 세 장 중 경

十年一覺揚州夢하니 贏得青樓薄倖名을—.
십 년 일 각 양 주 몽 영 득 청 루 박 행 명

| 풀이 | 남아있는 생각

그 옛날 강호에서 노닐 땐 술 단지 싣고 다녔지

초나라 여인의 가는 허리도 가볍게 한번 안아도 보았지.

이제는 10년 지나 양주(揚州)의 꿈에서 깨어나 보니

결국 얻은 것은 기생집 드나들던 바람둥이란 이름뿐이네.

| **낱말** | *형식 : 칠언절구 *운자 : 行, 輕, 名.

• 遺懷(유회) : 마음에 남아있는 생각과 회포. • 落魄(낙백) : 마음이 거칠고 행실이 좋지 못함. 두목은 젊었을 때 揚州(양주)에서 술에 묻혀 산 적이 있다. • 江湖(강호) : 양자강과 동정호. • 楚腰(초요) : 옛날 초나라에서는 허리가 가는 여자를 미녀로 생각했다는 고사에서 온 말. • 掌中輕(장중경) : 한나라 조비연이 아주 몸이 가벼워 손바닥 위에서도 춤을 출 수 있었다는데서 온 말. • 揚州(양주) : 강소성에 있는 고을 이름. • 贏得(영득) : 얻은 것은 그것뿐이었다. • 青樓(청루) : 기생집. • 薄倖(박행) : 경박한 바람둥이.

| **감상** |

시인 두목은 그의 나이 31세 때 양주에서 호탕한 생활을 하면서 술과 여자에 묻혀 살았다. 이러한 그의 인생도 세월이 지나고 보니 허무한 한순간이었다. 모든 것은 꿈처럼 지나가고 남은 것은 추억과 회한과 한때의 뉘우침이 뒤엉켜 묘한 심정으로 이 시를 읊은 것이라 생각된다. 한때의 젊은 방탕도 지금은 허무한 꿈에 지나지 않았다는 후회로 남게 되었다.

22
贈別 (증별) ● 杜牧두목

多情卻似總無情이라 惟覺罇前笑不成을—.
다 정 각 사 총 무 정 유 각 준 전 소 불 성

蠟燭有心還惜別하고 替人垂淚到天明이라.
납 촉 유 심 환 석 별 체 인 수 루 도 천 명

| 풀이 | 이별하면서

다정함이 오히려 무정하다는 것이라네,

다만 깨닫는 건 이별주 앞에 웃을 수만은 없는 것을—.

촛불도 이 마음 알아 도리어 석별을 아쉬워하고

나를 대신 눈물 흘리더니 벌써 새벽이 밝아 왔다네.

| 낱말 | *형식 : 칠언절구 *운자 : 情, 成, 明.

• 卻(각) : 도리어. • 罇(준) : 술 항아리. • 有心(유심) : 사람의 마음(心)과 촛불의 심지에 비유함. • 替(체) : 바꾸다. 대신하다. • 垂淚(수루) : 눈물을 흘리다. 초가 녹아 떨어지는 모양을 비유. • 天明(천명) : 새벽이 밝아오다.

| 감상 |

이별에 앞서 한 잔의 술을 놓고 이별을 아쉬워하고 있다. 때는 밤이라 더욱 사람의 간장을 녹이는데 촛불에서 흘러 떨어지는 초의 눈물은 우리의 눈물인 듯 흐르고 있다. 촛불과 눈물을 대비하여 오묘한 이별의 슬퍼함을 이 시로 표현하고 있다. 어느덧 새벽이 밝아오고 촛불도 희미해지는 이별의 시간이 다가오고 있는 것이다.

23
題, 烏江亭 ● 杜牧두목
제 오강정

勝敗兵家事不期하니 包羞忍恥是男兒라.
승패병가사불기 포수인치시남아

江東子弟多俊才하니 捲土重來未可知라.
강 동 자 제 다 준 재 　　권 토 중 래 미 가 지

| 풀이 | 오강정烏江亭에서

전쟁의 승패는 늘 승리만을 기약할 수는 없으니
수치를 참고 재기함이 이 또한 사나이 대장부라네.
강동의 젊은이들에는 뛰어난 인물이 많을 텐데
흙먼지 말아 올리는 기세로 다시 오면 결과는 몰랐을 것을.

| 낱말 | *형식 : 칠언절구 *운자 : 期, 兒, 知.

• 題(제) : 제목. 자기가 쓴 글을 기둥에 붙이다. • 烏江亭(오강정) : 안휘성 동쪽에 있던 나루터. 漢(한)나라 劉邦(유방)과 싸워 패한 楚(초)나라 項羽(항우)는 여기서 장렬한 최후를 맞는다. • 兵家(병가) : 군사 전문가. • 包羞忍恥(포수인치) : 수치를 참고 견디다. • 江東(강동) : 강서성 남부 일대. 項羽(항우)의 고향 본거지였다. • 捲土重來(권토중래) : 전쟁에서 패한 자가 다시 힘을 내어 세력을 되찾음. • 未可知(미가지) : 그 결과에 대해서 아무도 알 수 없음.

| 감상 |

항우가 해하성(垓下城) 싸움에서 패배한다. 오강(烏江)이란 강가에 왔을 때 오강정의 정장(亭長)이 기다리고 있다가 이 배를 타고 강동으로 건너가서 다시 재기를 권

오강정(烏江亭)

유했다. 그러나 항우는 그 말을 듣지 않고 말했다. '내가 강동 자제 8천을 거느리고 와서 모두 죽이고 무슨 낯으로 혼자 이 강을 건너겠느냐.' 하고 거절한다. 그리고는 거기서 최후를 맞게 된다. 작자 두목은 영웅의 최후를 읊었는데, 이런 많은 시들 중에서도 수작이며, 사람의 입으로부터 칭송을 받은 걸작이다. '捲土重來' 많은 사람의 입에 오르내리는 고사성어로 남아 있다.

樊川文集卷第一
中書舍人杜牧

번천문집(樊川文集)

작자 | 杜牧두목(803~852) ; 晩唐

두목(杜牧)

字는 牧之(목지). 명문거족 출신으로 두목이 10세 되던 해에 조부가 죽고, 얼마 후에 부친마저 세상을 떠나게 된다. 吏部員外郎(이부원외랑)으로부터 시작하여 그는 급제 후 홍문관 교서랑 左武衛兵曹參君(좌무위병조참군)에 임명되었고, 江西(강서)로 나아가서 江西團練巡官代理評事(강서단련순관대리평사)직을 맡는다. 대화 7년에 吏部侍郎(이부시랑)에 임명되어 장안으로 돌아가서 觀察御使裏行書記(관찰어사이행서기)가 된다. 대화 9년에 감찰어사에 임명. 50세에 고향인 安仁里(안인리)에서 세상을 떠났다. 그의 만년은 불우했으나 晩唐(만당) 시인 가운데 일인자로 꼽히며, 특히 절구에 뛰어난 시인이다. 杜甫(두보)를 '大杜(대두)' '老杜(노두)' 라고 하는 한편, 두목을 '小杜(소두)' 라고까지 했다. 樊川文集(번천문집)이 남아있다.

24
絶句 ● 杜甫두보
절 구

遲日江山麗하고 春風花草香이라.
지 일 강 산 려 춘 풍 화 초 향

泥融飛燕子하고 沙暖睡鴛鴦이라.
니 융 비 연 자 사 난 수 원 앙

| 풀이 | **절구**

날 저무는 봄날 강산이 화려하고

봄바람 속에 화초(花草)는 향기롭구나.

진흙탕물이 풀리니 제비는 집 지으러 날아들고

강가 모래 따뜻하니 원앙새 낮잠을 자네.

| 낱말 | *형식 : 오언절구 *운자 : 香, 鴦.

• 遲日(지일) : 시간이 더디게 가는 봄날. • 泥融(니융) : 봄이 되어 얼었던 흙이 녹다. • 燕子(연자) : 제비.

| 감상 |

봄이 되어 바쁘고 화려한 계절을 잘 표현하고 있다. 햇볕은 밝고 깨끗하여 봄바람에 꽃향기 날리고, 제비는 흙을 물어다 집을 짓고, 원앙새는 낮잠을 자는 등 봄날의 현상이 나타나 있다. 작자 나이 53세 때 성도의 교외 초가집에서 봄을 맞이하며 지은 시이다. 2수의 연작시 중의 1수. 두보(杜甫)는 다음 해에 다시 성도를 떠나 방랑의 길에 나선다. 이런 바쁜 와중에서

고운 시를 쓸 수 있다는 것은 정서적 심성이 마음에 베이어 있음을 증명하고 있다.

25
絶句 ● 杜甫두보
절 구

江碧鳥逾白이요 山青花欲然이라.
강 벽 조 유 백 산 청 화 욕 연

今春看又過하니 何日是歸年고?
금 춘 간 우 과 하 일 시 귀 년

| 풀이 | 절구

강이 푸르니 새 더욱 희게 보이고
산 빛이 푸르니 꽃은 불붙는 것 같구려.
금년 봄도 보니깐 또 지나가려 하는데
어느 날이 이 (고향에) 돌아가는 해인가?

| 낱말 | *형식 : 오언절구 *운자 : 然, 年.

• 絶句(절구) : 달리 제목을 정하지 않고 2구 4행으로 된 시. 두보의 작품에는 이런 것이 몇 편 있다. • 江(강) : 여기서는 양자강 상류인 금강을 말한다. • 碧(벽) : 짙은 녹색. 물빛색. • 逾(유) : 더욱 더. '碧' 과 대응하여 '白' 에 대비되는 빛깔이다. • 青(청) : 초록색. • 然(연) : 불타다. '燃' 도 마찬가지 뜻이다. • 看(간) : 보고 있는 사이에. • 歸年(귀년) : 고향에 돌아가는 해.

| 감상 |

이 시에서는 봄의 색깔을 잘 대비시키고 있다. 푸른 강물 위에 날고 있는 새, 푸른 산속에 피어있는 붉은 꽃을 대비시켜 강렬한 인상을 준다. 떠돌아다니는 방랑의 시인 두보에게는 언제나 고향에 돌아갈 꿈을 꾸고 망향의 노래를 지어 불렀다. 위의 2구에서 대구(對句)를 이루면서 봄의 경치를 잘 그려내고 있다. 오나가나 타향인 두보에게는 아름다운 자연을 만날 때마다 고향을 생각하게 된다. 아래 2구에서 더욱 그것을 강렬하게 표현한다. 보니까 금년에도 고향 가기는 틀렸다는 실망과 언젠가 고향에 갈 것인지에 대하여 막연하게도 향수에 젖게 된다.

26
復愁 ● 杜甫 두보
부 수

萬國尙戎馬하니 故園今若何오?
만 국 상 융 마 고 원 금 약 하

昔歸相識少하니 蚤已戰場多니라.
석 귀 상 식 소 조 이 전 장 다

| 풀이 | 또 다른 근심

여러 나라에 아직도 전쟁을 하고 있는데
고향은 지금 어떻게 되었을까?
옛날에 돌아갔을 때도 아는 사람 적었는데
그 보다 일찍 이미 전쟁터가 많았었다.

| 낱말 | *형식 : 오언절구 *운자 : 何, 多

• 萬國(만국) : 모든 나라. • 戎馬(융마) : 전쟁, 무기. • 故園(고원) : 고향. • 相識(상식) : 서로 아는 사람. • 蚤(조) : 벼룩 조, 일찍 조, 손톱 조. '早' 의 가차로 쓰였음.

| 감상 |

12수의 연작시 중에 제3수이다. 항상 전쟁이 끊이지 않고 그때에 어느 곳엔가는 일어나고 있었다. 전쟁으로 길이 막혀 고향을 찾지 못하는 심정이 이해된다. 옛날에 갔을 때도 낯익은 사람이 적었는데, 전쟁이 거쳐 간 고향에는 아는 사람마저 거의 죽고 지금은 모르는 사람뿐일 것 같다는 시인의 심정이 잘 나타나 있다.

27
江南, 逢, 李龜年
강남 봉 이구년

杜甫두보

岐王宅裏尋常見터니 崔九堂前幾度聞고?
기왕택리심상견 최구당전기도문

正是江南好風景하니 落花時節又逢君이라.
정시강남호풍경 낙화시절우봉군

| 풀이 | 강남에서 이구년을 만남

기왕의 저택에서 늘 그대를 만나보았더니
최구의 집에서 몇 번 당신의 노래를 들었던가.
지금 이 강남 땅 늦봄 풍경 아주 좋은데

꽃 지는 시절에 또 그대를 만나보게 되었구나.

| 낱말 | *형식 : 칠언절구 *운자 : 見, 聞, 君.

• 江南(강남) : 양자강 남쪽 하류 지역을 말함. • 李龜年(이구년) : 현종을 모시던 이름 있는 명창. • 岐王(기왕) : 현종의 동생 李範을 말함. 그는 문학을 좋아하여 시인과 묵객을 자주 초대하였다. • 宅裏(택리) : 저택의 집 안. • 尋常(심상) : 늘. 언제나. • 崔九(최구) : '九'는 항렬. 현종 측근인 崔滌(최척). • 堂前(당전) : 저택 앞마당. • 君(군) : 여기서 '그대'는 이구년을 말함.

| 감상 |

가슴이 서늘하게 느껴오는 시다. 여기에는 만남의 기쁨과 옛날의 추억과 강남의 좋은 경치와 꽃이 지는 시절에 만난 이구년 등이 그것이다. 일찍이 귀족들의 잔치 자리에서 초대되어 자주 만나던 명창 이구년(李龜年)을 우연한 기회에 다시 만나서 지난날의 추억과 인생의 무상함을 노래하고 있다. 그리움과 슬픔과 비통한 현실을 이 시를 통해 표출해내고 있다. '낙화'란 말에는 전락(轉落)한 자신과 이구년의 경우를 암시하고 있으며, '又'에는 우연한 기회에서 만남의 경우와 감동에 찬 반가움이 내포되어 있다.

28
贈, 花卿 ● 杜甫 두보
증 화 경

錦城絲管日紛紛하여 半入江風半入雲이라.
금 성 사 관 일 분 분 반 입 강 풍 반 입 운

此曲祗應天上有로　人間能得幾回聞고?
차 곡 지 응 천 상 유　　인 간 능 득 기 회 문

| 풀이 | 화경에게 주다

금관성에는 음악소리 매일 울려 퍼져서
절반은 강바람 타고 반은 구름까지 가 닿았네.
이 곡조는 원래 천상에만 어울리는 곡조로
우리 인간에겐 자주 들을 수 없는 것이 아니겠는가.

| 낱말 | *형식 : 칠언절구　*운자 : 紛, 雲, 聞.

• 錦城(금성) : 금관성. 지금의 성도. • 絲管(사관) : 현악기와 관악기. • 紛紛(분분) : 많고 성대한 모양. • 祗(지) : 오로지. 다만. • 天上(천상) : 천상계. • 人間(인간) : 인간계. 이 세상.

| 감상 |

제목의 화경(花卿)이란 사람은 사천성의 장군 화경정이라 한다. 그는 자신의 실력만 믿고 사천성 동부를 침략하여 자신이 천자라는 명칭을 사용하였다. 이에 두보는 이 시를 지어 보내며 풍자하였다. 두보의 절구는 1백수 가까이 되었으나 성도의 기녀(妓女)들은 한결 이 작품을 즐겨 노래했다고 한다. 이 시는 두보의 충성심을 잘 알 수 있는 작품으로 알려져 있다.

29
絶句 ● 杜甫두보
절 구

兩箇黃鸝鳴翠柳하고 一行白鷺上靑天이라.
양 개 황 리 명 취 류 일 항 백 로 상 청 천

牕含西嶺千秋雪이요 門泊東吳萬里船이라.
창 함 서 령 천 추 설 문 박 동 오 만 리 선

| 풀이 | 절구

두 마리 꾀꼬리가 푸른 버드나무에서 울고
한 줄을 이룬 백조는 푸른 하늘에 날아가네.
창문 밖 서쪽 고개에는 천년설 덮인 눈이 보이고
문 밖엔 동오(東吳)에 만리(萬里)의 배들이 머물러 있다.

| 낱말 | *형식 : 칠언절구 *운자 : 天, 船.

• 兩箇(양개) : 두 개. • 黃鸝(황리) : 꾀꼬리 黃鶯(황앵). • 翠柳(취류) : 푸른 버드나무. • 一行(일항) : 한 줄 나란히. • 牕含(창함) : 牕은 '窓'과 같음. 창에 끼어 있다는 뜻으로, 마치 액자 속에 넣은 그림처럼 풍경이 보인다는 뜻. • 西嶺(서령) : 성도 서쪽에 있는 덮인 산. • 門泊(문박) : 두보의 초당 동쪽에 만리교가 있었고 거기에 배들이 정박했다.

| 감상 |

이 시는 기승전결마다 대구를 이루고 있다. 또 색채(色彩)의 대비와 방향(方向)의 제시로 대비적 미학을 이루고 있다. 예를 들면 兩과 一, 黃과 白, 翠와 靑 등 수적인 것이 색깔의 대응을 이루고 있음을 볼 수 있다. 그리고

방향으로 西와 東, 수적으로는 千과 萬 등이 그것이다. 제1구는 땅 위의 근경, 제2구는 원경, 제3구는 산의 원경, 제4구는 문 밖의 강을 근경으로 제시하고 있다.

30
貧交行 빈교행 ● 杜甫두보

飜手作雲覆手雨하니 紛紛輕薄何須數오?
번수작운복수우 분분경박하수수

君不見管鮑貧時交요 此道今人棄如土라.
군불견관포빈시교 차도금인기여토

| 풀이 | 가난한 때의 사귐

손을 뒤집어 구름을 만들고 손을 엎어 비를 만드나니
분분하고 경박스러운 무리들을 어찌 헤아릴 수 있으리오.
그대는 관중, 포숙의 가난한 때의 사귐을 보지 못 했는가
그 도(道)를 요즈음 사람들은 버리기를 흙덩이처럼 하는구나.

| 낱말 | *형식 : 칠언고시 *운자 : 雨, 數, 土.

• 貧交行(빈교행) : 行은 노래의 형식으로 악부체를 말한다. • 雲.雨(운.우) : 세상 인심이 자주 바뀌는 것을 의미한다. • 何須數(하수수) : 하나하나 셀 수 없을 정도로 많다. • 君(군) : 그대, 세상 사람들아. • 管鮑(관포) : 齊나라의 管仲(관중)과 鮑叔牙(포숙아). 춘추시대 사람으로 가난한 때에 아주 친했다는 두 사람의 故事(고사). '管鮑之交(관포지교)' 의 고사성어로 유명하다.

| 감상 |

이 시는 형식적으로 보아 칠언고시이다. 두보가 41세 때인 752년에 쓴 작품이다. 두보는 집이 가난하고 전염병이 돌아서 살기가 무척 어려웠다. 과거에도 낙방하고 장안에 잠시 머물러 있을 때 옛 친구를 찾아갔으나 냉정하게 박대를 했다. 야박한 당시의 세태를 읊었는데 오늘도 의리 없고 나와 이해관계가 없으면 박절하게 냉대를 당하는 현실과 상통한다. 대체로 풍유법을 사용하고 있으나 끝에서는 직유법으로 표현하고 있다.

31
春望 ● 杜甫 두보
춘 망

國破山河在하고 城春草木深이라.
국 파 산 하 재 　 성 춘 초 목 심

感時花淺淚하고 恨別鳥驚心이라.
감 시 화 천 루 　 한 별 조 경 심

烽火連三月하니 家書抵萬金이라.
봉 화 연 삼 월 　 가 서 저 만 금

白頭搔更短하니 渾欲不勝簪이라.
백 두 소 갱 단 　 혼 욕 불 승 잠

| 풀이 | 봄을 바라보다

나라는 파괴되어도 강과 산은 남아 있고
성터에 봄이 왔어 풀과 나무만 무성하네.
시절을 느끼니 꽃을 보고도 눈물이 날 것 같고

한별(恨別)하였으니 새소리만 들어도 마음 놀라라.

전쟁의 봉화 불은 석 달을 이었으니

가족의 편지는 만금에 해당이 된다.

센 머리 긁고 긁어서 머리털이 짧아지니

비녀를 꽂으려도 이제는 꽂기조차 어렵구나.

| **낱말** | *형식 : 오언율시 *운자 : 深, 心, 金, 簪.

• 春望(춘망) : 봄을 바라봄. • 國(국) : 국토. • 感時(감시) : 전쟁의 당시를 슬퍼함. • 濺淚(천루) : 눈물을 흘림. • 驚心(경심) : 마음이 깜짝 놀라다. • 家書(가서) : 가족으로부터 받은 편지. • 抵(저) : 해당하다. • 搔(소) : 머리를 쥐어뜯다. • 渾(혼) : 모두. 전혀. • 不勝(불승) : 할 수 없다. 이기지 못한다. • 簪(잠) : 비녀. 머리를 꽂아 붙이는 것.

| **감상** |

이 '춘망' 이란 시를 보면 당시의 상황이 잘 반영되어 있다. 시인 두보는 어려운 생활을 하면서 자연의 황폐함을 노래하고 봄이 와도 기쁘지만은 않다. 안녹산의 난을 맞아 집으로 돌아가지 못하고 떠돌아다니는 시인의 심사가 잘 나타나 있다. 어수선한 시대를 걱정하고 고향의 부모형제를 그리워하는 동시에 전란으로 고생만 하는 자기 자신이 늙은 몸이 되어 머리마저 다 빠져서 비녀가 꽂아지지 않음을 한스러워 하고 있다. 이 시는 구조상 서로 대구를 이루고 있다.

32
登, 岳陽樓 ● 杜甫두보
등 악 양 루

昔聞洞庭水터니 今上岳陽樓라.
석 문 동 정 수 금 상 악 양 루

吳楚東南坼이요 乾坤日夜浮라.
오 초 동 남 탁 건 곤 일 야 부

親朋無一字하니 老去有孤舟라.
친 붕 무 일 자 노 거 유 고 주

戎馬關山北하니 憑軒涕泗流라.
융 마 관 산 북 빙 헌 체 사 류

| 풀이 | 악양루에 올라서

예로부터 동정호를 자주 들어왔는데
오늘에야 악양루에 올랐구나.
오(吳)와 초(楚)는 동쪽 남쪽이 터졌고
하늘과 땅은 밤낮으로 그림자를 드리웠네.
친한 벗이 한 자 글월도 없으니
늙고 병들어감에 오직 한 척 배만 있을 뿐.
아직도 전쟁은 관산 북쪽에 있으니
난간에 기대어 눈물을 흘리고 있노라.

| **낱말** | *형식 : 오언율시 *운자 : 樓, 浮, 舟, 流.

• 岳陽樓(악양루) : 동정호 근처에 있는 누각. • 洞庭水(동정수) : 호남성에 있는 중국 제일의 호수 동정호. • 吳楚(오초) : 춘추시대의 나라 이름들. • 乾坤(건곤)

: 천지, 또는 이 우주. • 親朋(친붕) : 친척이나 친구. 친한 벗. • 戎馬(융마) : 전쟁. 전란. • 關山(관산) : 관소가 있는 산. • 憑軒(빙헌) : 난간에 기대어. • 涕泗(체사) : 눈물을 흘리다. '涕' 는 눈물, '泗' 는 콧물.

| 감상 |

전반부에서는 동정호의 크고 광대한 원경을 노래하고, 후반부에서는 전쟁이 아직 계속 되고 있어 작자 자신의 불행한 현실을 생각하여 눈물까지 흘리고 있다. 다시 말해서 넓고 광대한 동정호의 끝없는 전망을 바라보는 동시에 인생무상과 인간의 고뇌를 탄식하고 있다. 더구나 전반부에 '吳楚東南坼, 乾坤日夜浮.' 에서 가슴 탁 트이는 시원함을 느낄 수 있다. 끝 연을 제외하고는 모두 대구를 이루고 있음에 유의할 일이다.

악양루(岳陽樓)

33
春日, 憶, 李白 ● 杜甫두보
춘 일 억 이 백

白也詩無敵하니 飄然思不群이라.
백 야 시 무 적 표 연 사 불 군

清新庾開府하고 俊逸鮑參軍이라.
청 신 유 개 부 준 일 포 참 군

渭北春天樹하니 江東日暮雲이라.
위 북 춘 천 수 강 동 일 모 운

何時一樽酒로 重與細論文고?
하 시 일 준 주 중 여 세 논 문

| 풀이 | 봄날에 이백을 생각하며

이백이여, 그대와 견줄만한 시가 이 세상에 없으니
그 시상은 범속(凡俗)을 초월하여 아주 뛰어났구려.
청신한 그대의 시는 마치 유신(庾信)의 시 같고
시의 기교는 마치 포조(鮑照)의 시 같구나.
나는 지금 위수(渭水)의 북쪽 봄 하늘 나무 아래 있는데
그대는 양자강 동쪽에서 저무는 구름을 보고 있으리.
어느 날엔가 항아리의 한 잔 술을 나누면서
언제 다시 그대와 함께 자세하게 시를 말할 수 있을까.

| 낱말 | *형식 : 오언율시 *운자 : 群, 軍, 雲, 文.

• 白也(백야) : 이백이여. 이름을 부르는 친근감을 나타냄. • 飄然(표연) : 세속에 얽매이지 않고 초연함. • 庾開府(유개부) : 북주의 시인 유신(庾信:513-581)을 말

함. 開府(개부)는 벼슬 이름. • 俊逸(준일) : 뛰어남. • 鮑參軍(포참군) : 남조 宋의 시인 포조(鮑照 : 421-465). • 渭北(위북) : 위수의 북쪽. 바로 장안을 가리킴. • 江東(강동) : 양자강 하류 동쪽. • 細論文(세논문) : 상세하게 글에 관해서 이야기함.

| 감상 |

두보가 35세 때 장안에 있는 이백(李白) 시인을 생각하며 쓴 시이다. 이 시에서 두보는 이백을 상당히 칭찬하며 이 세상 누구의 시보다 뛰어나다고 격찬을 하고 있다. 이백과 두보는 시의 방향에서 시인의 기질이 정 반대의 시인이다. 약 2년 동안 만나서 서로 알고 있었으나 그 후 헤어지고는 다시는 만나지 못했다. 그러나 두보가 이백을 노래한 시는 무려 10편이 넘는다고 하니 그는 이백을 무척 흠모했던 모양이다. 이백을 시선(詩仙)이라 하는데 비해 두보를 시성(詩聖)이라 한다. 모두 당대의 대 시인들이었다.

34
月夜, 憶, 舍弟 ● 杜甫두보
월 야 억 사 제

戍鼓斷人行하니 邊秋一雁聲이라.
수 고 단 인 행 변 추 일 안 성

露從今夜白하고 月是故鄕明이라.
노 종 금 야 백 월 시 고 향 명

有弟皆分散하니 無家問死生이라.
유 제 개 분 산 무 가 문 사 생

寄書長不達하니 況乃未休兵에랴.
기 서 장 부 달 황 내 미 휴 병

| 풀이 | **달밤에 아우를 생각함**

전쟁터 북소리에 사람 다님이 끊어지니
변방의 가을 외기러기 소리뿐이로다.
이슬은 오늘 밤 따라 더욱 새하얗게 내리고
달은 역시 고향에도 이처럼 밝겠구나.
아우들은 있어도 모두 다 흩어지니
집안 식구들 생사까지 물을 길이 없구나.
편지를 보내도 오랫동안 전해지지 못하니
하물며 전쟁조차 그칠 줄을 모르겠음이랴.

| 낱말 | *형식 : 오언율시 *운자 : 聲, 明, 生, 兵.

• 戍鼓(수고) : 전쟁터에서 울리는 북소리. • 人行(인행) : 지나다니는 사람. • 邊秋(변추) : 변방의 가을. • 露從今夜白(노종금야백) : 이슬은 오늘 밤 따라 더욱 희게 보이다. • 有弟(유제) : 동생이 있어도. • 寄書(기서) : 편지를 보냄.

| 감상 |

변방에서 북소리 끊어지지 않는다는 것은 여전히 전쟁이 계속되고 있음을 말하고 있다. 이런 상황에서 고향집 생각이 머리를 떠나지 않는다. 이슬은 내려 달빛은 더욱 희고 달은 오늘 밤 따라 유난히 밝은데 고향에서도 저 달은 밝게 빛나리라. 집안 식구들은 죽었는지 살아 있는지 알 길이 없고, 보낸 편지는 끝내 종무소식이니 안타깝기만 하다. 여기서 주제는 제목 그대로 달밤에 아우를 생각하는 것임을 알 수 있다.

35
春夜喜雨 杜甫 두보
춘 야 희 우

好雨知時節하니 當春乃發生이라.
호 우 지 시 절 당 춘 내 발 생

隨風潛入夜하니 潤物細無聲이라.
수 풍 잠 입 야 윤 물 세 무 성

野徑雲俱黑이요 江船火獨明이라.
야 경 운 구 흑 강 선 화 독 명

曉看紅濕處하니 花重錦官城이라.
효 간 홍 습 처 화 중 금 관 성

| 풀이 | 봄밤에 빗소리를 기뻐하며

좋은 비가 때를 알고 내리니
봄을 맞아 만물이 소생하누나.
비는 바람 따라 몰래 밤에 내리어
만물을 윤기 나게 소리 없이 적시는구나.
들길은 비구름과 더불어 깜깜하고
강가에는 고기잡이 불빛 홀로 밝구나.
새벽녘에 붉게 젖은 땅을 바라보니
금관성에 꽃이 겹겹이 피어있겠구나.

| 낱말 | *형식 : 오언율시 *운자 : 生, 聲, 明, 城.

• 時節(시절) : 비가 내려야 할 적당한 시기. • 乃(내) : 강세를 나타내는 조사.
• 發生(발생) : 만물이 소생함. • 野徑(야경) : 들판 오솔길. • 紅濕處(홍습처) : 이

슬에 붉은 꽃잎이 젖어 떨어져 있는 곳. • 錦官城(금관성) : 사천성 성도.

| 감상 |

아주 평화로운 광경이다. 비가 계절을 알아 내리고 만물이 싹트는가 하면 꽃잎이 이슬에 젖는 등 평화롭고 고요한 분위기를 자아내고 있다. 비가 내려야 만물이 소생하듯 이런 분위기에서 시작되는 시는 부드럽고 평화로울 수밖에 없다. 얼른 보아서 두보(杜甫)의 시 답지 않는 것 같은 인상을 받을지 모르나 두보의 어느 구석에는 정말 시인다운 기질이 있음을 알 수 있다.

36
月夜 ● 杜甫두보
월 야

今夜鄜州月을 閨中只獨看하리.
금 야 부 주 월 　 규 중 지 독 간

遙憐小兒女하니 未解憶長安이라.
요 련 소 아 녀 　 미 해 억 장 안

香霧雲鬟濕하고 淸輝玉臂寒이라.
향 무 운 환 습 　 청 휘 옥 비 한

何時倚虛幌하여 雙照淚痕乾이랴.
하 시 의 허 황 　 쌍 조 누 흔 건

| 풀이 | 달밤

오늘 밤 부주(鄜州)를 비추고 있을 저 달을

아내는 방 안에서 홀로 바라보고 있겠지.

나는 멀리서 자식들을 생각하고 있는데
장안에서 붙잡힌 애비를 생각진 못할 것이다.
밤안개에 아내의 머리카락은 젖어 있을 것이요
맑은 달빛 아래 옥 같은 팔은 싸늘하게 빛나리.
언제 조용한 휘장 속에 기대어
함께 저 달빛 아래 눈물 흔적 말릴 수 있으랴.

| **낱말** | *형식 : 오언율시 *운자 : 看, 安, 寒, 乾.

• 鄜州(부주) : 장안 북쪽에 있는 지명. 당시 작자는 안녹산의 난리를 피하기 위하여 가족들을 거기에 피난시켰다. • 閨中(규중) : 아내의 방. • 遙憐(요련) : 먼 곳에서 어여삐 여김. • 小兒女(소아녀) : 어린 사내나 여자아이. 당시 작자에게는 두 아들과 두 딸이 있었다. • 香霧(향무) : 밤안개(미화법). • 雲鬟(운환) : 구름처럼 말아 올린 머리카락. • 玉臂(옥비) : 옥처럼 깨끗한 팔. 팔의 미화. • 虛幌(허황) : 방에 드리운 휘장. • 雙(쌍) : 아내와 작자 두 사람을 가리킴.

| **감상** |

이 시는 오언율시이다. 천보 14년에 안녹산의 난이 일어났다. 다음 해 6월에는 장안이 함락되었다. 두보는 장안이 함락되기 전에 가족들을 부축해서 부주에 소개시켰는데 자신은 반란군에 붙들려 장안에 연금된 상태가 되었다. 그때 그가

부주(鄜州)

부주에 있는 가족들을 생각하며 지은 작품이다. 이 시의 구조를 보면 달을 쳐다보고 멀리 떨어져 있는 가족을 연상하고 있으며, 어린 자식과 아내에 대한 걱정과 아내의 모습을 그려보고, 언젠가는 다시 아내를 만나서 함께 기뻐할 날을 기대하면서 무한한 생각에 잠겨 있다.

37
旅夜書懷 ● 杜甫두보
여 야 서 회

細草微風岸에 危檣獨夜舟라.
세 초 미 풍 안 　 위 장 독 야 주

星垂平野闊하고 月湧大江流라.
성 수 평 야 활 　 월 용 대 강 류

名豈文章著리요 官因老病休라.
명 기 문 장 저 　 관 인 노 병 휴

飄飄何所似요? 天地一沙鷗라.
표 표 하 소 사 　 천 지 일 사 구

| 풀이 | 나그네 밤, 회포를 적다

작은 풀이 미풍에 흔들리는 강 언덕
돛단배 안에서 홀로 밤잠을 잔다.
하늘의 별은 넓은 들판으로 드리우고
달빛은 강물 위에 떠서 흘러가누나.
이름을 어찌 글로써 드날리고 싶은가
늙고 병들어 벼슬마저 그만 두었는데.

바람에 떠다니는 나는 무엇과 같은가?

저 하늘 아래 날고 있는 한 마리 갈매기 같군.

| **낱말** | *형식 : 오언율시 *운자 : 舟, 流, 休, 鷗.

• 書懷(서회) : 회포를 적다. • 危檣(위장) : 높은 돛대. • 獨夜(독야) : 혼자서 잠 못 이루는 밤. • 大江(대강) : 양자강. • 文章(문장) : 글. 문학. • 著(저) : 드러나다. • 休(휴) : 휴직. • 飄飄(표표) : 바람 따라 흘러 다니다. • 沙鷗(사구) : 모래 위의 갈매기.

| **감상** |

시인은 밤에 홀로 강기슭 배 위에서 잠을 자고 있다. 하늘을 쳐다보니 별들이 넓은 들판으로 내려오고 달빛은 양자강 위를 비추며 흘러가고 있었다. 몇 줄의 시를 쓰는 것으로 어찌 이름을 날리려고 하는가. 나는 늙어서 벼슬마저 그만 두지 않았던가. 바람 따라 떠다니는 내 신세가 무엇과 같은가? 나는 마치 하늘에 날고 있는 갈매기처럼 정처 없이 떠다니는구나!

38
望嶽 杜甫 두보
망 악

岱宗夫何如오? 齊魯青未了라.
대 종 부 하 여 제 노 청 미 료

造化鍾神秀하고 陰陽割昏曉라.
조 화 종 신 수 음 양 할 혼 효

盪胸生層雲하여 決眥入歸鳥라.
탕 흉 생 층 운 결 자 입 귀 조

會當凌絶頂하여 一覽衆山小리라.
회 당 능 절 정　　　일 람 중 산 소

| 풀이 | 태산을 바라보며

모든 산의 으뜸인 태산은 어떤 산인고?

멀리 제나라 노나라까지 푸름이 그치지 않았네.

조물주의 신령스런 정기를 모았고

그 높음은 남북으로 음양과 밤낮을 나누었네.

층층이 나오는 구름에 가슴을 활짝 열어

눈이 찢어지게 날아드는 새를 바라보노라.

언젠가는 꼭 태산 꼭대기에 올라가서

발아래 흩어진 뭇 산들의 작음을 한 번 보리라.

| 낱말 | *형식 : 오언고시　*운자 : 了, 曉, 鳥, 小

• 望嶽(망악) : 태산을 우러러봄. • 岱宗(대종) : 태산. 태산은 오악의 으뜸, 宗은 으뜸이란 뜻. • 齊魯(제노) : 춘추시대 나라 이름. • 造化(조화) : 조물주의 변화. • 鍾(종) : 모으다. • 神秀(신수) : 신령스럽게 빼어남. • 陰陽(음양) : '陰' 은 태산의 북쪽, '陽' 은 태산의 남쪽. • 昏曉(혼효) : 황혼과 새벽, 즉 밤과 낮. • 盪胸(탕흉) : 가슴을 활짝 열다. 심장을 뛰게 하다. • 決眥(결자) : 눈이 찢어지게 뜨다. • 會(회) : 반드시. 꼭. • 凌(능) : 오르다. • 衆山小(중산소) : 공자의 말에 '동산에 올라 노나라가 작은 줄을 알았고, 태산에 올라 천하가 좁은 줄 알았다.' 고 한데서 온 말.

| 감상 |

두보가 40세 전후하여 산동성에 있는 태산을 바라보며 지은 시이다.

태산(泰山)

'공자가 동산에 올라 노나라가 작은 줄을 알았고, 태산에 올라 천하가 좁은 줄을 알았다' 는 말을 직접 인용했다. [孔子, 登東山而小魯, 登泰山而小天下.] 시인 두보는 태산에 올라가지 않고 태산을 쳐다보고 이 시를 지었다. 태산이란 주체에 대한 경외한 생각과 자연에의 의지, 또는 그 기상을 노래하고 있다. 끝 구절 '일람중산소(一覽衆山小)' 에서 그의 호방한 시상을 엿볼 수 있다.

39
倦夜 권 야 ● 杜甫 두보

竹涼侵臥內하여 野月滿庭隅라.
죽 량 침 와 내 야 월 만 정 우

重露成涓滴하고 稀星乍有無라.
중 로 성 연 적 희 성 사 유 무

暗飛螢自照하고 水宿鳥相呼라.
암 비 형 자 조 수 숙 조 상 호

萬事干戈裏하니 空悲淸夜徂라.
만 사 간 과 리　　공 비 청 야 조

| 풀이 | 잠 안 오는 밤

대나무의 시원함이 안방까지 들어와

들판의 달빛이 뜰까지 가득 비치네.

맺힌 이슬이 물방울 되어 떨어지고

하늘에 드문 별은 잠시 깜박이다 사라지네.

어둠 속 반딧불은 스스로 빛을 내어 비추고

물가에 잠자는 새는 서로서로 부르고 있네.

만사가 전쟁 중에 있으니

공연히 이 맑은 밤 가는 것이 슬퍼진다네.

| 낱말 | *형식 : 오언율시　*운자 : 隅, 無, 呼, 徂.

• 倦夜(권야) : 잠 안 오는 밤. '倦' 은 게으르다. 고달프다. 싫증나다의 뜻이니, 잠이 오지 않는 밤을 말한다. • 臥內(와내) : 침방. • 重露(중로) : 이슬이 맺힘. • 涓滴(연적) : 물방울. • 乍有無(사유무) : 잠시 있다가 사라짐. • 干戈(간과) : 전쟁. • 徂(조) : 지나가다.

| 감상 |

작자가 53세 때 성도의 초가집에서 지은 시라고 한다. 이 초가집에 머물면서 밤의 경치를 노래하고 있다. 이 아름다운 자연과 시인의 간절한 정서가 전쟁이란 극한상황에서 좌절을 하고 있다. 아름다운 자연을 노래하는 것이 시인이라면 시인답게 아름다움을 노래하기 전에 전쟁 때문에 걱

정 근심을 해야 하는 것이 안타깝기만 하다. 더구나 '간과(干戈)' '청야(淸夜)' 의 대조가 너무나 뚜렷하다.

40
蜀相 촉 상

杜甫 두보

丞相祠堂何處尋고? 錦官城外柏森森이라.
승 상 사 당 하 처 심　　금 관 성 외 백 삼 삼

映階碧草自春色하고 隔葉黃鸝空好音이라.
영 계 벽 초 자 춘 색　　격 엽 황 리 공 호 음

三顧頻煩天下計요 兩朝開濟老臣心이라.
삼 고 빈 번 천 하 계　　양 조 개 제 노 신 심

出師未捷身先死하니 長使英雄淚滿襟이라.
출 사 미 첩 신 선 사　　장 사 영 웅 누 만 금

| 풀이 | 촉나라 재상

촉나라 재상 사당을 어느 곳에서 찾을까?
금관성 밖 측백나무 우거진 곳 거기에 있었네.
사당의 층계에 푸른 풀은 봄빛 속에 우거지고
잎 사이에 꾀꼬리 소리 한결 좋은 소리로다.
세 번이나 찾아간 것은 천하를 계획함이요
양대(兩代)에 걸친 충성은 늙은 신하의 마음이로구나.
출사표를 올리고 전쟁에 나가 이기지 못하고 죽으니
오래토록 영웅으로 하여금 눈물이 옷깃을 젖게 하누나.

| 낱말 | *형식 : 칠언율시 *운자 : 尋, 森, 音, 心, 襟.

• 蜀相(촉상) : 촉나라 재상 제갈량(諸葛亮:181-234), 字는 孔明(공명). • 祠堂(사당) : 죽은 이를 추모하여 제사를 올리는 곳. 여기서는 제갈량의 사당. • 錦官城(금관성) : 성도. • 森森(삼삼) : 나무가 무성하여 우거진 모양. • 黃鸝(황리) : 꾀꼬리. • 三顧(삼고) : 三顧草廬(삼고초려)를 말함. • 天下計(천하계) : 위 · 오 · 촉의 삼국을 통일하는 일. • 兩朝(양조) : 유비와 유선의 2대를 말함. • 開濟(개제) : 기초를 닦고 사업을 완성. • 出師(출사) : 출사표를 쓰고 군대를 출병시킴.

| 감상 |

두보가 제갈량의 사당을 찾아가서 그를 추모하는 내용으로 되어있다. 그때는 두보가 성도에 머물러 있을 즈음이었다. 일찍이 삼국의 촉한에는 제갈량이 있어 유비를 도와 천하를 도모하다가 유비가 죽고, 그의 아들 유선에 이르러 출사표를 던지고 나가 싸우다가 죽게 되는 제갈량의 충정이 이 시에 잘 나타나 있다. 이 시는 전반의 서경과 후반에는 회고를 나타냈으며, 율시의 원칙을 지켜 대구를 이루어내고 있다. 시각과 청각을 거쳐 끝 구절에는 비통한 정서가 주류를 이루고 있다.

제갈량(諸葛亮)

41
登高 등고 ● 杜甫 두보

風急天高猿嘯哀하고 渚淸沙白鳥飛廻라.
풍급천고원소애 저청사백조비회

無邊落木蕭蕭下하고 不盡長江滾滾來라.
무변낙목소소하 부진장강곤곤래

萬里悲秋常作客하니 百年多病獨登臺라.
만리비추상작객 백년다병독등대

艱難苦寒繁霜鬢하니 潦倒新停濁酒杯라.
간난고한번상빈 요도신정탁주배

| 풀이 | **산에 올라**

바람 빠르게 불고 하늘 높아 원숭이 울음소리 슬픈데
물결 맑고 모래 희고 새 날아 돌아오는구나.
끝없는 나뭇잎은 쓸쓸하게 떨어져 내리고
한없이 긴 강물은 유유히 흐르고 있네.
만리(萬里)에 가을이 슬퍼서 항상 나그네 되니
일생에 병이 많아 홀로 이 대에 올랐다네.
괴로운 고생 끝에 구레나룻만 허옇게 세었으니
늙고 병들어 요즈음은 즐기던 술마저 끊었었네.

| 낱말 | *형식 : 칠언율시 *운자 : 哀, 廻, 來, 臺, 杯.

• 登高(등고) : 음력 9월 9일(중양절)에 행해지던 명절. 가족들이 산에 올라 국화주를 마셨다는 풍속이 있음. • 猿嘯(원소) : 원숭이들의 울음소리. • 渚(저) : 물

가에. 여기서는 양자강 기슭. • 落木(낙목) : 나뭇잎 지는 것. • 蕭蕭(소소) : 쓸쓸한 모양. • 長江(장강) : 양자강. • 滾滾(곤곤) : 물이 줄기차게 용솟음치며 흐르는 모양. • 百年(백년) : 일생. • 艱難(간난) : 온갖 괴로움. • 繁霜鬢(번상빈) : 허옇게 센 구레나룻. • 潦倒(요도) : 늙어서 아무것도 못하는 모양. • 新停(신정) : 새로 머무르게 했다. 여기서는 술을 끊는다는 말이다.

| 감상 |

전반부는 가을의 서정을 노래했고 후반부는 작자의 심경을 노래하고 있다. 가을이 되어 낙엽은 지고 원숭이 울음소리 쓸쓸히 들리는데 장강은 물줄기 따라 흘러가고 있었다. 인생의 흐름도 이와 같을까? 온갖 고생과 어려움을 겪으면서 방랑을 하고 있는 시인에게는 더할 수 없는 고통이었을 것이다. 생각나면 마시던 술도 이제는 몸이 병들어 또다시 술을 끊어야 했다. 이 시는 전체가 대구를 이루고 있으며 물 흐르듯 담담한 시적 분위기가 어디 막히는데 없이 술술 빠져 나온 느낌이다. 두보의 칠언율시 중에서도 수작이라 할 만한 작품이다.

42
江村 강촌 ● 杜甫 두보

清江一曲抱村流하니 長夏江村事事幽라.
청강일곡포촌류 장하강촌사사유

自去自來堂上燕이요 相親相近水中鷗라.
자거자래당상연 상친상근수중구

老妻畵紙爲碁局이요 稚子敲針作釣鉤라.
노처화지위기국 치자고침작조구

多病所須唯藥物이니 微軀此身更何求리요.
다병소수유약물 미구차신갱하구

| 풀이 | 강 마을

맑은 강 한 굽이가 마을을 안고 흐르나니

긴 여름 강 마을은 모든 일이 그윽하구나.

스스로 왔다가 스스로 가는 것은 집 위에 제비요

서로 친하고 가까이 지내는 것은 물 위의 갈매기로다.

늙은 아내는 종이를 접어 바둑판을 그리고

어린아이는 바늘을 두드려 고기 낚을 낚시 만드네.

많은 병에 필요한 것은 오직 약물이지만

미미하고 하찮은 이 몸, 또 무엇을 구하겠는가.

강촌(江村)

| 낱말 | *형식 : 칠언율시 *운자 : 流, 幽, 鷗, 鉤, 求.

• 一曲(일곡) : 한 굽이를 쳐서. • 自去自來(자거자래) : 스스로 갔다가 스스로 돌아오다. • 相親相近(상친상근) : 서로 친하여 가까이 다가옴. • 碁局(기국) : 바둑판. • 釣鉤(조구) : 낚싯바늘. • 微軀(미구) : 이 보잘것없는 작은 몸.

| 감상 |

한가하게 강가에서 생활하는 유유자적한 모습이 잘 나타나 있다. 작자가 49때 쓴 작품으로 성도에서 생활하는 가운데 자기 일상생활의 일부분으로 여겨지는 작품이다. 자연과 더불어 욕심 없이 살아가는 모습으로 제비와 갈매기와 늙은 아내와 바둑과 이런 모든 사물이 시인으로 하여금 욕심 없이 살아가는 모습을 잘 보여주고 있다. 이 시의 끝 구절은 모든 것을 버리고 자연 속에 묻힌 자신을 발견했을 때, 이미 몸이 쇠약해 있음을 한탄하는 것이 처량해 보이기까지 하다.

43
曲江 ● 杜甫 두보
곡 강

朝回日日典春衣하여 每日江頭盡醉歸라.
조 회 일 일 전 춘 의 매 일 강 두 진 취 귀

酒債尋常行處有하니 人生七十古來稀라.
주 채 심 상 행 처 유 인 생 칠 십 고 래 희

穿花蛺蝶深深見하고 點水蜻蜓款款飛라.
천 화 협 접 심 심 견 점 수 청 정 관 관 비

傳語風光共流轉하니 暫時相賞莫相違라.
전 어 풍 광 공 류 전 잠 시 상 상 막 상 위

| 풀이 | 곡강에서

조정에서 돌아오면 나날이 봄옷을 잡혀서

매일 강 머리에 나가 술 마시고 취하여 돌아오네.

술빚은 항상 어디서나 있게 마련이요,

인생은 칠십 살기 예부터 드물다는데 아니 마시랴.

꽃 사이에 꿀을 빠는 나비는 깊은 곳에서 보이고

물에다 꼬리 담그는 잠자리는 천천히 날아오르네.

저 풍광(風光)에 전하리라 함께 흘러가니

잠시라도 즐기며 서로 어긋나는 일 없게들 하세.

| 낱말 | *형식 : 칠언율시 *운자 : 衣, 歸, 稀, 飛, 違.

• 朝回(조회) : 조정에서 돌아오다. • 典(전) : 전당잡다. • 江頭(강두) : 강가에.
• 尋常(심상) : 보통 때. • 穿花(천화) : 꽃 속에 들어 감. • 蛺蝶(협접) : 호랑나비.
• 點水(점수) : 꼬리를 물에 담그다. • 蜻蜓(청정) : 잠자리. • 款款(관관) : 천천히.
• 風光(풍광) : 해가 뜨고 바람이 부는 자연 경치. • 賞(상) : 즐기다. 칭찬하다.
• 相違(상위) : 사이가 서로 안 좋아지다.

곡강(曲江)

| 감상 |

여기에서는 나비와 잠자리를 노래하고 있다. 이것은 아마 작자가 말하지 못하는 가슴속의 답답한 심정을 표현하고 있으리라. 이 시를 쓸 무렵이 숙종의 미움을 받아 심적으로 방황할 때이니 답답한 심정이 표현되었으리라 본다. 여기서 그 유명한 '人生七十古來稀' 에서 '고희(古稀)' 란 말이 나왔으니 오늘까지 많은 사람들의 입에 오르내리고 있다. 70이 고희인데 작자는 59세를 일기로 세상을 떠났으니, 그는 고희란 고사성어만 남기고 세상을 떠난 셈이다.

44
秋興 ● 杜甫 두보
추 흥

玉露凋傷楓樹林하니 巫山巫峽氣蕭森이라.
옥로조상풍수림 무산무협기소삼

江間波浪兼天湧하고 塞上風雲接地陰이라.
강한파랑겸천용 새상풍운접지음

叢菊兩開他日淚하고 孤舟一繫故園心이라.
총국양개타일루 고주일계고원심

寒衣處處催刀尺하고 白帝城高急暮砧이라.
한의처처최도척 백제성고급모침

| 풀이 | 가을의 흥취

옥로(玉露) 이슬이 단풍 숲을 시들게 하고 상하게 하니
무산과 무협 근방에는 가을 기운 고요하고 쓸쓸하네.

강물 위의 파도소리 하늘로 용솟음치게 하고

변방의 바람소리는 땅에 닿아 붙은 듯 어둡구나.

국화 떨기 두 번째 피니 그 옛날 슬퍼 눈물 흘리고

외로운 배를 매어둔은 고향 생각하는 마음이네.

겨울 준비하느라 곳곳에서 바느질하기 바쁘고

백제성(白帝城) 높이 솟아 저문 날 다듬질 소리 들리누나.

| **낱말** | *형식 : 칠언율시 *운자 : 林, 森, 陰, 心, 砧.

• 玉露(옥로) : 이슬의 미화. • 凋傷(조상) : 시들고 말라버림. • 巫山(무산) : 사천성에 있는 산. • 巫峽(무협) : 삼협 가운데 하나. 무산 아래 있는 협곡. • 蕭森(소삼) : 고요하고 쓸쓸함. • 江間(강한) : 강 위에. 間은 間과 같음. • 兼天湧(겸천용) : 물결이 용솟음쳐 하늘에 닿음. • 塞上(새상) : 변방. • 兩開(양개) : 꽃이 두 번째 피다. • 他日淚(타일루) : 과거를 생각한 눈물. • 寒衣(한의) : 추울 때 입는 옷. • 刀尺(도척) : 바느질할 때 필요한 가위와 자. • 白帝城(백제성) : 사천성 백제산에 있는 성. • 急(급) : 갑자기. 재촉하다. • 暮砧(모침) : 저녁에 들리는 다듬이 소리.

백제성(白帝城)

| 감상 |

두보가 55세 때 지은 작품으로 성도를 떠나 양자강을 내려가 사천성 기주(夔州)에 잠시 정착하게 되는데, 두보는 여기서 2년 동안 살게 된다. 이 작품에서 두보는 강한 고독감을 느끼고 있음을 본다. '고주(孤舟)' 라는 말을 보아 그는 매우 고독한 자신을 느낄 수 있었다. 이 시는 작시 8수 중의 한 수이다. 제일 끝 구절에서 백제성(白帝城) 가까운 곳에 이르러 저녁에 다듬이 소리가 들린다는 것이 매우 인상적이다. 백제성은 양자강 가의 높은 언덕에 있는 성이다.

45
登樓 (등루) ● 杜甫 두보

花近高樓傷客心하고 萬方多難此登臨이라.
화근고루상객심 만방다난차등림

錦江春色來天地하니 玉壘浮雲變古今이라.
금강춘색래천지 옥루부운변고금

北極朝廷終不改하니 西山寇盜莫相侵하라.
북극조정종불개 서산구도막상침

可憐後主還祠廟는 日暮聊爲梁父吟이라.
가련후주환사묘 일모료위양보음

| 풀이 | 누樓에 올라서

꽃은 높은 누각 위에 피어도 나그네 마음을 상하게 하고
만방에서 어려움 많은 이때에 이 누각에 오른다.

금강의 봄 풍광(風光)은 천지에 가득하니

옥루산(玉壘山)의 뜬구름은 고금을 두고 변해왔네.

북극성 같은 조정은 마침내 변함이 없는데

서산의 도둑놈들아 우리 침범하지 말라.

가련하다 촉나라 후주가 사당으로 모심은 공명의 덕

저문 날 양보음(梁父吟)을 읊는 인품은 내 마음에 와 닿네.

| **낱말** | *형식 : 칠언율시　*운자 : 心, 臨, 今, 侵, 吟.

• 登臨(등림) : 높은 곳에 올라가서 멀리 바라봄. • 錦江(금강) : 성도에 있는 강. • 玉壘(옥루) : 성도 서북쪽에 있는 산. 吐藩國(토번국)과 국경을 이루고 있어서 늘 침략이 끊이지 않았다. • 北極朝廷(북극조정) : 북극성은 움직이지 않는 것처럼 당나라 왕조가 굳건함을 가리킴. • 寇盜(구도) : 吐藩(토번)을 가리킴. • 後主(후주) : 蜀나라의 황제 劉禪(유선). 제갈량이 죽은 뒤에 위나라에 망함. • 梁父吟(양보음) : 제갈량이 즐겨 부르던 노래. 梁甫吟(양보음).

| **감상** |

763년에 토번족(吐藩:티베트)이 장안을 침범하여 점령한 일이 있었는데, 그 다음 해에 두보는 성도의 높은 누각에 올라 그 감회를 노래하게 되었다. 앞부분은 성도에 있는 높은 누각에 올라서 바라본 전망과 감회를 노래했고, 뒷부분은 그 당시 어지러운 현실을 해소하기 위해서 제갈량 같은 인물이 나타나야 한다는 것을 은근히 소망하고 있다.

46
客至 객지 ● 杜甫 두보

舍南舍北皆春水하고 但見群鷗日日來라.
사 남 사 북 개 춘 수　　단 견 군 구 일 일 래

花徑不曾緣客掃하고 蓬門今始爲君開라.
화 경 부 증 연 객 소　　봉 문 금 시 위 군 개

盤飧市遠無兼味하니 樽酒家貧只舊醅라.
반 손 시 원 무 겸 미　　준 주 가 빈 지 구 배

肯與隣翁相對飮이면 隔籬呼取盡餘杯라.
긍 여 인 옹 상 대 음　　격 리 호 취 진 여 배

| 풀이 | 손님이 오다.

집의 남쪽 북쪽, 모두 봄 시냇물 흐르고
다만 떼 지어 오는 갈매기는 나날이 날아오네.
꽃이 피는 오솔길을 손님 위해 쓸 필요 없고
사립문을 오늘 처음 그대를 위해 열어 놓겠네.
소반에 담긴 음식은 시장 멀어 맛 갖추지 못했지만
항아리 술도 집이 가난하여 오래된 탁주뿐이네.
이웃집 노인과도 함께 즐길 수만 있다면
울타리 너머로 불러 남은 술잔을 모두 비우리.

| 낱말 | *형식 : 칠언율시　*운자 : 來, 開, 醅 , 杯.

• 客至(객지) : 손이 이르다. • 花徑(화경) : 꽃이 핀 오솔길. • 緣客(연객) : 손님이 온다는 것으로 인연해서. • 蓬門(봉문) : 쑥대로 만든 사립문. 가난한 선비의 집

을 상징적으로 일컫는 말. • 盤飧(반손) : 盤은 반상, 飧은 저녁 식사의 뜻, 혹은 음식. • 兼味(겸미) : 갖추어진 음식 맛. • 舊醅(구배) : 오래된 탁주.

| 감상 |

참 소박한 시다. 시인의 생각은 모름지기 이렇게 되어야 하는 것이 아닌가 생각한다. 두보가 성도 초가에서 생활할 때 지은 작품으로 마음에 여유 있고 편안한 생활의 일면을 보는 것 같다. 가난한 생활 속에서도 스스로를 지키고 분수에 만족하는 생활을 엿볼 수 있다. 가난하지만 뜻이 있고 안빈낙도(安貧樂道)의 정신도 함께 볼 수 있다. 전반부에서는 봄이 오고 시냇물이 흐르고 떼 지어 놀고 있는 갈매기들의 자유로운 모습에서, 후반에서는 찾아온 손님을 자기 수준에 맞도록 대접하는 모습에서 작자의 심경이 잘 묘사되고 있다. 율시(律詩)의 원칙에 의하여 적절한 대구를 이루고 있다. 끝 구절이 마음에 와 닿는다.

47
九日, 藍田崔氏莊 ● 杜甫 두보
구일 남전최씨장

老去悲秋强自寬하며 興來今日盡君歡이라.
노거비추강자관 흥래금일진군환

羞將短髮還吹帽하고 笑倩傍人爲正冠이라.
수장단발환취모 소천방인위정관

藍水遠從千澗落하고 玉山高並兩峯寒이라.
남수원종천간락 옥산고병양봉한

明年此會知誰健고? 醉把茱萸仔細看이라.
명년차회지수건 취파수유자세간

| 풀이 | 중양절에 남전藍田 최씨의 별장에서

늙어서 마음 슬픔을 억지로 감추려고 애쓰며
오늘은 흥미롭게 당신의 환영을 마음껏 받으려 하오.
부끄럽게 머리가 짧아 모자를 바람에 날려버리고
웃으며 옆 사람에게 관을 바르게 해 달라 하였지.
남수(藍水)의 강물은 여러 갈래 골짝 물을 모아 흐르고
옥산 높은 두 봉우리는 나란히 차갑게 솟아 있네.
내년의 이 모임에 과연 누가 건재하게 남으랴
술에 취하여 수유(茱萸) 들고 자상하게도 바라본다.

| 낱말 | *형식 : 칠언율시 *운자 : 寬, 歡, 冠, 寒, 看.

• 九日(구일) : 9월 9일은 중양절로, 중국에서는 명절임. 높은 산에 올라 수유를 머리에 꽂는 풍속이 있었음. • 藍田(남전) : 섬서성에 있는 지명. • 老去(노거) : 늙어서. • 笑倩(소천) : 예쁘게 웃는 모양. 倩 ; 예쁠 천. • 藍水(남수) : 남전 동쪽으로 흐르는 강. • 千澗(천간) : 많은 시냇물. • 玉山(옥산) : 남전에 있는 산.

| 감상 |

두보가 나이 47세 때 숙종의 미움을 받아 섬서성 화주에 사공참군(司功參軍)으로 좌천되었을 무렵에 쓴 작품이다. 최씨 별장에 초대받아 술을 마시며 지은 시로서 고사를 인용하여 주제를 잘 표현한 작품이다. 동진(東晋)의 맹가(孟嘉)의 고사인데, 맹가는 환온(桓溫) 장군이 주최하는 중양절 잔치에서 바람에 모자가 날아간 것을 모르고 있었다. 환온은 명문가 손성(孫盛)에게 명하여 그것을 조소하는 문장을 쓰게 했는데, 맹가는 즉석에서 거기에 화답하는 글을 지어 모두를 감탄하게 했다는 이야기다. 지은이는 이 고사를 인용하여 쓰고 있다.

48
羌村 강촌 · 杜甫두보

崢嶸赤雲西하고 日脚下平地라.
쟁영적운서 일각하평지

柴門鳥雀噪하고 歸客千里至라.
시문조작조 귀객천리지

妻孥怪我在하고 驚定還拭淚라.
처노괴아재 경정환식루

世亂遭飄蕩하니 生還偶然遂라.
세란조표탕 생환우연수

隣人滿牆頭하고 感歎亦歔欷라.
린인만장두 감탄역허희

夜闌更秉燭하니 相對如夢寐라.
야란경병촉 상대여몽매

| 풀이 | 강촌羌村

높이 솟아 있는 붉은 구름 서쪽으로부터
햇살이 평지에 내려 비친다.
사립문에서는 참새 같은 새들이 지저귀고
나그네도 천리 먼 길에서 돌아왔네.
처자는 무사한 내 모습을 보고 이상하게 생각하고
믿지 못할 놀라움에 기쁨의 눈물짓네.
세상이 혼란해서 유랑의 길 나서야 했는데
이제 살아 돌아온 것이 우연처럼 생각된다.

이웃 사람들은 흙담 너머 가득 모여들어

다시 만남에 감탄하여 흐느끼고 있네.

밤이 깊어 방에 또다시 촛불을 켜노니

아내와 마주 앉아 있는 것이 마치 꿈과 같구려.

| **낱말** | *형식 : 오언고시 *운자 : 地, 至, 淚, 遂, 欷, 寐.

• 崢嶸(쟁영) : 높이 솟은 모양. • 日脚(일각) : 햇살. 구름 사이에서 땅 위에 비치는 태양광선. • 妻孥(처노) : 아내와 자식. • 飄蕩(표탕) : 여기저기 유랑함. • 牆頭(장두) : 담의 머리. • 歔欷(허희) : 흐느껴 울다. • 夜闌(야란) : 밤 깊어. • 夢寐(몽매) : 꿈. "寐"는 자는 것.

| **감상** |

작자가 46세(757) 때의 8월에 가족이 있는 강촌(섬서성)으로 돌아와 쓴 3수 연작의 제1수이다. 이 시는 재회의 기쁨을 노래하는 극적인 장면이 잘 묘사되고 있다. 처음 시작의 연을 보면 '쟁영적운서(崢嶸赤雲西)'에서는 자기의 기구한 신세와 함께 당나라의 운명적 불안을 노래하고 있는 듯하다.

강촌(羌村)

49
哀江頭 杜甫두보
애 강 두

少陵野老呑聲哭하며 春日潛行曲江曲이라.
소 릉 야 로 탄 성 곡 춘 일 잠 행 곡 강 곡

江頭宮殿鎖千門하고 細柳新蒲爲誰綠고?
강 두 궁 전 쇄 천 문 세 류 신 포 위 수 록

憶昔霓旌下南苑에 苑中萬物生顏色이라.
억 석 예 정 하 남 원 원 중 만 물 생 안 색

昭陽殿裏第一人은 同輩隨君侍君側이라.
소 양 전 리 제 일 인 동 배 수 군 시 군 측

輦前才人帶弓箭하고 白馬嚼齧黃金勒이라.
연 전 재 인 대 궁 전 백 마 작 설 황 금 륵

翻身向天仰射雲하고 一箭正墜雙飛翼이라.
번 신 향 천 앙 사 운 일 전 정 추 쌍 비 익

明眸皓齒今何在오 血汚遊魂歸不得이라.
명 모 호 치 금 하 재 혈 오 유 혼 귀 부 득

清渭東流劍閣深하고 去住彼此無消息이라.
청 위 동 류 검 각 심 거 주 피 차 무 소 식

人生有情淚沾臆하니 江水江花豈終極고?
인 생 유 정 누 첨 억 강 수 강 화 기 종 극

黃昏胡騎塵滿城하니 欲往城南忘南北이라.
황 혼 호 기 진 만 성 욕 왕 성 남 망 남 북

| 풀이 | 곡강에서 슬픔을 느껴

소릉의 시골 늙은 사람인 나는 소리를 삼켜 울면서

이 봄날 사람 몰래 곡강 가에 가노라.
강 언저리 서 있는 궁전은 문마다 닫힌 채인데
세류(細柳)와 부들의 새싹은 그 누굴 위해 푸르른가?
그 옛날 천자의 무지개 깃발이 원중(南苑)에 내려 왔을 때
동산 안의 모든 만물 파릇파릇 생기 돋아났으리라.
소양전 안의 첫째 가는 그 사람은
천자 수레 함께 타고 임금님 곁에 뫼시고 계시는 분,
수레 앞의 시녀들은 활과 살을 들었고
백마는 황금 자갈을 씹어 자를 만큼 힘 있었으리.
시녀들이 몸을 돌려 하늘을 바라보며 구름을 쏘고
활살 하나로 두 마리 새를 떨구었으리라.
지금 그 아름다운 사람은 어디에 있는가?
피를 더럽혀 놀고 있는 영혼은 지금도 돌아오지 못하네.
맑은 위수는 동으로 흘러가고 검각산 깊숙한 곳에 있고
간 자(현종)와 함께 가지 못한 자(양귀비) 서로 소식 끊겼다.
인생은 유정하여 생각하면 눈물이 내 가슴 적시는데
강물과 강가의 꽃들은 끝남이 있겠는가?
황혼에 기병을 일으켜 먼지는 장안성에 가득한데
성남으로 가려 했으나 남북의 길 방향을 잊어버렸구나.

| 낱말 | *형식 : 칠언고시 *운자 : 哭, 曲, 綠, 色, 側, 勒, 翼, 得, 息, 臆, 極, 北.

• 哀江頭(애강두) : 곡강 강에서 슬퍼한다는 뜻이다. 악부체임. • 少陵(소릉) : 장안 남쪽에 있는 한나라 선제의 황후의 능. 거기에 두보의 집이 있었다. • 野老

(야로) : 시골 노인. • 霓旌(예정) : 무지개 색깔의 천자의 깃발. • 下(하) : 행차. • 南苑(남원) : 곡강 남쪽 芙蓉苑(부용원). • 昭陽殿裏第一人(소양전리제일인) : 소양전은 한나라 趙飛燕(조비연)이 살던 궁전으로, 여기서는 양귀비를 비유한 것임. • 嚼齧(작설) : 씹어서 자르다. • 明眸皓齒(명모호치) : 미인을 형용한 말. • 淸渭(청위) : 맑은 위수. • 劍閣(검각) : 산 이름. 촉나라 입구에 있는 요새지. • 去住彼此(거주피차) : 촉으로 피신한 현종과 함께 가지 못한 양귀비를 가리킴. • 沾臆(첨억) : 가슴을 적심. • 城南(성남) : 장안 남쪽 땅으로, 두보의 집이 있던 곳.

| 감상 |

현종과 양귀비를 소재로 한 시이다. 이 시는 백거이의 '장한가'와 쌍벽으로 꼽히는 시다. 이 시는 인생의 무상함을 주제로 하고 있다. 이 시는 두보가 46세 때인 지덕 2년(757)년, 양귀비가 죽은 지 9개월 밖에 안 되는 때이다.

50
飮中, 八仙歌 ● 杜甫 두보
음중 팔선가

賀知章騎馬似乘船하고 眼花落井水底眠이라.
하지장기마사승선 안화낙정수저면

汝陽三斗始朝天에 道逢麴車口流涎하여
여양삼두시조천 도봉국차구류연

恨不移封向酒泉이라 左相日興費萬錢하니
한불이봉향주천 좌상일흥비만전

飮如長鯨吸百川하며 銜林樂聖稱避賢이라.
음여장경흡백천 함림낙성칭피현

宗之瀟灑美少年이라 擧觴白眼望青天하며
종지소쇄미소년 거상백안망청천

皎如玉樹臨風前이라. 蘇晉長齋繡佛前에
교여옥수임풍전 소진장재수불전

醉中往往愛逃禪이라. 李白一斗詩百篇하니
취중왕왕애도선 이백일두시백편

長安市上酒家眠하여 天子呼來不上船하고
장안시상주가면 천자호래불상선

自稱臣是酒中仙이라. 張旭三杯草聖傳하고
자칭신시주중선 장욱삼배초성전

脫帽露頂王公前에 揮毫落紙如雲煙이라.
탈모로정왕공전 휘호낙지여운연

焦遂五斗方卓然하여 高談雄辯驚四筵이라.
초수오두방탁연 고담웅변경사연

| 풀이 | 술 마시는 팔선八仙의 노래

하지장이 취해 말 탄 모습은 마치 배를 탄듯하고
눈이 우물물에 빠져도 모르고 그대로 잠만을 잔다.
여양은 서 말 술을 마신 뒤에야 조정에 출근하는데
도중에 누룩을 실은 수레를 만나면 또 마시고 싶어 침을 흘리며
한스러운 것은 주천(酒泉)의 영주가 되지 못한 일이었다.
좌상 이적지는 하루 유흥비로 일만 전의 돈을 쓰는데,
마시는 모양은 마치 큰 고래가 백 개의 냇물을 삼키는 듯하며
잔을 쥐고는 청주만 즐기지 탁주는 마시지 않는다고 스스로 말한다.
종지는 훤칠하게 생긴 미소년인데,

잔을 들어 세상을 백안시하고 푸른 하늘 바라보면

그 모습은 멋지고 아름다운 나무가 바람을 맞으며 서 있는 듯하다.

소진은 수놓은 불상 앞에서 오래 재를 올리는 열렬한 불교도지만

취해서는 때때로 좌선 자리를 도망치기도 한다.

이백은 한 말 술을 마시면 시를 백 편이나 짓고 말며

장안 시중 주막에서 취해서 잠들어 버리기도 한다네.

천자가 부르셔도 배를 탈 수조차 없는 상태가 되고

자칭하여 술꾼 가운데 신선이라 일컫는다.

장욱은 석잔 술을 마셔야 멋진 초서체로 글씨를 쓰고

모자를 벗고 이마를 드러낸 채 왕공 앞에서도 멋대로 굴지만

붓을 휘둘러 먹을 종이에 묻히면 그 글씨는 구름이 날 듯 멋지다.

초수는 말이 서툴지만 다섯 말 술만 마시면 의기양양하여

담담한 웅변으로 소리 높여 말하여 사람들을 놀라게 한다.

| 낱말 | *형식 : 칠언고시 *운자 : 船, 眠, 天, 涎, 泉, 錢, 川, 賢, 年, 天, 前, 前, 禪, 篇, 眠, 船, 仙, 傳, 前, 煙, 然, 筵.

• 知章(지장) : 賀知章(하지장). 자는 季眞(계진). • 眼花(안화) : 눈이 반짝거림. • 汝陽(여양) : 군왕으로 봉해진 李璡(이진). 그는 현종의 조카임. • 三斗(삼두) : 서 말의 술. 한 말이 약 6리터임. • 酒泉(주천) : 감숙성에 있는 지명. 여기에 있는 샘물이 술과 같아서 이 말이 생겨났음. • 左相(좌상) : 황족이면서 좌승상. 李適之(이적지). 그는 한 말 술을 마시고도 자세가 흐트러지지 않았다고 함. • 樂聖避賢(낙성피현) : '聖' 은 청주, '賢' 은 탁주. • 宗之(종지) : 최종지를 말함. • 瀟灑(소쇄) : 맑고 깨끗함. • 白眼(백안) : 냉한 눈초리. 진나라 원적과 속세 사람이 찾아오면 백안이 되고, 친구가 찾아오면 青眼(청안 ; 검은 눈)이 됨. • 皎(교) : 깨끗함. • 玉樹(옥수) : 뛰어나고 아름다운 것. • 蘇晉(소진) : 사람의 이름. 中書舍人(중서사

인)이란 벼슬에 있었음. • 市上(시상) : 시내. • 不上船(불상선) : 천자가 마중 가기 위해 보낸 배에 타지 않음. • 張旭(장욱) : 초서에 뛰어나 '草聖' 이라 불림. 초서의 대가라고 함. 장욱의 초서와 이백의 시와 裵旻(배민)의 검무를 삼절이라 했다고 함. • 焦遂(초수) : 자세한 전기가 전해지지 않음. • 卓然(탁연) : 의기양양해짐. • 四筵(사연) : 잔치 자리 등의 사방 주위를 말함.

* 八仙(팔선) : 賀知章(하지장). 汝陽(여양), 李適之(이적지), 宗之(종지), 蘇晉(소진), 李白(이백), 張旭(장욱), 焦遂(초수).

| 감상 |

당나라 때 팔선을 노래한 것임. 주선 한 사람당 2, 3구, 혹은 4구로 읊어서 그 취한 상태를 7언 고시로 노래한 것이다. 여기서 특이한 것은 이백은 4구나 할애하여 그의 시적 능력을 보여준 것은 두보가 그만큼 이백을 아끼고 사랑하는 당대의 시인이기 때문이리라. 여기서 특이한 것은 운자를 행의 끝 자마다 배치한 것이 눈에 뜨인다.

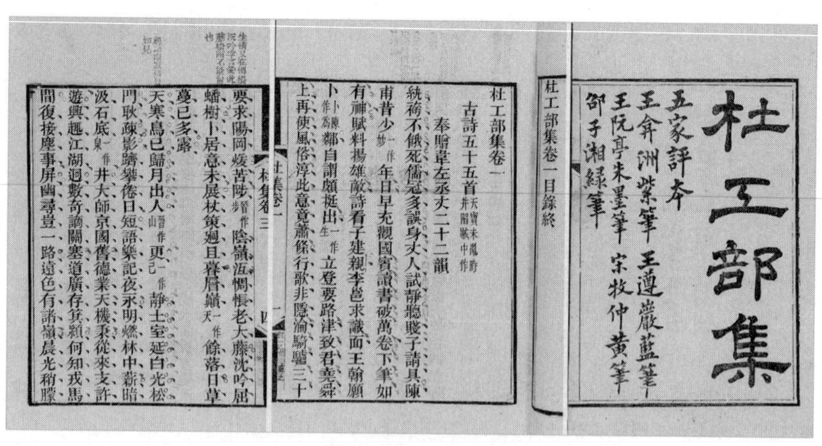

杜工部集
五家評本
王弇洲紫筆 王遵巖藍筆
王阮亭朱墨筆 宋牧仲黃筆
邵子湘綠筆

杜工部集卷一目錄終

杜工部集卷一
古詩五十五首 天寶未亂時并陷賊中作
奉贈韋左丞丈二十二韻
紈袴不餓死儒冠多誤身丈人試靜聽賤子請具陳
甫昔少一作妙年日早充觀國賓讀書破萬卷下筆如
有神賦料揚雄敵詩看子建親李邕求識面王翰願
卜一作爲鄰自謂頗挺出一作生立登要路津致君堯舜
上再使風俗淳此意竟蕭條行歌非隱淪騎驢三十

要求陽岡煖苦陟險嶺泝惆悵老大藤沈吟屈
蟠樹卜居意未展杖策迴且暮層巔餘落日草
蔓已多露
天寒鳥已歸月出人更靜士室延白光松
門耿疎影躊躇備日短語樂記夜永明燃林中薪暗
汲石底井大師京國舊德業天機秉從來支許
遊興趣江湖迴數奇謫關塞道廣存貧賴何知戎馬
間復接塵事屏幽尋豈一路遠色有諸嶺晨光稍朦

두공부집(杜工部集)

작자 | 杜甫두보(712~770) ; 盛唐

두보(杜甫)

詩仙(시선) 이백과 더불어 중국 최대의 시인. 당의 詩聖(시성). 字는 子美(자미). 河南(하남) 鞏縣(공현)에서 출생. 20대 초반에는 吳越(오월) 지방을 유랑, 26세 때 처음으로 진사 시험에 응시했으나 불합격, 이후 몇 년간 齊趙(제조) 지방에서 노닐며 李白(이백)과 교류했음. 나이 사십에 겨우 미관말직을 얻었고, 나중에 工部員外郞(공부원외랑)이라는 고위 관직에 임명되었으나 방랑벽 때문에 그 직책을 수행하지 못했다. '杜工部集(두공부집)', '草堂詩箋(초당시전)' 등의 시집이 있으며, 3천 수에 가까운 시작 중, 1,400여 수가 전하고 있다.

51
遊子吟 유자음 ● 孟郊맹교

慈母手中線은 遊子身上衣라.
자모수중선 유자신상의

臨行密密縫하니 意恐遲遲歸라.
임행밀밀봉 의공지지귀

誰言寸草心을 報得三春暉라.
수언촌초심 보득삼춘휘

| 풀이 | 아들의 노래

우리 어머님의 손안에 있는 실은

아들의 몸에 걸치는 옷을 만드시네.
길 떠날 때 촘촘하게 바느질 하시니
돌아올 길 늦어질까 걱정하셨네.
누가 말하랴, 풀처럼 자란 이 마음을
삼춘봄날 훈훈한 사랑 갚을 수 있다고.

| **낱말** | *형식 : 오언고시　*운자 : 衣, 歸, 暉.

• 遊子吟(유자음) : 악부체. 고향을 떠나 사는 아들의 노래. • 線(선) : 실. • 寸草心(촌초심) : 한 뼘 자란 풀처럼 작은 마음. • 三春(삼춘) : 따뜻한 춘삼월의 봄. 어머니의 사랑에 비유됨. • 暉(휘) : 빛나다.

| **감상** |

어머니의 자애로운 사랑을 노래한 작품이다. 지은이가 어머니를 표수(溧水)가에 맞이하면서 지었다는 시이다. 작자가 양위(陽尉)의 벼슬에 있을 때 어머니를 모셔오면서 지은 시라고 한다.

작자 | 孟郊맹교(751~814) ; 中唐

맹교(孟郊)

字는 東野(동야). 절강성 武康人(무강인). 덕종 때 진사 급제. 4년 뒤에 陽尉(양위)가 되어 매일 강가에서 술만 마시고 시를 짓는 것으로 세월을 보냄. 이것이 윗사람에게 신고되어 봉급이 반으로 깎이자 벼슬을 그만두고 있었는데, 東都留守(동도유수) 鄭余慶(정여경)에게 발탁되어 水陸轉運判官(수륙전운판관)으로 있다가 정여경이 元興節度使(원흥절도사)가 되자 그의 참모로 발탁되어 부임 도중에 죽음. 韓愈

(한유)와는 20세에 가까운 연령차에도 친하게 평생 그를 사사했다. '孟東野集(맹동야집)' 10권이 남아있다.

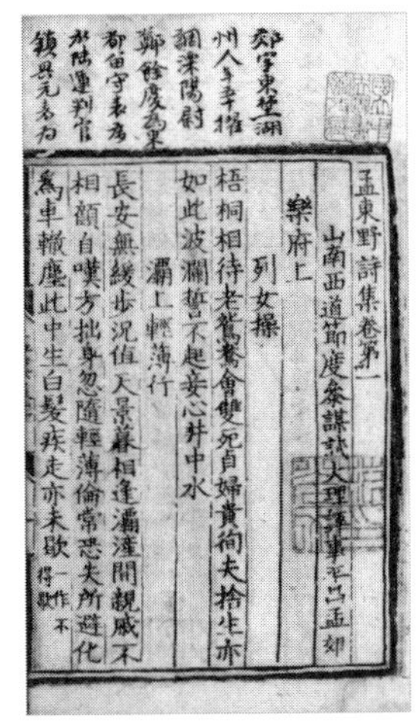
孟東野詩集卷第一
山南西道節度參謀試大理評事平昌孟郊
樂府上
列女操
梧桐相待老鴛鴦會雙死貞婦貴徇夫捨生亦
如此波瀾誓不起妾心井中水
灞上輕薄行
長安無緩步況值天景暮相逢灞滻間親戚不
相顧自歎方拙身忽隨輕薄倫常恐失所避化
爲車轍塵此中生白髮疾走亦未歇 一作不得歇

맹동야시집(孟東野詩集)

52

春曉 ● 孟浩然맹호연
춘 효

春眠不覺曉하니 處處聞啼鳥라.
춘 면 불 각 효 처 처 문 제 조

夜來風雨聲에 花落知多少오?
야 래 풍 우 성 화 락 지 다 소

| 풀이 | 봄 새벽

봄 늦잠 새벽을 깨닫지 못하여

곳곳에서 새소리 들리는구나.

지난밤 비바람소리 들리더니

꽃은 얼마나 떨어졌다 하느냐?

| 낱말 | *형식 : 오언절구 *운자 : 曉, 鳥, 少.

• 春眠(춘면) : 봄철의 늦잠. • 不覺曉(불각효) : 새벽이 온 줄 모르다. • 處處(처처) : 곳곳에서. • 夜來(야래) : 간밤. '來' 는 조사. • 知多少(지다소) : 얼마나 되는지 모름. '多少(다소)' 는 의문사. 의문사 위에 '知' 가 붙으면 '不知(부지)' 의 뜻이 된다.

| 감상 |

간결하고 깨끗한 한 편의 오언절구이다. 봄날 늦잠 때문에 언제 아침이 되었는지 모르는 상태에서 맑고 고운 새소리가 들리는 아침, 간밤에 비바람 소리 들리더니 아마 꽃이 벌겋게 떨어져 있을 것이다. 지는 꽃을 아쉬워하며 자연 속의 인생을 생각해보는 좋은 시이다. 끝 구절에는 짙은 상징성이 작용하여 잠시 인생을 느끼게 하고 있다. 봄, 계절적 감각이 느껴지는 시다.

53
臨, 洞庭 ● 孟浩然맹호연
임 동 정

八月湖水平하니 涵虛混太淸이라.
팔 월 호 수 평 함 허 혼 태 청

氣蒸雲夢澤하고 波撼岳陽城이라.
기 증 운 몽 택 파 감 악 양 성

欲濟無舟楫하니 端居恥聖明이라.
욕 제 무 주 즙 단 거 치 성 명

坐觀垂釣者는 徒有羨魚情이라.
좌 관 수 조 자 도 유 선 어 정

| 풀이 | **동정호에 와서**

팔월의 동정호는 수면이 잔잔하고 넓어
하늘에 닿아서 이어지니 구별할 수가 없구나.
피어오르는 물안개는 운몽(雲夢)의 연못 위에 덮이고
넘실대는 물결은 악양성을 뒤흔들 듯하네.
건너 가려 해도 배와 노가 없으니
단정하게 있는 것은 천자의 은덕에도 부끄럽구나.
앉아서 낚시 드리운 사람을 보면
한갓 고기 잡고 싶은 마음이 문득 솟아나네.

| **낱말** | *형식 : 오언율시 *운자 : 平, 淸, 城, 明, 情.

• 洞庭(동정) : 동정호. 호남성에 있는 중국 최대의 호수. • 八月(팔월) : 음력 팔월 중추. • 涵虛(함허) : 하늘과 호수가 분명치 않는 상태. '虛(허)' 는 허공이다. • 太淸(태청) : 하늘. • 氣蒸(기증) : 수증기가 피어오르다. • 雲夢澤(운몽택) : 양자강 연안의 습지대 총칭. • 撼 : 흔들 감. • 岳陽城(악양성) : 호남성 岳陽縣(악양현)의 지명. • 濟(제) : '渡(도)' 와 같음. 여기서 '제' 라는 것은 관리가 되어 천하를 다스리는 것을 암시하고 있다. • 舟楫(주즙) : 배와 노. 여기서는 관리가 되는 재능이나 방법을 비유함. • 端居(단거) : 閑居(한거)를 의미함. • 聖明(성명) : 천자의 은덕. • 坐(좌) : 좌시. 멍청하게 앉아있음. • 羨魚情(선어정) : 물고기를 갖고 싶은 마음. 여기서는 관리가 되고 싶어 하는 마음을 비유했음.

| **감상** |

본래의 제목은 [망동정호증장승상(望洞庭湖贈張丞相)]으로 되어 있다. 여기서 장승상은 장구령(張九齡)을 의미한다. 작자가 벼슬을 바라서 장승상에게 천거해주기를 간청하는 내용으로 되어 있다. 여기서 시의 전체를 보

동정호(洞庭湖)

면 전반은 동정호의 경치를 멋지게 묘사하고 나서 후반부에서는 서정적인데, 거기서 자기를 천거해주기를 암시하고 있는 것이다. 웅대한 대자연의 동정호를 눈앞에 두고 배도 노도 없는 것으로 묘사하고 있는 것은 성명(聖明 : 천자의 은덕)에 대해 부끄러움을 느끼며 한거(閑居)하게 지내는 자신을 고독하고 불우한 것으로 느끼고 있는 것이다.

54
洛陽訪, 袁拾遺, 不遇 孟浩然 맹호연
낙양방 원습유 불우

洛陽訪才子하니 江嶺作流人이라.
낙양방재자 강령작류인

聞說梅花早하니 何如此地春고?
문설매화조 하여차지춘

| 풀이 | 원습유袁拾遺를 방문했으나 만나지 못함.

낙양의 재인(才人)을 찾아갔으나

강령 근처에 귀양살이 갔다고 말을 하네.

듣기에 여기에는 매화가 일찍 핀다고 하니

이 땅의 봄은 어떠한 것인가?

| 낱말 | *형식 : 오언절구　*운자 : 人, 春.

• 袁拾遺(원습유) : '袁' 은 성씨 '拾遺(습유)' 는 벼슬 이름. 그가 구체적으로 누군지는 모른다. • 江嶺(강령) : 강서의 호남지방을 가리킴. • 流人(유인) : 유배 간 죄인. • 聞說(문설) : 듣는 말에 의하면. • 此地(차지) : 이곳. 곧 洛陽(낙양)을 가리킴.

| 감상 |

원습유(袁拾遺)는 맹호연(孟浩然)의 친구이다. 낙양의 재인(才人)인 그 친구를 찾아갔지만 그는 죄를 지어 영외로 유배를 떠나고 없었다. 매화가 피었다는 소식과 그의 친구와는 어떤 관계가 있는가. 그리고 이 땅의 봄은 또 무엇을 표현하고 있는가. 매화는 친구인 습유(拾遺)의 강직한 인간성을 말할 수도 있고, 이 땅의 봄은 당시 정치적인 화해 같은 것을 생각할 수도 있을 것이다.

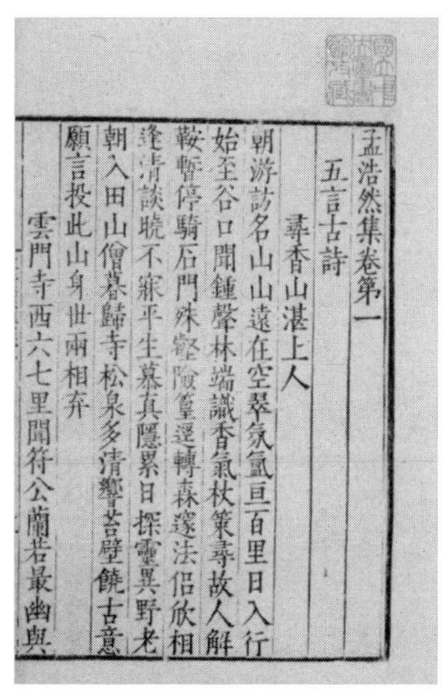
孟浩然集卷第一
五言古詩
尋香山湛上人
朝游訪名山山遠在空翠氛氳亘百里日入行
始至谷口聞鍾聲林端識香氣杖策尋故人解
鞍暫停騎石門殊壑險篁逕轉森邃法侶欣相
逢清談曉不寐平生慕真隱累日探靈異野老
朝入田山僧暮歸寺松泉多清響苔壁饒古意
願言投此山身世兩相弃
雲門寺西六七里聞符公蘭若最幽與

맹호연집(孟浩然集)

작자 | 孟浩然 맹호연(689~740) ; 盛唐

맹호연(孟浩然)

호북성 襄陽人(양양인). 본명은 浩(호), 字는 浩然(호연). 젊은 시절 몇 번이나 과거에 응시했으나 낙방하고 여러 곳을 방랑하다가 양양의 鹿門山(녹문산)에 은거. 40여 세 때 장안 명사들의 집을 드나들며 張九齡(장구령), 王維(왕유) 등의 詩會(시회)에 참가하여 文才(문재)를 인정받음. 잠시 벼슬을 하다가 좌천되자 사임하고 여러 곳을 방랑, 다시 향리에 은거했다가 등창 병으로 죽음. '孟浩然集(맹호연집)' 4권과 260여 수의 시가 남아 있음.

55
鹿柴 ● 裵迪裵배적
녹 채

日夕見寒山하니 便爲獨往客이라.
일 석 견 한 산 　　변 위 독 왕 객

不知松林事하니 但有麏麚跡이라.
부 지 송 림 사 　　단 유 균 가 적

| 풀이 | **녹채에서**

해 기우는 저녁 때 가을 산을 바라보니
문득 홀로 거기 가서 나그네 되었노라.
솔숲 속에 일은 나도 알지 못하지만

다만 사슴의 흔적만 남아 있을 뿐이네.

| 낱말 | *형식 : 오언절구 *운자 : 客, 跡.

• 鹿柴(녹채) : 왕유의 망천 별장의 하나. • 日夕(일석) : 저녁 때. • 寒山(한산) : 가을 산, 혹은 겨울 산. • 麏麚(균가) : 사슴. '麏' 은 고라니, '麚' 는 수사슴.

| 감상 |

이 시는 왕유(王維)의 망천별업(輞川別業)을 노래한 작품이다. 왕유의 시에 화답하는 시로서, 구조가 화답하는 형식으로 짜여 있다. 저무는 저녁햇살과 아름다운 정원과 시와 친구가 한데 어울려 이루어진 한 폭의 그림이다. 여기에서 왕유(王維)의 시적 자연을 잘 나타내고 있다.

작자 | 裵迪배적(716~?) ; 盛唐

섬서성 출신. 그의 상세한 생애는 미상. 왕유와 절친했던 사람으로, 종남산 부근에 있었던 왕유의 망천 별장 근처에 산장을 짓고 서로 왕래하며 시와 술을 즐겼다. 안녹산의 난 후에 蜀州刺史(촉주자사)가 되어 杜甫(두보), 李頎(이기) 등과 친하게 지내기도 했다.

56
夜雨 ● 白居易백거이
야 우

早蛩啼復歇하니 殘燈滅又明이라.
조 공 제 부 헐 잔 등 멸 우 명

隔窓知夜雨하니 芭蕉先有聲이라.
격 창 지 야 우 파 초 선 유 성

| 풀이 | **밤비**

철 이른 귀뚜라미가 울다가 그치고
깜빡거리는 등불 꺼질 듯 다시 밝아오네.
창밖에 밤비 오는 것을 이제 알았으니
파초가 먼저 빗소리를 내고 있구나.

| 낱말 | *형식 : 오언절구 *운자 : 明, 聲.

• 早蛩(조공) : 일찍 우는 귀뚜라미. • 復(부) : 다시금. ~하고 또 ~하다 의 뜻. • 歇(헐) : 그치다. • 殘燈(잔등) : 깊은 밤의 깜박거리는 등불.

| 감상 |

철 이르게 들려오는 귀뚜라미 소리가 들릴 듯 말 듯 어디선가 들려오고 있다. 밤중에 일어나 깜빡거리는 등잔을 짝하여 책이라도 읽고 있었는가 보다. 창밖에서 아마 밤비가 내리는 듯, 어두운 밤 화단에 있는 파초 잎에서 가느다란 빗소리가 들려오는 걸 보니… 가을밤 고요함을 노래하고 있다.

57
夜雪(야설) ● 白居易백거이

已訝衾枕冷터니 復見窓戶明이라.
이 아 금 침 랭 　 부 견 창 호 명

夜深知雪重하니 時聞折竹聲이라.
야 심 지 설 중　　　시 문 절 죽 성

| 풀이 | **눈 내리는 밤**

아까부터 이불이 차가와 의아하게 여겼는데

다시 보니 창문이 환해오는구나.

밤 깊어 눈이 얼마나 많이 내렸는지

때때로 대나무 부러지는 소리 들리네.

| 낱말 | *형식 : 오언절구　*운자 : 明, 聲.

• 訝(아) : 의아스럽다. • 衾枕(금침) : 이불. • 窓戶(창호) : 창문. • 折竹聲(절죽성) : 대 부러져 마디 터지는 소리.

| 감상 |

아까부터 이불이 서늘해지기에 어쩐 일인가 의아스럽게 생각을 했지. 나중에 보니 창문이 훤하게 밝아오기에 아직 먼동 틀 시간은 멀었는데 어쩐 일인가도 생각했지. 나중에 보니 눈이 와서 그런걸 알았구나. 눈이 얼마나 내렸는지 밤 깊어서는 대나무 마디 터지는 소리가 탁, 탁 하고 들려오고 있었다. 눈 내리는 밤을 능청스럽게 표현하는 그의 시적 기교가 돋보인다.

58
王昭君 ● 白居易백거이
왕 소 군

滿面胡沙滿鬢風하니 眉銷殘黛臉銷紅이라.
만 면 호 사 만 빈 풍 미 소 잔 대 검 소 홍

愁苦辛勤顦顇盡하니 如今卻似畫圖中이라.
수 고 신 근 초 췌 진 여 금 각 사 화 도 중

| 풀이 | **왕소군**

얼굴 가득 호지(胡地)의 모래바람에 머리카락 휘날리니
눈썹화장도 뺨에 바른 빨강 연지도 모두 지워졌구나.
슬픔과 괴로움으로 얼굴 또한 초췌해 가니
지금 그 모습 화공이 그린 초상화 그대로 되고 말았네.

| 註 | 王昭君(왕소군)은 한나라 원제 때의 궁녀로 천하일색의 미인이었다. 원제가 궁중의 궁녀들을 화공으로 하여금 초상화를 그려 올리게 했는데, 왕소군은 원래 미녀이기 때문에 화공에게 뇌물을 주지 않아도 그대로만 그려주면 된다는 생각으로 있었는데, 다른 궁녀들은 뇌물을 주었기 때문에 모두 왕소군보다 더 미인으로 그려 바쳤다. 그래서 원제의 사랑을 받아보

왕소군(王昭君)

지 못하고 흉노족 왕에게 정략적으로 시집을 가게 되었다. 마지막 떠날 때 원제께 인사하러 오는 왕소군을 보고 황제는 깜짝 놀라 원인을 물어 알게 되었다. 후회막급, 그래서 화공을 사형까지 시켰다니 소군이 어느 정도인지 알듯하다.

| 낱말 | *형식 : 칠언절구 *운자 : 風, 紅, 中.

• 胡沙(호사) : 북쪽 호족들이 살고 있는 사막. • 銷(소) : 사라져 없어지다. • 殘黛(잔대) : 지워진 눈썹 화장. • 臉(검) : 뺨. • 辛勤(신근) : 괴롭고 근심하여. 勤(근)은 근심하다. • 顦顇(초췌) : 파리하여 초췌하다. • 如今(여금) : 지금. • 卻(각) : 도리어. • 畵圖(화도) : 화공이 추녀로 그렸던 초상화.

| 감상 |

작자가 17세 때 지은 작품으로 전한다. 한나라 때의 궁녀가 잘못되어 흉노족에게 시집 간다는 비운의 여성을 소재로 한 작품이다. 북쪽으로 끌려간 미인이 눈썹도 지워지고 화장도 지워져 모래바람 부는 호지(胡地)로 끌려가고 있었다. 슬픔과 괴로움으로 지친 미인의 얼굴이 한나라 궁궐에서 잘못 그려진 초상화처럼 그렇게 비참하게 되어버렸다.

59
村夜 (촌 야) ◉ 白居易백거이

霜草蒼蒼蟲切切하고 村南村北行人絶이라.
상 초 창 창 충 절 절　　촌 남 촌 북 행 인 절

獨出門前望野田하니 月出蕎麥花如雪이라.
독 출 문 전 망 야 전　　월 출 교 맥 화 여 설

| 풀이 | 시골 밤

서리 맞은 풀 푸릇푸릇 벌레소리 절절하고

마을 남쪽 북쪽에는 길 가는 사람 끊어졌네.

홀로 문 앞에 나가 들판과 밭을 바라보니

밝은 달빛 아래 메밀꽃은 눈같이 새하얗구나.

| 낱말 | *형식 : 칠언절구 *운자 : 切, 絕, 雪.

• 霜草(상초) : 서리 맞아 시들은 풀. • 蒼蒼(창창) : 푸릇푸릇한 색깔. • 切切(절절) : 의성어로서, 여기서는 가을 벌레 우는 소리. • 野田(야전) : 들판과 밭. • 蕎麥(교맥) : 메밀. 가을날 메밀밭에는 하얗게 꽃이 핌.

| 감상 |

가을 서리에 풀은 시들어 푸릇푸릇하고 벌레소리가 절절히 울고 있는 시골의 가을밤은 남북으로 오가는 사람마저 끊어졌다. 지은이는 홀로 마을의 들판으로 나가 메밀밭을 바라보니 서리 내린 듯 하얗게 메밀꽃이 들판 가득했다. 그 위에 밝은 달빛이 비치니 메밀꽃은 더욱 인상적이어서 눈 온 것 같이 새하얗다. 이것은 하나의 그림이요 환상 그 자체였다. 이효석의 소설 '메밀꽃 필 무렵' 이 생각나게 하는 시상을 느낄 수도 있다.

60
暮立 ● 白居易백거이
모 립

黃昏獨立佛堂前하니 滿地槐花滿樹蟬이라.
황 혼 독 립 불 당 전 만 지 괴 화 만 수 선

大抵四時心總苦는 就中腸斷是秋天이라.
대 저 사 시 심 총 고 취 중 장 단 시 추 천

| 풀이 | 날 저물어 홀로 서서

황혼에 홀로 불당 앞에 서 보니
땅에 가득 홰나무 꽃, 나무 위엔 매미가 운다.
대개 사철을 마음 모두 괴롭기는 꼭 같지만
그 가운데 단장의 슬픈 계절은 역시 가을 하늘이라.

| 낱말 | *형식 : 칠언절구 *운자 : 前, 蟬, 天.

• 暮立(모립) : 날 저물어 홀로 서서. • 滿地(만지) : 땅 위에 가득하다. • 滿樹(만수) : 나무에 가득하다. • 腸斷(장단) : 창자가 끊어질 듯한 슬픔. '斷腸(단장)' 과 같은 뜻. • 秋天(추천) : 가을 하늘, 가을 철.

| 감상 |

가을은 서글픈 계절이다. 여기에 시간 설정이 황혼녘이니까 쓸쓸한 감정을 더욱 고조 시키고 있다. 거기에다가 매미의 구슬픈 울음소리가 가세하여 더욱 슬픈 감정을 자아낸다. 땅에는 홰나무 꽃이 가득하게 지고 있다. 시인은 4계절에 모두 슬픈 요소를 다 가지고 있지만 특히 가을은 더 서글프고 애달픈 계절이라고 강조하고 있다.

61
對酒 ● 白居易백거이
대 주

蝸牛角上爭何事요? 石火光中寄此身이라.
와 우 각 상 쟁 하 사　석 화 광 중 기 차 신

隨富隨貧且歡樂이라 不開口笑是癡人을—.
수 부 수 빈 차 환 락　불 개 구 소 시 치 인

| 풀이 | 술을 앞에 놓고

달팽이 뿔같이 좁은 세상에서 무엇을 다투는가.

부싯돌에 튀는 불꽃같은 나의 짧은 삶이로다.

부자이든 가난뱅이든 우리 그저 기쁘게 살아야지

입을 벌려 웃지 못한다면 그것은 천치 바보야.

| 낱말 | *형식 : 칠언절구 *운자 : 身, 人.

• 對酒(대주) : 술을 놓고 마주 앉다. • 蝸牛角上(와우각상) : 달팽이의 뿔. 인간세상을 비유한 말. 장자에 나오는 우화를 인용. • 石火光中(석화광중) : 돌과 돌에 부딪치면 반짝이는 불과 같이 아주 짧은 시간. 비슷한 말로 전광석화가 있다. • 且(차) : 또, 그저. • 開口笑(개구소) : 입을 벌리고 웃다. • 癡人(치인) : 바보 천치.

| 감상 |

이 우주의 광대무변(廣大無邊)한 모습에 비해서 우리 인간은 석화(石火) 같은 짧은 시간을 산다. 부자이든 가난뱅이든 그저 기쁘게 살아갈 일이다. 술을 앞에 놓고 있으니, 그저 마시고 기분 좋게 입을 크게 벌리고 바보 천

치처럼 한번 웃어볼 일이다. 허무한 인생을 허무하게만 살 것이 아니라 즐겁고 밝게 살자는 것이 이 시의 주제이다.

62
府西池 白居易백거이
부 서 지

柳無氣力枝先動하고 池有波紋氷盡開라.
유 무 기 력 지 선 동 지 유 파 문 빙 진 개

今日不知誰計會리요? 春風春水一時來라.
금 일 부 지 수 계 회 춘 풍 춘 수 일 시 래

| 풀이 | 관부官府의 서쪽 연못

버드나무는 기력이 없어도 가지가 먼저 움직이고
연못 위에 물무늬 일어나니 얼음도 다 풀렸네.
모르겠네, 오늘 이 일을 누가 계획한 것인지를?
봄바람과 봄물이 한꺼번에 찾아왔네.

| 낱말 | *형식 : 칠언절구 *운자 : 開, 來.

• 府西(부서) : 관청의 서쪽. • 先動(선동) : 먼저 움직이다. • 氷盡開(빙진개) : 얼음이 모두 풀리다. • 今日(금일) : 오늘, 여기서는 봄이 오는 날을 말한다. • 計會(계회) : 계획하다. • 一時(일시) : 한꺼번에.

| 감상 |

봄이 왔다는 것을 서쪽에 있는 연못으로부터 봄의 감각을 표현하고 있

다. 버드나무가 봄을 맞이하여 움직이기 시작하여 연못에 얼음이 풀려서 물결이 파르르 물무늬진다는 사실은 봄이 왔다는 표현이다. 이러한 자연 현상을 누가 계획이나 한 듯이 일시에 일어나고 있으니 신기할 따름이다. 봄바람에다가 봄물이 한꺼번에 이 연못에 찾아온 것이다. '입춘대길' 과 같은 봄의 즐거운 시적 감각을 불러 일으킨다.

63
八月十五夜, 禁中獨直, 對月, 憶, 元九 ● 白居易백거이
팔월십오야 금중독직 대월 억 원구

銀臺金闕夕沈沈에 獨宿相思在翰林이라.
은대금궐석침침 독숙상사재한림

三五夜中新月色하니 二千里外故人心이라.
삼오야중신월색 이천리외고인심

渚宮東面煙波冷하고 浴殿西頭鍾漏深이라.
저궁동면연파냉 욕전서두종루심

猶恐淸光不同見은 江陵卑濕足秋陰이라.
유공청광부동견 강릉비습족추음

| 풀이 | 팔월 보름, 궁중에서 숙직을 하다가 달을 보고 원구를 생각함

은과 금으로 꾸민 아름다운 집, 밤은 침침하게 깊은데
나 홀로 한림원에서 숙직하며 그대를 생각하네.
보름달은 금방 떠올라 밝은 빛 비추는데
이 천리 밖의 친구 마음 알 수 있을 듯하오.

저궁 동쪽은 안개와 연기 파도가 차가운데

욕전(浴殿) 서쪽 머리엔 종소리와 물시계 소리 깊었네.

오직 이 밝은 달을 그대가 보지 못할까 두려운 것은,

강릉은 땅이 낮고 습기가 차 가을 흐린 날이 많다는 것이네.

| 낱말 | *형식 : 칠언율시 *운자 : 沈, 林, 心, 深, 陰.

• 禁中(금중) : 궁중. • 獨直(독직) : 홀로 숙직함. • 元九(원구) : 元稹(원진). '九'는 배항. 이때 원진은 환관의 미움을 사서 호북땅 강릉으로 좌천되어 있었음. • 銀臺金闕(은대금궐) : '銀', '金'은 궁중 건물의 미칭. '臺'는 누각, '闕'은 누각의 문. 훌륭한 궁중건물을 가리킴. • 夕沈沈(석침침) : 밤이 어둡고 깊음. '夕'은 밤. • 翰林(한림) : 한림원. 천자의 비서가 있는 관청. • 三五夜(삼오야) : 십오야. 팔월 보름. • 新月(신월) : 새로 돋은 달. • 渚宮(저궁) : 춘추시대 초왕의 궁전 이름. 한림원 동쪽에 있다. • 煙波(연파) : 안개 어린 수면. • 浴殿(욕전) : 궁전의 이름. • 西頭(서두) : 서쪽. • 鐘漏(종루) : 시간을 알리는 종과 물시계. • 猶(유) : 그래도 더욱. • 恐(공) : 근심. 걱정. 두렵다. • 江陵(강릉) : 호북성 양자강 유역에 있는 지명. • 卑濕(비습) : 땅이 낮아 습한 지역. • 足(족) : 많다. 多와 같음. • 秋陰(추음) : 가을 흐린 날 .

| 감상 |

친구인 원진을 그리워하는 마음이 간절하다. 작자는 한림원에서 숙직을 하며 멀리 귀양 가 있는 친구를 생각하는 애틋한 정이 그립기만 하다. 이 시는 함연(제3, 4구)과 경련(제5, 6구)이 대구를 이루고 있는데 함련(頷聯)에서 달을 보고 친구를 생각하는 대목은 안쓰럽기까지 하다.

64
香爐峰下, 新卜山居, 草堂初成, 偶題東壁 白居易백거이
향로봉하 신복산거 초당초성 우제동벽

日高睡足猶慵起하니 小閣重衾不怕寒이라.
일고수족유용기 소각중금불파한

遺愛寺鍾攲枕聽하고 香爐峰雪撥簾看이라.
유애사종기침청 향로봉설발렴간

匡廬便是逃名地요 司馬仍爲送老官이라.
광려편시도명지 사마잉위송노관

心泰身寧是歸處하니 故鄕何獨在長安이라.
심태신녕시귀처 고향하독재장안

| 풀이 | 향로봉 아래 새로 집을 정해 초가를 짓고 동쪽 벽에 시를 써 붙이다.

해 높이 뜨게 잠 실컷 잤다가 게을리 일어나니
작은 집이지만 이불을 껴 덮어 추위 걱정은 없었다.
유애사에서 울려오는 종소리 귀 기우려 듣고
향로봉에 쌓인 눈을 발을 걷어 바라보네.
여기 여산은 세상 피해 살기 아주 좋은 곳,
사마 벼슬은 노후를 보내기 알맞은 벼슬이네.
마음 편하고 몸 편안한 곳이 정녕 내가 돌아갈 곳이니
고향이 굳이 장안이라야 한다는 법은 없지 않는가?

향로봉(香爐峰)

| 낱말 | *형식 : 칠언율시 *운자 : 寒, 看, 官, 安.

• 香爐峰(향로봉) : 강서성 여산에 있는 한 봉우리. • 卜(복) : 점치다. 고르다. 여기서는 살 곳을 정하다. • 偶(우) : 문득 기분 내키는 대로. • 題東壁(제동벽) : '題'는 쓴다는 뜻. 초당의 동쪽 벽에 쓰다. • 猶(유) : 그래도. 더욱. • 慵(용) : 게으르다. 귀찮다. • 小閣(소각) : 작은 거주. 초당을 가리킴. • 衾(금) : 이불. • 不怕寒(불파한) : 추울 걱정이 없다. • 怕 : 두려울 파. • 遺愛寺(유애사) : 향로봉 북쪽에 있던 절. • 攲枕(기침) : '攲'는 기울거나 기대는 것. 베개에 기대다. • 撥簾(발렴) : 발을 걷어 올림. • 匡廬(광려) : 여산의 별명. 옛날 匡俗(광속) 등, 칠형제가 은둔해 산 데서 온 말. • 便(편) : 곧. • 司馬(사마) : 작자가 좌천된 벼슬 이름. • 送老(송노) : 노후를 보냄.

| 감상 |

작자가 좌천되어 간 곳이 마음에 들어 거기에 터를 보아 집을 짓고 동쪽 벽에 마음에 있는 시 한 수를 지어 썼으니 무척 기분이 좋았을 것이다. 노후에 여기서 보내기 좋아 즐거움을 읊은 것이다. 1, 2구절에서는 자유로운 생활을 노래했고, 3, 4구에서는 대구를 사용하여 구체적인 것을 노래했다.

5, 6구는 마음과 몸이 편안한 이유를 말했는가 하면, 7, 8구에서는 그것을 한데 묶어 현재의 초탈한 심경을 밝히고 있다. 이렇게 시인은 자유롭고 욕심 없이 삶을 영위하는 것을 은근한 만족으로 느끼고 있다.

작자 | 白居易백거이(772~846) ; 中唐

백거이(白居易)

섬서성 下邽人(하규인). 字는 樂天(낙천), 호는 香山居士(향산거사). 또는 醉吟先生(취음선생). 刑部尙書(형부상서)를 거치고, 죽은 뒤에 尙書右僕射(상서우복사)가 追贈(추증)되었다. 젊을 때는 풍자시를 썼지만 만년에는 한적한 시를 즐겨 지었다. 원진과도 친교가 있었고, '백씨문집'이 전한다.

65
江村卽事 ● 司空曙사공서
강 촌 즉 사

罷釣歸來不繫船하고 江村月落正堪眠이라.
파 조 귀 래 불 계 선　　강 촌 월 락 정 감 면

縱然一夜風吹去라도 唯在蘆花淺水邊이라.
종 연 일 야 풍 취 거　　유 재 노 화 천 수 변

| **풀이** | **강 마을 즉흥시**

낚시질 끝내고 돌아올 때 배를 묶지 아니하고

강 마을엔 달이 지니 정말 잠자기 참 좋았지.

바람 불어 하룻밤에 배가 떠 간데도

갈꽃 핀 옅은 물에 더 이상 어디로 가겠냐?

| 낱말 | *형식 : 칠언절구 *운자 : 船, 眠, 邊.

• 江村(강촌) : 강 마을. • 卽事(즉사) : 즉흥으로 읊는 시. • 堪眠(감면) : 잠자기 꼭 알맞다. • 縱然(종연) : '가령~라고 하더라도' 의 가정의 뜻. '然' 은 조사. • 蘆花(노화) : 갈대꽃.

| 감상 |

강 마을에서의 조용한 한때를 노래하고 있다. 낚시를 마칠 때쯤이면 아마 저녁, 돌아오는 길, 배를 묶어놓지 않고 돌아 온데도 얕은 물가에 그 배가 어디 깊은 물까지 가겠나? 달이 지면 강촌에서는 잠자기 꼭 좋은 시간이다. 세상 모든 것을 버리고 강가에서 살아가는 사람의 모습이 퍽 인상적이다. 시인의 강촌생활이 잘 나타나 있다.

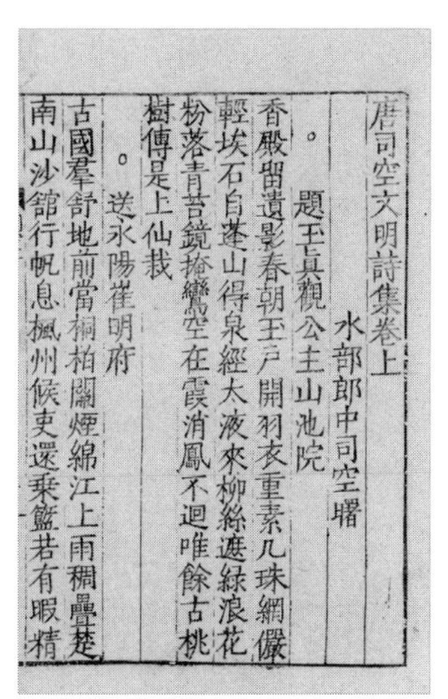
唐司空文明詩集卷上
水部郎中司空曙
○題玉眞觀公主山池院
香殿留遺影春朝玉戶開羽衣重素几珠網儼
輕埃石自蓬山得泉經太液來柳絲遮綠浪花
粉落青苔鏡掩鸞空在霞消鳳不迴唯餘古桃
樹傳是上仙栽
○送永陽崔明府
古國羣舒地前當桐柏關煙綿江上雨稠疊楚
南山沙館行帆息楓州候吏還乘籃若有暇精

사공문명시집(司空文明詩集)

작자 | 司空曙사공서(740~790?) ; 中唐

하북성 廣平人(광평인). 字는 文明(문명), 또는 文初(문초). 벼슬은 水部郎中(수부랑중)을 거처 虞部郎中(우부랑중)에 이르렀다. 결백한 성격으로 부귀에 아첨하지 않고 가난해도 안빈낙도하는 정신으로 살았다. 大曆十才子(대력십재자)의 한 사람. 서경시와 旅愁詩(여수시)가 특색. '司空文明詩集(사공문명시집)' 3권이 전한다.

66
送, 宇文六 송 우문육 ● 常健상건

花映垂楊漢水淸하고 微風林裏一枝輕이라.
화 영 수 양 한 수 청 미 풍 임 리 일 지 경

卽今江北還如此하니 愁殺江南離別情이라.
즉 금 강 북 환 여 차 수 쇄 강 남 이 별 정

| **풀이** | **우문육을 보내며**

꽃과 수양버들 맑은 한수(漢水)에 비치고
미풍은 숲 속으로 불어와 가볍게 가지를 흔드네.
지금 강북에 봄이 돌아와 이같이 좋은데
강남으로 떠나는 이별의 정 너무도 시름겹다.

| **낱말** | *형식 : 칠언절구 *운자 : 淸, 輕, 情.

• 宇文六(우문육) : '宇文'은 姓, 六은 여섯 번째 남자를 뜻함. 그가 누군지를 모름. • 漢水(한수) : 호북성에서 흘러 양자강으로 들어가는 큰 강. • 卽今(즉금) : 현재. • 江北(강북) : 양자강 북쪽. • 愁殺(수쇄) : 깊은 시름. '殺'는 강세를 나타냄.

| 감상 |

우문육과 이별하는 내용이다. 계절은 봄, 꽃과 수양버들이 어우러진 봄 풍경이 한수(漢水)가에 되비치어 그림 같이 곱고 바람은 살랑살랑 불어와서 가볍게 가지를 흔드는 지금, 강북에도 이런 봄이 찾아왔는데 그대가 떠나가는 강남에야 더 말하여 무엇 하리. 이런 그림 같은 이별의 현장에서 헤어지기 싫어 너무나 시름겹다고 시인은 말하고 있다. 이별하는 고운 마음이 여실히 나타나 있다.

67
海棠溪 해당계 ● 薛濤설도

春敎風景駐仙霞하니 水面魚身總帶花라.
춘교풍경주선하　수면어신총대화

人世不思靈卉異하니 競將紅纈染輕沙라.
인세불사영훼이　경장홍힐염경사

| 풀이 | 해당화 계곡

봄은 여기에 해당화 노을 풍경 머물러 있는데
물 위에 저 물고기도 꽃 빛깔 띠고 있네.
세인(世人)은 꽃의 영묘한 아름다움을 생각지도 못하니
모래 위에 붉게 물들인 비단을 펴서 경쟁하듯 하는구나.

| 낱말 | *형식 : 칠언절구　*운자 : 霞, 花, 沙.

• 仙霞(선하) : 해당화에서 생겨나는 노을 빛. • 帶花(대화) : 물고기 등에 해당화

꽃빛이 비치어 마치 물고기 등에 그림을 그린 듯한 모양. • 靈卉異(영훼이) : 해당화의 신비한 아름다움. • 紅纈(홍힐) : 붉은 비단. • 輕沙(경사) : 가볍게 날리는 모래.

| 감상 |

해당화 계곡의 봄을 노래하고 있다. 해당화가 물 위에 비치어 물속의 물고기 등에 그림을 그린 듯 아름답다. 하얀 모래 위에 아름다운 비단을 펴 말리고 있는데 꽃과 경쟁이라도 하듯 아름답게 보인다. 자연미와 인공미의 경쟁이다. 해당화 계곡의 그림 같은 장면이다.

68 春望詞 (춘망사) ● 薛濤설도

花開不同賞하고 花落不同悲라.
화개부동상 화락부동비

欲問相思處에 花開花落時오?
욕문상사처 화개화락시

| 풀이 | 봄을 바라보며

꽃이 피어도 함께 감상할 수 없고
꽃이 져도 함께 슬퍼할 수 없네요.
묻고 싶네요, 서로 생각하는 그곳에
꽃 피고 꽃 질 때에 어떤 생각하시나요?

| 낱말 | *형식 : 오언절구 *운자 : 悲, 時.

• 不同賞(부동상) : 함께 감상할 수 없다. • 相思處(상사처) : 사랑하는 사람이 있는 곳. '相思' 는 서로 사랑하는 것.

| 감상 |

꽃이 필 때, 꽃이 질 때 항상 생각나는 사람을 못 잊어 생각하고 있다. 내가 이렇듯 꽃 필 때, 꽃 질 때 당신을 생각하는 것처럼 그대는 꽃 피고 질 때 어떤 생각을 하고 있는지요? 그것이 궁금하다고 이 시인은 그의 이런 시적 정서를 표현하고 있다. 여자다운 작품이다.

작자 | 薛濤설도(768~831) ; 中唐

당나라의 여류 시인. 字는 洪度(홍도). 부친이 별세하자 妓女(기녀)가 되어 당시 유명한 시인들과 交遊(교유)했으며 또한 시에 이름이 높았다.

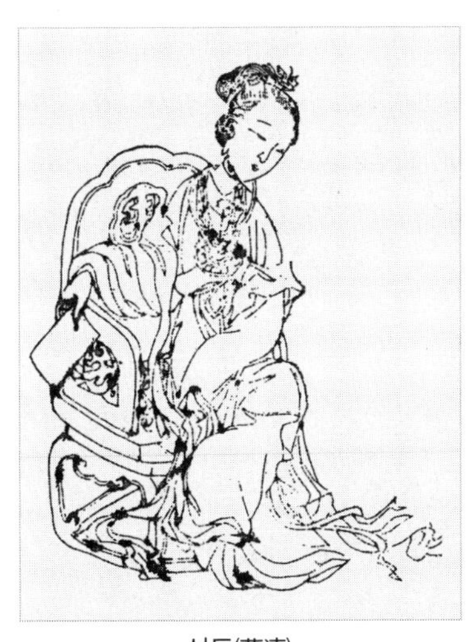

설도(薛濤)

69

汾上驚秋 ● 蘇頲소정
분 상 경 추

北風吹白雲하니 萬里渡河汾이라.
북 풍 취 백 운 　 만 리 도 하 분

心緖逢搖落하니 秋聲不可聞이라.
심 서 봉 요 락 　 추 성 불 가 문

| 풀이 | 분상汾上에서 가을을 놀라다

북풍이 흰 구름을 불어 날리는데
만 리 길에서 분하(汾河)를 건너고 있네.
멀리서 나뭇잎 지니 마음이 아파서
가을 소리를 차마 듣지 못하겠네.

| 낱말 | *형식 : 오언절구 　*운자 : 雲, 汾, 聞.

• 汾上(분상) : 汾河(분하)의 강가. 분하는 산서성에서 흘러 내려 황하와 합류한다. • 河汾(하분) : 汾河(분하)와 같다. • 心緖(심서) : 마음의 실마리. • 搖落(요락) : 나뭇잎이 말라서 떨어짐. • 秋聲(추성) : 가을의 소리. 낙엽 지는 소리.

| 감상 |

가을바람소리를 듣고 작자는 깜짝 놀라게 된다. 긴 나그네 길에서 분하(汾河)를 건널 때 가을은 낙엽을 떨어뜨리면서 북풍은 불어온다. 이 위대한 대자연 앞에 어쩔 수 없이 서글퍼하는 가을에 흩어지는 낙엽도 시인은 어쩔 수가 없었다. 그래서 끝 구절에 시인은 이 서글픈 가을 소리를 차마 듣지 못하겠다고 토로하고 있다. 시인 아닌 모든 사람들도 가을의 우수수한 바람소리와 낙엽소리를 듣고 놀라지 않는 사람이 있겠는가.

작자 | 蘇頲소정(670?~727) ; 初唐

字는 廷碩(정석). 명문거족 출신으로 현종의 사랑을 받아 中書侍郎(중서시랑)에 이르렀고, 716년에 재상이 되어 현종을 보필하게 되었다.

70
邙山 망산 ● 沈佺期심전기

北邙山上列墳塋하니 萬古千秋對洛城이라.
북 망 산 상 열 분 영 만 고 천 추 대 낙 성

城中日夕歌鍾起하고 山上惟聞松伯聲이라.
성 중 일 석 가 종 기 산 상 유 문 송 백 성

| 풀이 | 북망산

북망산 위에 무덤들이 여기저기 흩어져 있구나!
오랜 세월동안 낙양성(洛陽城)과 마주 보고 있었네.
성중(城中)에 날이 지면 노랫소리 홍겹게 들리는데
산 위엔 송백(松柏) 흔드는 바람소리만 들려오네.

| 낱말 | ＊형식 : 칠언절구 ＊운자 : 塋, 城, 聲.

• 邙山(망산) : 북망산. 洛陽(낙양) 근처에 있으며 공동묘지로 유명하다. • 墳塋(분영) : 무덤. • 萬古千秋(만고천추) : 오랜 세월. • 洛城(낙성) : 낙양. • 日夕(일석) : 저녁. • 歌鍾(가종) : 노랫소리.

북망산(北邙山)

| 감상 |

북망산과 낙양(洛陽)이란 대도시를 비교하여 작자의 인생관을 피력하고 있다. 살아있는 사람들은 환락에 취하여 노래하고 즐기는데, 죽은 사람들은 무덤에 묻혀 아무 말도 없고 솔바람 소리만 쓸쓸하게 들려온다는 시인의 깊은 사색과 인생관을 엿볼 수가 있다.

작자 | 沈佺期심전기(?~714) ; 初唐

심전기(沈佺期)

하남성 內黃縣(내황현) 사람이다. 字는 雲卿(운경). 劉庭芝(유정지), 宋之問(송지문) 등과 진사 급제. 測天武后(측천무후)의 宮廷詩人(궁정시인)으로 많은 시를 남겼으며 송지문과 함께 일컬어 '沈宋(심송)' 이라 불린다. 특히 그는 律詩(율시)의 형식을 확립한 시인으로 '율시의 아버지' 로 평가되고 있다. 그는 協律郎(협률랑)에서 시작하여 給事中(급사중)에 올랐다가 수뢰혐의로

탄핵, 張易之(장이지)가 실각하여 베트남 북방으로 유배된 다음 해에 사면되어 돌아와서 起居郎(기거랑) 겸 修文館直學士(수문관직학사)를 지냈는데, 이때 중종을 모시며 지은 시가 중종의 마음에 들어 中書舍人(중서사인)에서 太子少詹事(태자소첨사)가 됨. '沈佺期集(심전기집)' 10권이 전한다.

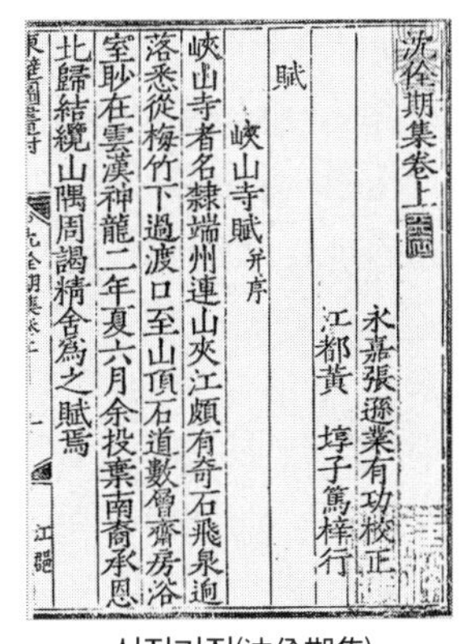
沈佺期集卷上
永嘉張遜業有功校正
江都黃 埻子篤梓行
賦
峽山寺賦 并序
峽山寺者名隸端州連山夾江頗有奇石飛泉逈
落悉從梅竹下過渡口至山頂石道數層齋房浴
室眇在雲漢神龍二年夏六月余投棄南裔承恩
北歸結纜山隅周謁精舍為之賦焉

심전기집(沈佺期集)

71
折楊柳(절양류) ● 楊巨源양거원

水邊楊柳綠煙絲하여 立馬煩君折一枝라.
수변양류녹연사 입마번군절일지

唯有春風最相惜하여 慇懃更向手中吹라.
유유춘풍최상석 은근갱향수중취

| 풀이 | 이별의 노래

냇가에 새파란 버드나무 실실이 늘어졌는데
말 세우고 꺾은 가지 하나 그대에게 받았어라.
봄바람도 버들가지와 이별을 애석히 여겨
은근히 그대 손을 향해 불어오고 있었다.

| 낱말 | *형식 : 칠언절구 *운자 : 絲, 枝, 吹.

- 折楊柳(절양류) : 중국에는 이별할 때 버드나무 가지를 꺾어서 이별의 정표로

준다고 한다. 그래서 절양류는 이별의 노래이다. • 楊柳(양류) : 실버들. • 綠煙絲(녹연사) : 푸른 버드나무가 파르스름하여 연한 연기처럼 보이는 상태. • 立馬(입마) : 버드나무 가지를 주려고 사람이 타고 가는 말을 잠시 멈추게 한다. • 煩君(번군) : 그대에게 번거로움을 준다는 뜻.

| **감상** |

계절은 봄, 물가에 늘어진 실버들 가지를 꺾어 이별하는 마당에 떠나는 이에게 주는 중국의 풍습이 잘 나타나 있다. 말을 세워두고 그대 손에서 건네지는 버들가지를 받을 때 봄바람도 버들가지와의 이별을 애석히 여긴다는 시인의 정서가 잘 나타나 있다. 그리고 봄바람은 은근히 떠나는 이의 석별의 정을 말하듯 손을 향해 불어오고 있었다.

작자 | 楊巨源양거원(770?~?) ; 中唐

字는 景山(경산). 많은 벼슬을 옮아 다니다가 70세경에 벼슬에서 사임하였다. 白居易(백거이), 元稹(원진)과도 서로 交遊(교유)하였다.

72
秋怨 추원 ● 魚玄機어현기

自歎多情是足愁하여 況當風月滿庭秋라.
자 탄 다 정 시 족 수 황 당 풍 월 만 정 추

洞房偏與更聲近하니 夜夜燃前欲白頭라.
동 방 편 여 경 성 근 야 야 연 전 욕 백 두

| 풀이 | 시름겨운 가을밤

스스로 탄식하나니, 내가 정 때문에 시름이 많아
하물며 가을바람 불고 달이 마당에 가득함에랴.
깊은 골방 가까이 들리는 밤 알리는 저 북소리
밤마다 등불 앞에 저 소리 들으며 머리가 센다.

| 낱말 | *형식 : 칠언절구　*운자 : 愁, 秋, 頭.

• 秋怨(추원) : 가을밤에 느끼는 여인의 한. • 足愁(족수) : '足'은 '多'와 같음. • 況(황) : 하물며. • 洞房(동방) : 화촉동방의 준말. 규방. • 偏(편) : 지겹다. 어쩌면. • 更聲(경성) : 밤을 5경으로 나누어 1경마다 시간을 알리기 위해 북을 쳤다. 밤[更]을 알리는 소리.

| 감상 |

여류 시인의 작품이다. 애정문제를 둘러싸고 삼각관계에 있을 때 어느 시녀를 죽인 죄로 처형되었을 정도로 질투에 가득 찬 여인이었다. 가을바람 쓸쓸히 부는 밤에 홀로 밤을 지키는 여인의 애절한 사연이 깃들어 있다. 밤은 깊어 삼경인데 경을 알리는 북소리를 들으며 골방에서 골똘히 생각하는 어느 남자의 얼굴이 등불 앞에 명멸하고 있는 듯하다.

73
寄, 李億員外 (기 이억원외)

魚玄機 어현기

羞日遮羅袖하니 愁春懶起妝이라.
수일차나수　　수춘나기장

易求無價寶하나 難得有心郎이라.
이 구 무 가 보　　난 득 유 심 랑

枕上潛垂淚하고 花間暗斷腸이라.
침 상 잠 수 루　　화 간 암 단 장

自能窺宋玉이니 何必恨王昌고?
자 능 규 송 옥　　하 필 한 왕 창

| 풀이 | **이억에게 보낸다**

해가 눈부시어 비단 옷 소매로 가리니

봄이 시름겨워도 게으르게 일어나 화장을 하네.

값비싼 보물을 구하기는 쉬워도

마음에 드는 남자 구하기는 쉽지 않아라.

침대 위에 파묻혀 지난밤에 눈물 흘렸고

낮에도 꽃밭 속에서 남몰래 마음 아파했네.

나 홀로 그대를 가만 엿보고 사랑했으니

어찌 첫사랑(왕창) 떠나보낸 걸 후회하리요.

| **낱말** | *형식 : 오언율시　*운자 : 妝, 郎, 腸, 昌.

• 李億員外(이억원외) : 지은이 魚玄機(어현기)는 李億(이억)의 소실이었다. 員外(원외)는 벼슬 이름. • 羞日(수일) : 해가 눈부신 것을 해가 부끄럽다고 표현. • 愁春(수춘) : 지나가는 봄을 슬퍼함. • 起妝(기장) : 침대에서 일어나 화장하다. • 無價寶(무가보) : 값을 정할 수 없을만한 보배. • 有心郎(유심랑) : 마음에 두고 있는 남자. • 花間(화간) : 꽃밭 속에서 • 暗(암) : 남 몰래. • 宋玉(송옥) : 옛날 초나라 시인. 워낙 미남이어서 이웃 여자들이 담 너머로 훔쳐보았다고 함. 여기서는 李億을 가리킴. • 王昌(왕창) : 그가 누군지는 잘 모른다. 李億을 만나기 전에 사랑했던 첫사랑의 어떤 남자.

| 감상 |

여류 시인 어현기는 사랑하는 이억에게 이 시를 보낸다. 당신을 만나기 전에 짝사랑하던 그 남자와 헤어진 것을 후회하지는 않고 송옥의 고사처럼 당신을 보고 한눈에 반해 그대를 사랑하게 됐다는 표현은 여자로서 진솔한 표현이다. 여자로서 끼가 있는 삶을 내보인 젊은 여인의 단편적이 고백이다. 여인이 남자를 사랑한다는 것은 고금을 통해 같은 심정이다.

작자 | 魚玄機어현기(843~868) ; 晩唐

어현기(魚玄機)

여류시인. 字는 幼微(유미), 또는 蕙蘭(혜란). 시인 溫庭筠(온정균)을 비롯한 장안의 명사들과 친하게 지냈다. 여러 남자관계로 애정문제에 뒤얽혀 26세에 처형되었다.

74
自詠 ● 呂洞賓여동빈
자 영

獨上高樓望八都하니 黑雲散盡月輪孤라.
독 상 고 루 망 팔 도 　 흑 운 산 진 월 륜 고

茫茫宇宙人無數하나 幾箇男兒是丈夫아?
망 망 우 주 인 무 수 　 기 개 남 아 시 장 부

| 풀이 | **혼자서 시를 읊다**

홀로 높은 누각에 올라 팔방을 바라보니
검은 구름 흩어진 곳에 둥근 달이 외롭게 떴네.
망망한 이 우주에 무수한 사람들이 살지만
진짜 사내대장부는 과연 몇 사람이나 될까?

| **낱말** | *형식 : 칠언절구 *운자 : 都, 孤, 夫.

• 八都(팔도) : 사방팔방. '都'는 여기서 '모두'의 뜻임. • 黑雲(흑운) : 검은 구름. • 茫茫(망망) : 넓은 모양. • 幾箇(기개) : 몇 사람.

| **감상** |

혼자 자작시를 낭독하는 형식으로 되어있다. 높은 누각에 올라가니 마음이 넓어지고 흩어진 구름 사이로 둥근 달이 외롭게 떠있다. 이 시끄러운 세상을 바라보니 한 사람의 영웅이 생각나기도 한다. 뒤숭숭한 세상을 평정할 뛰어난 영웅호걸 한 사람쯤 있었으면 하는 생각으로 이 시를 읊었을 것이다.

작자 | 呂洞賓 여동빈 ; 晩唐

여동빈(呂洞賓)

이름은 嵒(암). 洞賓(동빈)은 그의 字. 호는 純陽子(순양자), 또는 回道人(회도인). 870년대 활약한 인물이다. 황소의 난 때 종남산에 들어가 도를 닦았으며 그 후는 행방을 모른다.

75
瑤瑟怨 ● 溫庭筠 온정균
요 슬 원

氷簟銀牀夢不成하고 碧天如水夜雲輕이라.
빙 단 은 상 몽 불 성　　　벽 천 여 수 야 운 경

雁聲遠過瀟湘去하니 十二樓中月自明이라.
안 성 원 과 소 상 거　　　십 이 루 중 월 자 명

| 풀이 | 시름겨운 비파 소리

서늘한 대 방석 침상에도 잠을 이루지 못하고
물 같이 푸른 밤하늘에 흘러가는 구름을 보노라.
기러기는 울면서 멀리 소상(瀟湘)으로 날아가는데
십이루(十二樓) 한 가운데에는 달이 홀로 밝아있네.

| 낱말 | *형식 : 칠언절구　*운자 : 成, 輕, 明.

• 瑤瑟(요슬) : 옥같이 아름다운 비파라는 뜻. • 怨(원) : 품은 원한. • 氷簟(빙단) : 얼음 같이 차가운 대 방석. • 銀牀(은상) : 은으로 꾸민 침상인데, 매우 좋은 잠자리란 뜻. • 夢不成(몽불성) : 잠을 이루지 못한다는 뜻. • 瀟湘(소상) : 동정호 남쪽에 있는 소수와 상수의 두 줄기 강물. • 十二樓(십이루) : 천상에서 선녀가 있다는 누각.

| 감상 |

이같이 좋은 잠자리에 누워 있어도 도무지 잠이 오지 않는다. 그것은 비파 소리 때문일까? 밤하늘에 흘러가는 구름을 바라보노라면 더욱 정이 솟는 그리움 때문이리라. 기러기는 울면서 소상강을 향해 날아가는데 밝은 달빛은 선녀가 산다는 십이루(十二樓)를 비추고 있지나 않을까? 가을밤에 들리는 비파와 기러기와 밝은 달과 12루와 이런 것들이 어울려 한 편의 시가 구성되었다.

76
商山早行 ● 溫庭筠 온정균
상 산 조 행

晨起動征鐸하니 客行悲故鄕이라.
신 기 동 정 탁 　 객 행 비 고 향

鷄聲茅店月하고 人跡板橋霜이라.
계 성 모 점 월 　 인 적 판 교 상

槲葉落山路에 枳花明驛牆이라.
곡 엽 낙 산 로 　 지 화 명 역 장

因思杜陵夢하니 鳧雁滿回塘이라.
인 사 두 릉 몽 　 부 안 만 회 당

| 풀이 | 상산을 일찍 떠나며

새벽 일찍 일어나서 말방울 울리며 떠날 때
나그네는 고향이 생각나 슬프기만 하네.
계명성 들리고 지는 달은 초가지붕에 걸리고
판자 다리 위에는 서리 내린 발자취 찍혀 있네.
떡갈나무 잎 진 산길을 걸어서 가면
탱자 꽃은 주막집 담 너머 밝게 피어 있다.
꿈같은 고향 장안 근처, 그 생각 눈에 어려
오리와 기러기들은 연못 가득 놀고 있으리.

| 낱말 | *형식 : 오언율시 *운자 : 鄕, 霜, 牆, 塘.

• 商山(상산) : 섬서성에 있는 산 이름. • 早行(조행) : 아침 일찍 길을 행함. • 征鐸(정탁) : 나그네가 말의 목에 달고 가는 말방울. • 客行(객행) : 나그네가 여행 도중. • 茅店(모점) : 초가 주막. • 板橋(판교) : 판자로 놓아 둔 외나무다리. • 槲葉(곡엽) : 떡갈나무 잎. • 枳花(지화) : 탱자 꽃. • 驛牆(역장) : 주막집 흙 담장. • 杜陵(두릉) : 장안 남쪽에 있는 높은 대. • 鳧鴈(부안) : 오리와 기러기. • 回塘(회당) : 구불구불한 연못.

| 감상 |

상산의 산동네에서 아침 일찍 일어나 길 떠나는 나그네의 감정을 노래한 시다. 첫 연에서는 슬픈 나그네 길을 이야기 했고, 3, 4구에서는 주막의 정경을 노래했으며, 5, 6구에서는 길을 떠나는 시인의 눈에 띄는 정경을 노래했다. 끝 구절에 가서는 친구들과 헤어지는 고독을 노래하고 있다.

작자 | 溫庭筠온정균(812~?) ; 晩唐

字는 飛卿(비경), 본명은 岐(기). 李商隱(이상은)과 아울러 '溫李(온이)'로 통했다. 벼슬은 하지 아니한 것 같고 평생 시를 지으며 산 사람 같다.

온정균(溫庭筠)

77
城西訪, 友人別墅 ● 擁陶옹도
성서방 우인별서

濃水橋西小路斜하고 日高猶未到君家라.
예수교서소로사 일고유미도군가

村園門巷多相似하여 處處春風枳穀花라.
촌원문항다상사 처처춘풍지곡화

| 풀이 | 성서의 친구 별장을 방문하여

예수교(澧水橋) 서쪽에 오솔길이 비스듬히 놓여 있고
해는 높이 떴건만 아직 그대의 집에는 도착하지 못했네.
마을 동산 문앞 거리가 많이도 비슷비슷한데
봄바람 울타리에는 탱자 꽃 곳곳이 피어 있었네.

| 낱말 | *형식 : 칠언절구 *운자 : 斜, 家, 花.

• 訪友人(방우인) : 친구를 방문함. • 別墅(별서) : 농막, 별장. • 澧水(예수) : 호남성에 있는 강의 이름. • 枳穀(지곡) : 탱자나무. 탱자를 썰어 말린 약재. 한약방에서 健胃(건위)제로 쓴다.

| 감상 |

친구의 별장을 방문하러 가다가 중간에 있는 자연 경관을 구경하느라 빨리 가지를 못하고 있다. 오랜 시간 동안 자연에 도취되어 어정거릴 뿐, 마을 앞뒤 문과 거리가 모두 비슷비슷한데 울타리에는 탱자 꽃이 여기저기서 피고 있었다.

78
過, 南鄰華園 擁陶옹도
과 남린화원

莫怪頻過有酒家하라 多情長是惜年華라.
막괴빈과유주가 다정장시석년화

春風堪賞還堪恨하니 纔見開花又落花라.
춘풍감상환감한 재견개화우락화

| 풀이 | 남린南鄰의 화원을 지나며

자주 주막을 지나는 것을 이상히 여기지 말 것이니
다정한 마음 길게 세월 가는 것을 슬퍼함이로다.
봄바람 감상도 하고 돌아감이 또 한스럽기만 한데
겨우 꽃 피었는가 했는데 벌써 또 꽃이 지고 있구나.

| 낱말 | *형식 : 칠언절구 *운자 : 家, 華, 花.

• 多情(다정) : 사물을 보고 느끼는 정. • 惜年華(석년화) : 세월 흘러감을 슬퍼함. '年華' 는 '年光' 과 같음.

| 감상 |

화원을 지나가면서 느껴지는 감상을 노래한 작품이다. 세월이 빨리 지나가는 것을 아쉬워하는 섬세한 감정이 들어있다. 시인다운 느낌이 뭉클하게 피어오른다. 아름다우면서도 감상적이다. 겨우 꽃이 피는가 했더니 벌써 꽃이 지고 있다는 것은 세월의 흐름을 아쉬워하고 있기 때문이다.

작자 | 雍陶옹도(? 미상) ; 晩唐

字는 國鈞(국균). 簡州刺史(간주자사)를 지냈다.

79
新嫁娘 ● 王建왕건
신 가 낭

三日入廚下하여 洗手作羹湯이라.
삼 일 입 주 하　　　세 수 작 갱 탕

未諳姑食性하여 先遣小姑嘗이라.
미 암 고 식 성　　　선 견 소 고 상

| 풀이 | 새로 시집 온 새댁

시집 와서 사흘 만에 부엌에 들어가서

손을 씻고 국을 끓이네.

시어머니 식성을 알 길이 없어

시누이를 보내 먼저 맛보게 한다.

| 낱말 | *형식 : 오언절구　*운자 : 湯, 嘗.

• 新嫁娘(신가낭) : 새로 시집온 각시. • 廚下(주하) : 부엌에 들어가서. • 羹湯(갱탕) : 국. 국을 끓이다. • 未諳(미암) : 알 길이 없어. 諳 ; 알다(암). • 小姑(소고) : 남편의 누이. 시누이.

| 감상 |

새로 시집온 새댁이 시집살이를 처음 시작하는 모습을 그려내고 있다. 시집온 지 3일 만에 부엌으로 들어가서 국을 끓이는데 시어머니의 입맛을 몰라 우선 시누이를 불러 간을 보게 하는 순박한 풍습이 잘 나타나 있다. 우리나라 옛 풍속과 꼭 같다는 생각을 하게 된다. 당시의 풍속적인 단면을 그려내고 있다.

80
十五夜, 望月 ● 王建 왕건
십 오 야 망 월

中庭地白樹棲鴉하고 冷露無聲濕桂花라.
중 정 지 백 수 서 아 냉 로 무 성 습 계 화

今夜月明人盡望하니 不知秋思在誰家오?
금 야 월 명 인 진 망 부 지 추 사 재 수 가

| 풀이 | 보름달을 쳐다보며

마당에는 달빛 받아 하얗고, 나무에는 까마귀 둥지
찬이슬 소리 없이 내려 계수나무 꽃 적시고 있네.
오늘 밤 달이 밝아 모든 사람 다 쳐다 보리니
모르겠네, 가을 생각에 젖은 사람 누구의 집에 있는지?

| 낱말 | *형식 : 칠언절구 *운자 : 鴉, 花, 家.

• 樹棲鴉(수서아) : 나무에 깃들여 사는 까마귀. • 冷露無聲(냉로무성) : 찬이슬이 소리 없이 내리다. • 秋思(추사) : 가을 밤 깊은 생각.

| 감상 |

보름달을 바라보며 생각에 젖어 쓴 시이다. 계절은 가을, 생각 많은 가을밤에 마당은 하얗게 달빛에 젖고, 나무 위의 둥지에는 까마귀가 깃들여 있는데 찬이슬이 내려 계수나무에 핀 꽃을 적시고 있다. 이 같이 밝은 달밤에 이 세상 사람들이 다 저 달을 쳐다볼 터인데, 오늘 밤 저 달을 쳐다보고 생각에 잠기는 사람은 누구의 집에 있을 것인가? 하고 시인은 상상의 날개를 편다.

작자 | 王建왕건(?~830) ; 中唐

하남성 穎川人(영천인). 字는 仲初(중초). 진사를 거쳐 국경지대 종군했던 경력이 있다. 韓愈(한유)의 문하에서 공부를 했고 張籍(장적)과 더불어 악부체 시에 뛰어나 '張王樂府(장왕악부)' 라고 일컫기도 한다. 그의 宮詞(궁사) 100편은 일세를 풍미한다. 왕건 시집 9권, 520여 수의 시가 남아 있다.

81
蜀中九日 ● 王勃왕발
촉 중 구 일

九月九日望鄉臺하여 他席他鄉送客杯라.
구 월 구 일 망 향 대 　 타 석 타 향 송 객 배

人情已厭南中苦하니 鴻雁那從北地來오?
인 정 이 염 남 중 고 　 홍 안 나 종 북 지 래

| 풀이 | 촉중에서 중양절을 맞아

구월 구일에 슬프게도 망향대(望鄉臺)에 올라서

타향의 낯선 자리에 앉아 이별의 잔을 마신다.

나의 마음은 이미 남쪽 땅 괴로움에 싫증을 느끼는데
기러기는 어째서 북쪽으로부터 이곳으로 날아오는가.

| 낱말 | *형식 : 칠언절구 *운자 : 臺, 杯, 來.

• 九月九日(구월구일) : 중양절에는 높은 곳에 올라가서 술을 마시는 풍속이 있었다. • 望鄕臺(망향대) : 玄武山(현무산)에 있는 대의 명칭. • 他席(타석) : 낯선 다른 곳에서 마련한 술자리. • 人情(인정) : 인간의 평범한 감정. 여기서는 자신의 감정이다. • 南中(남중) : 남쪽 지방. 여기서는 蜀지방을 가리킨다. • 鴻雁(홍안) : 기러기. '鴻' 기러기 중 큰 기러기를 이른다. • 那(나) : 어째서. • 北地(북지) : 장안이 북쪽에 있기에. 작자의 고향인 山西省(산서성)을 말하기도 함.

| 註 | 지은이는 '沛王府修撰(패왕부수찬)' 자리에서 물러난 뒤에 蜀(촉)지방을 여행하다가 중양절을 맞이하게 되어 친구 盧照鄰(노조린), 邵大震(소대진)과 함께 술자리가 마련되었다. 이 자리에서 누가 나그네 길을 떠나게 된 모양이었다.

| 감상 |

제목이 '촉중구일(蜀中九日)' 이다. 촉으로 여행 도중 중양절을 맞게 되었다. 이때 친구들과 술자리를 마련하여 술을 마시게 되었는데, 나그네가 된 쓸쓸한 마음에서 가절(佳節)을 만났고, 또 송별의 자리까지 겹쳐지게 되어서 분위기가 기쁘면서도 쓸쓸한 자리가 되었다. 구월구일은 명절로서 기쁜 일이지만, 곧 이어서 '망향대(望鄕臺)' 가 나오고 '타석타향(他席他鄕)' 이 나온다. 또 '기러기' 가 날아오고 하는 등이 모두 슬픈 기분 속에서 술을 마시게 되었다. 모두 여행 중에 중양절을 맞이하게 되었다.

82
滕王閣 ● 王勃 왕발
등 왕 각

滕王高閣臨江渚하고 佩玉鳴鸞罷歌舞라.
등 왕 고 각 임 강 저 　 패 옥 명 란 파 가 무

畵棟朝飛南浦雲하고 珠簾暮捲西山雨라.
화 동 조 비 남 포 운 　 주 렴 모 권 서 산 우

閑雲潭影日悠悠하고 物換星移幾度秋라.
한 운 담 영 일 유 유 　 물 환 성 이 기 도 추

閣中帝子今何在요? 檻外長江空自流라.
각 중 제 자 금 하 재 　 함 외 장 강 공 자 류

| 풀이 | 등왕각에 올라

등왕(滕王)의 높은 누각 강기슭에 솟아 있고
패옥을 울리며 부르던 춤과 노래 그 소리 사라졌구나.
아침 남포의 비구름은 채색 기둥을 지나 흘러갔고
주렴을 걷어 올려 저문 서산 비를 바라보았으리.
한가로운 구름 그림자 옛날처럼 유유히 흘러가는데
사물이 바뀌고 세월이 흘러 몇 세월이 지나갔느냐?
저 누각에 계시던 왕자님은 지금 어디 계시는가,
난간 밖 긴 강은 공허한 세월 속에 흐르고 있구나.

| 낱말 | *형식 : 칠언고시 　*운자 : 渚, 舞, 雨, 悠, 秋, 流.

• 滕王閣(등왕각) : 당 태종의 동생인 滕王(등왕) 이원영이 洪州都督(홍주도독)으로 있을 때 지은 누각. 작자 왕발은 그 유명한 '등왕각서'를 썼다. • 江渚(강저) :

강 기슭. 여기서는 장강 기슭을 말함. • 佩玉(패옥) : 옥으로 만든 노리개인데, 걸으면 딸랑딸랑 소리가 난다. • 鳴鸞(명란) : 천자의 수레에 달린 방울. • 畵棟(화동) : 울긋불긋 색을 칠한 기둥. • 南浦(남포) : 지명. • 珠簾(주렴) : 구슬을 단 문발. • 西山(서산) : 지명. 일명 남창산. • 閑雲(한운) : 한가하게 떠 있는 구름. • 潭影(담영) : 연못에 비치는 그림자. • 帝子(제자) : 황제의 아들. 등왕 이원영을 가리킴. • 檻外(함외) : 난간 밖에.

| 감상 |

이 작품은 작가가 등왕각(滕王閣)에 올라 옛날을 회고하는 작품이다. 세월이 흘러 이 등왕각을 짓고 무희와 미녀들과 노래하며 춤추던 그 옛날의 영화는 간 곳 없고 난간 밖 장강(長江)의 긴 흐름만이 유유히 흘러가고 있을 뿐이었다. 여기에서 노래하며 한때의 즐거움도 흘러가고 그때 그 사람도 모두 역사 속으로 사라져 갔다. 이 시를 쓴 왕발(王勃)도 지금은 이미 세월 속에 묻혀 까마득히 사라져 가고 말았다.

등왕각(滕王閣)

작자 | 王勃왕발(649~676) ; 初唐

왕발(王勃)

산서성 絳州人(강주인). 字는 子安(자안). 28세에 요절한 시인으로 楊炯(양형), 盧照隣(노조린), 駱賓王(낙빈왕)과 함께 '初唐四傑(초당사걸)'로 불림. 交趾(교지)에 있는 아버지에게 문안하러 가던 중에 강서성 洪州(홍주)를 지나며 지은 것이 이 유명한 등왕각서(滕王閣序)와 이 시이다. 작자는 여행 도중 바다를 건너다 물에 빠져 죽었다. '王子安集(왕자안집)' 30권이 있었다.

83 雜詩 잡시 ● 王維왕유

君自故鄕來하니 應知故鄕事리라.
군 자 고 향 래 응 지 고 향 사

來日綺窓前에 寒梅着花未요?
내 일 기 창 전 한 매 착 화 미

| 풀이 | 잡시

그대 고향으로부터 왔으니
응당 고향 일을 알겠구나.
고향에서 오던 날 비단 창밖 앞에
이른 봄 매화꽃이 얼마나 피었더냐?

| 낱말 | *형식 : 오언절구 *운자 : 事, 未.

• 雜詩(잡시) : 시의 한 형식. 제재의 내용이 어느 한 쪽에 국한되지 않는 시. • 應知(응지) : 아마 알고 있겠지?의 뜻. • 綺窓(기창) : 비단 창. • 着花(착화) : 꽃이 피다. '着' 대신 '著' 로 된 곳도 있다.

| 감상 |

타향에서 고향 사람을 만나서 고향의 소식을 묻고 있다. 그대가 우리 고향에서 왔으니 마땅히 고향 일을 알 것이다. 그래서 우리 집 소식을 물어보고 싶어 한다. '매화 꽃이 피었더냐?' 하는 물음은 그의 고향 소식을 묻는다고 생각하면 좋겠다. 매화꽃이 피었더냐? 는 바로 우리 아내가 잘 있더냐?로 받아들여도 좋을 것이다.

84
鹿柴 녹채 ● 王維 왕유

空山不見人하고 但聞人語響이라.
공산불견인 단문인어향

返景入深林하여 復照青苔上이라.
반경입심임 부조청태상

| 풀이 | 녹채

빈 산에 사람은 보이지 않고
다만 사람들의 말소리만 들려온다.
저녁 햇볕 깊은 숲 속에 스며들어

다시 푸른 이끼 위를 비추네.

| 낱말 | *형식 : 오언절구 *운자 : 響, 上.

• 鹿柴(녹채) : 망천 20경의 하나. '柴' 는 나무 울타리란 뜻. '柴' 는 去聲(거성)이니 '砦 '와 같은 것이다. • 空山(공산) : 비어 있는 산. 사람이 없는 빈 산. • 返景(반경) : 저녁 햇볕.

| 감상 |

산의 적막을 노래하고 있다. 그 적막 속에 소곤거리는 사람의 말소리가 간간이 들려올 뿐이다. 저녁 햇볕이 숲 속에 스며들어 숲 속의 푸른 이끼를 비추고 있었다.

85 竹裏館(죽리관) ● 王維 왕유

獨坐幽篁裏하여 彈琴復長嘯라.
독좌유황리 탄금부장소

深林人不知나 明月來相照라.
심림인부지 명월래상조

| 풀이 | 죽리관에서

홀로 그윽한 대나무 숲 속에 앉아

거문고를 타고 휘파람도 불어보네.

깊은 죽림은 남이 알지는 못하지만

밝은 달빛이 내려와 나를 비추고 있네.

| 낱말 | *형식 : 오언절구 *운자 : 嘯, 照.

• 竹裏館(죽리관) : 작자의 별장이 있는 망천의 명승지 20경의 하나. 어떤 곳에는 竹里館(죽리관)이라고 표기된 곳도 있다. 대발 속에 이 죽리관이 있었음. • 幽篁裏(유황리) : 그윽한 대나무 숲. • 復長嘯(부장소) : 거문고를 타면서 입을 오므려 소리를 내는 모양이니, 맑게 휘파람 소리 내는 것을 말하는 것으로 홀로 앉아서 하는 취미. • 相照(상조) : 달과 시적 주인공이 둘이 서로 보고 비추는 것을 말한다.

| 감상 |

작자는 홀로 대나무 숲 속 죽리관에서 혼자 거문고를 타고 휘파람을 불며 자기도취를 하고 있는 것이다. 왕유는 혼자서도 절대 외롭지 않다. 자연 속에서 자연을 바라보며 거문고를 타며 즐긴다는 시인의 시적 인생관이 잘 나타나 있다. 나는 달을 쳐다보고 달빛은 대숲으로 내려와서 나를 비추고 있기에 그는 조금도 외롭지가 않았다.

86
送, 元二, 使, 安西 ◉ 王維왕유
송 원이 사 안서

渭城朝雨浥輕塵하니 客舍青青柳色新이라.
위성조우읍경진 객사청청유색신

勸君更進一杯酒하니 西出陽關無故人이라.
권군갱진일배주 서출양관무고인

| 풀이 | 원이元二를 안서安西에 심부름을 보내며

위성의 아침 비는 가벼운 먼지를 잠재우고

객사에 푸른 버들잎은 더더욱 새롭구나.

그대에게 다시 한 잔 술을 권하나니

서쪽 양관(陽關)으로 나가면 친구도 없을 것이네.

| 낱말 | *형식 : 칠언절구 *운자 : 塵, 新, 人.

• 元二(원이) : 원은 성씨요, 二는 배항으로 둘째라는 뜻이다. • 安西(안서) : 지금의 신강. 당나라 때는 안서 도호부를 두어 국경을 지켰다. • 渭城(위성) : 장안 서북쪽에 있던 지명으로, 당시에는 여기까지 나와 전송을 하였던 것이다. • 浥(읍) : 잠재우다. • 客舍(객사) : 오늘의 여관이니, 객관임. • 柳色新(유색신) : 버드나무 색깔이 새롭게 느껴지다. 버드나무 가지를 꺾어 이별할 때 주어서 이별의 정을 나타냈다. • 陽關(양관) : 관소의 이름. 감숙성 돈황 서남쪽에 있었으며 옥문관과 함께 서역지방의 교통의 요지로 사용됐다. • 故人(고인) : 친구.

양관(陽關)

| 감상 |

전반은 서경, 후반은 서정을 노래한 시이다. 이 시는 송별의 시로 악부시집에는 '위성곡' 이라는 제목으로 되어 있고, 또 양관곡(陽關曲)이라고도 했다. 그때는 송별의 노래로 많이 사용되었으며 세 번 되풀이하여 불렀기 때문에 '양관삼첩(陽關三疊)' 이라고 했다. 이별하는 사람에 대한 따뜻한 애정이 새롭게 느껴진다.

87
九月九日, 憶, 山東兄弟 ● 王維 왕유
구월구일 억 산동형제

獨在離鄕爲異客하니 每逢佳節倍思親이라.
독재이향위이객 매봉가절배사친

遙知兄弟登高處에 遍揷茱萸少一人이라.
요지형제등고처 편삽수유소일인

| 풀이 | 중양절에 산동의 형제를 생각함

나 홀로 고향 떠나 타향의 나그네 되니
즐거운 명절 때마다 몇 배로 부모님 생각이네.
멀리 고향 형제들 모두 등고(登高) 행사를 할 때
머리에 수유를 꽂을 때 나 하나 없음을 알리라.

| 낱말 | *형식 : 칠언절구 *운자 : 親, 人.

• 九月九日(구월구일) : 중양절. 이날은 명절이라 모두 액땜을 하기 위해 산에 올라 수유를 머리에 꽂는 풍습이 있었다. • 山東(산동) : 섬서성에 있는 작자의 고

향. '山中' 이라 된 곳도 있다. • 異客(이객) : 나그네. 그때 王維(왕유)는 과거를 보려고 장안에 와 있었다. • 佳節(가절) : 즐거운 명절. • 登高處(등고처) : 높은 곳에 올라가는 중양절 행사. '處(처)' 는 장소보다 '~할 즈음' 이다. • 遍(편) : '徧' 으로 '모두 함께이다. • 少(소) : '모자라다' , '빠지다' 의 뜻.
*七言唐音(칠언당음)에는 '九日憶山東兄弟(구일억산동형제)로 되어 있다.

| 감상 |

고향을 멀리 떠나 타향의 나그네가 되고 보니 명절날 부모님 생각이 몇 배로 난다는 것이다. 그때 작자의 나이 17세, 중양절 등고(登高)행사를 할 때 우리형제들이 머리에 수유를 꽂을 때 내가 빠져 있음을 비로소 알게 될 것이다. 그때 우리형제들이 나를 얼마나 생각할까? 하는 작자의 상상력이 동원되고 있다. 그것은 형제들이 나를 얼마나 생각하고 있을까 하는 상상력이다. '사향시(思鄕詩)' 의 걸작으로 많은 사람으로부터 회자(膾炙)되었던 작품이다.

88
辛夷塢 ● 王維왕유
신 이 오

木末芙蓉花는 山中發紅萼이라.
목말부용화 산중발홍악

澗戶寂無人하니 紛紛開且落이라.
간호적무인 분분개차락

| 풀이 | 목련이 있는 언덕

가지 끝에 달린 연꽃 같은 목련
산속에서 빨갛게 피어났구나.

시냇가에 있는 집, 사람 없어 조용한데

꽃은 분분하게 피었다가 떨어지고 있네.

| 낱말 | *형식 : 오언절구 *운자 : 萼, 落

• 辛夷塢(신이오) : 목련(辛夷)이 피어있는 언덕. • 辛夷(신이) : 백목련. • 木末(목말) : 가지 끝. • 芙蓉(부용) : 연꽃. • 紅萼(홍악) : 붉은 꽃. '萼(악)' 은 꽃받침. • 澗戶(간호) : 산골짜기 시냇가에 있는 집.

| 감상 |

왕유의 '망천 12경' 중의 하나. 조용하고 한가한 산골짜기에서 피었다 지는 목련을 노래하고 있는 작품이다. 목련이 핀 언덕, 시냇가에는 집은 있어도 사람 없어 조용한데 꽃만이 알아서 분주하게 피었다 지고 있었다. '목련이 피는 언덕' 무언가 아름다운 인상을 주는 그런 이미지다. 현대시의 이미지를 주는 듯한 그런 시 구절이다.

89
送別 송별 ● 王維 왕유

下馬飮君酒하며 問君何所之라.
하마음군주 문군하소지

君言不得意하여 歸臥南山陲라.
군언부득의 귀와남산수

但去莫復問하라 白雲無盡時라.
단거막부문 백운무진시

| 풀이 | 송별

말에서 내려 그대와 술을 마시며

어디로 가는가를 그대에게 묻노라.

그대는 말을 하네, 뜻을 얻지 못했기에

남산 언저리에 은둔한다 대답하네.

다만 가거든 다시 묻지를 말라

흰 구름 끝없이 피어날 때이니—.

| 낱말 | *형식 : 오언고시 *운자 : 之, 陲, 時.

• 臥(와) : 자리에 눕다. 은둔을 뜻함. • 南山(남산) : 終南山(종남산). 장안 남쪽에 있음. • 陲(수) : 근처. 부근. • 但去(단거) : '但' 은 '去' 를 강조한다. • 莫(막) : 없다. 부정을 나타내는 조사.

| 감상 |

은둔하러 가는 친구를 송별하고 있다. 어디로 가느냐고 물으니 뜻을 얻지 못해 남산 언저리에 은둔하러 간다고 했다. 그리하여 거기서 언제나 떠있는 흰 구름을 바라보며 살아가겠다는 은둔의 사상을 노래하고 있다. 여기서 흰 구름은 은둔사상을 상징하는 것이다.

90
輞川閒居 ● 王維 왕유
망 천 간 거

寒山轉蒼翠하고 秋水日潺湲이라.
한 산 전 창 취 추 수 일 잔 원

倚杖柴門外하니 臨風聽暮蟬이라.
의 장 시 문 외 　　 임 풍 청 모 선

渡頭餘落日하고 墟里上孤烟이라.
도 두 여 락 일 　　 허 리 상 고 연

復値接輿醉하여 狂歌五柳前이라.
부 치 접 여 취 　　 광 가 오 류 전

| 풀이 | 망천에 살며

가을 산은 더욱 푸름을 더하고

가을 물은 매일 졸졸거리며 흐르네.

지팡이에 의지하여 사립문 밖을 나서니

바람을 쐬며 저녁매미소리 들려오네.

나루터 언저리에 저녁 해 비치고

마을에는 한줄기 연기가 피어오르네.

또다시 접여(接輿)처럼 취한 듯 그대가 와서

오류(五柳)를 심은 그 앞에서 희롱 노래 부르네.

망천도(輞川圖)

| **낱말** | *형식 : 오언율시 *운자 : 湲, 蟬, 烟, 前.

• 輞川(망천) : 장안 교외의 지명. 王維(왕유)의 별장이 있는 곳. • 寒山(한산) : 조용하고 쓸쓸한 산. • 轉(전) : 더욱. • 蒼翠(창취) : 짙은 푸른색. • 潺湲(잔원) : 물이 소리 내며 흐르는 모양. • 柴門(시문) : 사립문. • 臨風(임풍) : 바람을 쏘이다. • 暮蟬(모선) : 저녁 무렵에 우는 매미소리. • 渡頭(도두) : 나루터 근처. • 墟里(허리) : 마을. • 値(치) : 만나다. 맞은쪽에서 오다. • 接輿(접여) : 춘추시대 楚(초)나라의 隱者(은자). 미친 사람처럼 세상을 등지고 살았기 때문에 '楚狂(초광)' 이라 했다. 여기서는 친구 '裵迪(배적)' 을 비유해서 한 말이다. • 狂歌(광가) : 장난기 어린 노래. • 五柳(오류) : 도연명이 자기 집 앞에 다섯 그루 버드나무를 심어 스스로 오류선생이라 한 것을 사모하여 자기 마당을 이렇게 불렀다.

| **감상** |

이 시의 제목 밑에는 '증배수재적(贈裵秀才迪)' 이라 적혀 있다. 배적(裵迪)은 왕유의 친구인데, 배적이 취해 찾아온 것을 맞아 은자(隱者)다운 탈속의 심경을 노래한 작품이다. 모두가 아름답고 한가하고 자연적인 가을 경치와 작자의 삶의 인생관을 잘 표현한 작품이다. 여기서 배적을 은자 접여(接輿)에 비유하여 노래한 것은 더욱 인상적이다.

91
觀獵詩 ● 王維 왕유
관 엽 시

風勁角弓鳴하니 將軍獵渭城이라.
풍 경 각 궁 명 장 군 엽 위 성

草枯鷹眼疾하고 雪盡馬啼輕이라.
초 고 응 안 질 설 진 마 제 경

忽過新豐市하여 還歸細柳營이라.
홀 과 신 풍 시 환 귀 세 류 영

廻間射鵰處하니 千里暮雲平이라.
회 간 사 조 처 천 리 모 운 평

| 풀이 | 사냥을 구경하면서

바람 세게 불어 각궁이 소리를 내니
장군은 위성에서 사냥을 한다.
시들은 초원 위에 매의 눈은 매섭고
눈 녹은 들판에는 말발굽 가볍다.
갑자기 신풍(新豐)거리를 지나가서
어느덧 세류영(細柳營)으로 돌아왔네.
독수리 쏘아 잡은 곳을 되돌아보니
천리에 날 저문 날 구름만이 한가롭구나.

| 낱말 | *형식 : 오언율시 *운자 : 鳴, 城, 輕, 營, 平.

• 角弓(각궁) : 짐승의 뼈로 새겨서 장식한 활. • 渭城(위성) : 장안 서북쪽에 있는 거리. • 新豐(신풍) : 장안 동쪽에 있는 거리. 술의 산지로 유명함. • 細柳(세류) : 장안 서북쪽에 있는 거리. • 射鵰(사조) : '鵰(조)' 는 덩치가 큰 육식하는 새. 北齊(북제)의 명장 斛律光(곡율광)이 사냥을 가서 구름 위를 날고 있는 큰 새를 쏘았더니 그것이 '鵰(조)' 라는 새였다고. 그래서 활을 잘 쏘는 사람을 '射鵰(사조)' 의 명인이라 한다.

| 감상 |

사냥하는 광경을 바라보는 것도 하나의 현실을 보는 것이다. 넓은 들판에

서 날아가는 새나 짐승들을 매를 데리고 사냥하는 광경은 생생한 현장감이 있다. 바람이 쌩쌩 부는 평원에서 건장한 장군들이 사냥을 하는 데 사냥감을 절대로 놓치는 일이 없었다. 말을 달리고 뛰고 질풍처럼 달려가는 현장감과 멀리 평화스런 저녁놀이 시의 한 구절이 될 만하다.

92
過, 香積寺 ● 王維왕유
과 향적사

不知香積寺터니 數里入雲峯이라.
부 지 향 적 사 수 리 입 운 봉

古木無人逕하고 深山何處鍾이라.
고 목 무 인 경 심 산 하 처 종

泉聲咽危石하고 日色冷青松이라.
천 성 열 위 석 일 색 냉 청 송

薄暮空潭曲에 安禪制毒龍이라.
박 모 공 담 곡 안 선 제 독 룡

| 풀이 | 향적사를 지나며

향적사가 어디 있는지 알지 못했더니
수십 리 구름 쌓인 봉우리로 들어가네.
고목나무 우거져 사람 다닐 길조차 없는데
깊은 산 어느 곳에 종소리 울려 퍼지네.
개울물 돌에 부딪쳐 그 소리 흐느끼는 듯
햇빛 싸느랗게 비쳐 푸른 소나무가 차갑네.

초저녁 인기척 없는 연못 언저리에

편안히 참선을 하며 속세의 번뇌를 누르고 있네.

| **낱말** | *형식 : 오언율시　*운자 : 峯, 鍾, 松, 龍.

• 香積寺(향적사) : 장안 동남쪽에 있었던 절. • 雲峰(운봉) : 구름이 걸려있는 봉우리. • 人逕(인경) : 사람이 다니는 오솔길. • 危石(위석) : 깎아지른 듯한 바윗돌. • 空潭曲(공담곡) : '空潭(공담)'은 인기척 없는 연못. '曲(곡)'은 언저리. • 安禪(안선) : 편안히 앉아서 참선을 하는 것. • 毒龍(독룡) : 마음속의 번뇌와 욕망을 비유한 말.

| **감상** |

지금까지 향적사에 대해서 아무것도 아는 것이 없었는데 지금에야 향적사를 찾아왔다는 것으로 서두를 시작했다. '不知(부지)'란 말에서 이 절에 대한 신비한 색채를 더해주고는 수십 리를 걸어 구름이 짙게 깔린 향적사를 찾아왔다고 했다. 심산 어느 곳에서 종소리가 들린다는 말로 해서 절이 있다는 사실을 알리고 샘물이 소리를 내고 푸른 소나무가 서늘한 햇볕을 받아 어느덧 초저녁의 풍경을 자아낸다. 그리고 모든 집념을 버리고 참선의 경지에 들어가는 것으로 이 시는 끝을 맺는다.

향적사(香積寺)

93
酌酒與, 裴迪 ● 王維왕유
작주여 배적

酌酒與君君自寬하니 人情飜覆似波瀾이라.
작주여군군자관 인정번복사파란

白首相知猶按劍하고 朱門先達笑彈冠이라.
백수상지유안검 주문선달소탄관

草色全經細雨濕하고 花枝欲動春風寒이라.
초색전경세우습 화지욕동춘풍한

世事浮雲何足問고? 不知高臥且加飡이라.
세사부운하족문 부지고와차가손

| 풀이 | 술을 부어 배적에게 주며

술을 부어 그대에게 주나니 그대 마시니 기분 좋지?
인정은 자꾸 바뀌어 물결과도 같은 것.
백발 친구 사이에도 칼 들고 싸우기도 하고
먼저 출세한 사람 뒤에 기다리는 사람 비웃기 마련일세.
푸른 풀빛 감도는 길에 보슬비 촉촉 젖어있고
꽃가지 봉오리 피려고 하나 봄바람이 너무 차갑네.
세상일 뜬구름 같아서 무엇을 만족하다 말할 손가?
시끄러운 속세 피하여 초연하게 그렇게 살아가세.

| **낱말** | *형식 : 칠언율시 *운자 : 寬, 瀾, 冠, 寒, 飡.

• 裴迪(배적) : 왕유의 친구. • 自寬(자관) : 기분을 너그럽게 가지는 것. • 波蘭(파란) : 물결. 세파. 세상살이 등. • 白首相知(백수상지) : 일생을 두고 서로가 잘

아는 친구. • 按劍(안검) : 칼을 들고 상대를 찌르려는 자세. • 朱門(주문) : 잘 사는 권문세족의 저택. • 先達(선달) : 먼저 출세한 사람. • 彈冠(탄관) : 갓에 먼지를 털다. 여기서는 벼슬에 올라갈 준비를 한다는 뜻. • 高臥(고와) : 은둔하여 고고하게 살다. • 加湌(가손, 가찬) : 건강하게 살아감을 축복함.

| 감상 |

왕유(王維)의 친구 배적(裵迪)을 위로하는 시이다. 배적이 과거에 실패하자 왕유는 친구를 데리고 가서 술을 따르며 '친구 우리 한잔하세' 하고 위로를 하고 있다. 그래서 왕유는 배적에게 용기를 주고 초연하게 살 수 있는 방법까지 제시하고 있다. 그리고 왕유는 친구 배적에게 나직이 말했다 '친구의 잘못이 아닐세, 이 세상이 잘못한 거야.' 하고 타이르듯 말해주고 있다.

94
山居秋暝 王維왕유
산 거 추 명

空山新雨後에 天氣晚來秋라.
공 산 신 우 후　천 기 만 래 추

明月松間照하니 清泉石上流라.
명 월 송 간 조　청 천 석 상 류

竹喧歸浣女하고 蓮動下漁舟라.
죽 훤 귀 완 녀　연 동 하 어 주

隨意春芳歇하고 王孫自可留라.
수 의 춘 방 헐　왕 손 자 가 류

| 풀이 | 산장의 가을 저녁

가을 빈 산에 새로 비 내리다 그치니

날씨는 저녁 무렵에 더욱 신선하다.

밝은 달은 소나무 사이로 비추어오고

맑은 냇물은 바위 위에 흘러넘치네.

대숲 속에서 빨래하는 아줌마들 지껄이며 돌아오고

연꽃 핀 물 위로 고기잡이배 강 따라 내려가네.

봄날 예뻤던 꽃들이여, 지금 마음대로 흩날려라

왕손은 그와 상관없이 여기에 머물러 있으리라.

| 낱말 | *형식 : 오언율시 *운자 : 秋, 流, 舟, 留.

• 山居(산거) : 산장을 말함. • 秋暝(추명) : 가을날이 어두워질 때. • 新雨(신우) : 비가 그치다. '신' 은 '금방~하다' 의 뜻. • 晩來(만래) : 저녁 무렵. '晩' 은 저녁 '來' 는 조사. • 浣女(완녀) : 빨래하는 아낙네. • 春芳歇(춘방헐) : 봄날 꽃 떨어져 흩어짐.

| 감상 |

왕유의 망천 별장에 가을 저녁의 풍경을 읊은 시이다. 공산(空山)과 우후(雨後), 명월(明月)과 송간(松間), 청천(淸泉)과 상류(上流) 등이 이 별장의 아름다운 자연을 노래하고 있다. 대밭 속에서 빨래하고 돌아가는 아줌마들의 지껄이는 풍경은 어쩌면 우리의 옛 생활 풍습과 비슷하여 우리의 생활과 동질감까지 느끼는 것 같다.

95
田園樂 ● 王維 왕유
전 원 락

桃紅復含宿雨하고 柳綠更帶春煙이라.
도 홍 부 함 숙 우 유 록 갱 대 춘 연

花落家僮未歸하고 鶯啼山客猶眠이라.
화 락 가 동 미 귀 앵 제 산 객 유 면

| 풀이 | 전원의 즐거움

복사꽃 붉게 밤비를 머금었고

버들은 푸르게 봄 안개를 띠었네.

꽃이 떨어져도 머슴아이는 쓸지 않고,

꾀꼬리 우는데도 산 나그네[隱者]는 잠만 자네.

| 낱말 | *형식 : 6언절구 *운자 : 煙, 眠.

• 復(부) : '그리고' 라는 정도의 뜻의 조사. • 宿雨(숙우) : 지난 밤에 내린 비.
• 家僮(가동) : 머슴아이. • 山客(산객) : 은자. 여기서는 작자 자신이다.

| 감상 |

이 시는 7수의 연작시 가운데 6번째의 작품으로 6언절구로 된 작품이다. 한시에서 6언은 없는데도 왕유는 이를 시도한 것 같다. 이 시는 전반 2구도, 후반 2구도 대구를 이루어 전대격(全對格)이다. 이렇게 6언절구는 전대격(全對格) 형식을 취하는 것이다. 이 시는 왕유의 스타일로 은자를 그려내고 있다. 6언이란, 한시 형식에서 벗어난 작품인데, 이것은 왕유만이 가능한 일이 아닐까?

96
使至塞上 ● 王維왕유
사 지 새 상

單車欲問邊하고 屬國過居延이라.
단 거 욕 문 변 속 국 과 거 연

征蓬出漢塞하고 歸雁入胡天이라.
정 봉 출 한 새 귀 안 입 호 천

大漠孤烟直하고 長河落日圓이라.
대 막 고 연 직 장 하 낙 일 원

蕭關逢候騎하니 都護在燕然이라.
소 관 봉 후 기 도 호 재 연 연

| 풀이 | **사신으로 변경에 이르러**

나 홀로 수레 타고 변경을 사찰하려고
나라의 전속 명을 받고 흉노 땅 거연(居延)에 이르렀네.
바람에 불려 뒹구는 쑥은 중국 변방에서도 나고
돌아가는 기러기는 이국 하늘로 들어가네.
큰 사막 저쪽에는 한 줄기 연기가 곧게 오르고
긴 강 끝에는 둥근 해가 지고 있다.
소관에서 척후대 기마병을 만났더니
도호께서는 연연(燕然)에 있다고 한다.

| 낱말 | *형식 : 오언율시 *운자 : 邊, 延, 天, 圓, 然.

• 使(사) : 관리가 천자의 명을 받고 떠나다. • 塞上(새상) : 변방의 요새 지역. • 問邊(문변) : 변경을 시찰하다. • 屬國(속국) : 속국의 일을 다루는 관직. • 居延(거연)

: 내몽고에 있는 지명. 한나라 때 흉노가 있던 곳. • 征蓬(정봉 : 쑥) : 유랑하는 나그네의 상징. 작자 자신. • 胡天(호천) : '胡'는 이민족의 총칭. 이국의 하늘. • 大漠(대막) : 큰 사막. • 蕭關(소관) : 감숙성 부근에 있던 관소. 서역 교통의 요지. • 候騎(후기) : 첩보 연락을 맡은 기마병. • 都護(도호) : 관직, 변경의 정치 및 군사를 다스리는 장관. • 燕然(연연) : 흉노 영역 안에 있는 산 이름. 연연산.

| **감상** |

왕유가 절도판관(節度判官)이 되어 처음으로 요새지역에 나가는 경험을 바탕으로 그때의 상황을 노래한 변새시(邊塞詩)다. 그때의 상황을 漢(한)나라 때의 그 시대를 대입하고 있다. 땅 위에 뒹굴고 흔들리는 쑥 덤불과 하늘에 날아가는 기러기를 대비해서 그때의 상황을 표현하고 있다. 끝없이 펼쳐진 사막과 인가에서 곧게 한 줄기로 올라가는 연기 등이 인상적이다. 작자가 새로운 지역을 보고 쓴 일종의 기행시 같은 느낌을 받는다.

작자 | 王維왕유(699~761) ; 盛唐

왕유(王維)

산서성 太原府(태원부) 祁縣人(기현인). 字는 摩詰(마힐). 9세 때 시를 지었을 뿐 아니라 음악, 그림에도 조예가 깊고 박학다식하여 일찍부터 귀족 사회에 그 명성이 알려져 현종의 동생 岐王(기왕)의 사랑을 받았다. 진사 급제 후 太樂丞(태락승)이 되었으나 기왕의 죄에 연좌되어 산동성 濟州(제주)의 司倉參軍(사창참군)으로 좌천, 그 후 右拾遺(우습유), 觀察御使(관찰어사) 등을 거쳐 給事中(급사중)에 이름. 안녹산의 난 중에 반군에 잡혀 강요에 의해 벼슬을 받아 난이 평정된 후에 문제가 되었으나, 안녹산 조정에서 지은 당실의 붕괴를 탄식하는 시와 동생의 열렬한 구명 운동으로 太子中充(태자중충)으로 독실한 불교신

자인 어머니의 감화를 받아 불교에 귀의했으며, 중년에 장안 남쪽 藍田縣(남전현)에 있는 망천 별장을 입수, 자연 속에 노닐며 유명한 자연 시들을 지었다. '王丞相集(왕승상집)' 10권, 380여 수의 시가 전한다.

97
野望(야망) ● 王績 왕적

東皐薄暮望하여 徙倚欲何依라.
동고박모망 사의욕하의

樹樹皆秋色하고 山山惟落暉라.
수수개추색 산산유낙휘

牧人驅犢返하고 獵馬帶禽歸라.
목인구독반 렵마대금귀

相顧無相識하여 長歌懷采薇라.
상고무상식 장가회채미

| 풀이 | 들판을 바라보며

동쪽 언덕에 올라 들판을 바라보며

돌아다녀도 이 몸 의지할 곳 있으랴.

나무마다 모두 가을빛에 물들고

산마다 오직 지는 햇볕에 물들었네.

목동들은 송아지를 몰고 돌아오고

사냥꾼은 잡은 새를 말에 매달고 돌아오네.

서로 보아도 한결같이 모르는 사람뿐,

고사리 캐던 이제(夷齊)의 회포를 길게 노래 부른다.

| 낱말 | *형식 : 오언율시 *운자 : 依, 暉, 歸, 薇.

• 東皐(동고) : 동쪽 언덕. • 徙倚(사의) : 왔다 갔다 하다. • 落暉(낙휘) : 낙조. 저녁놀. • 驅犢(구독) : 송아지를 몰고 오다. • 獵馬(렵마) : 사냥할 때 타는 말. • 禽(금) : 모든 새들. • 相顧(상고) : 주위를 둘러보다. '相' 은 어조사. • 相識(상식) : 낯익은 사람. • 長歌(장가) : 길게 노래하다. • 采薇(채미) : 고사리를 캐다. 伯夷(백이)와 叔齊(숙제)는 주나라 곡식을 먹지 않는다고 수양산에서 고사리 캐어먹다 죽었음.

| 감상 |

동쪽 언덕에 올라 노을 진 들판을 바라보면서 소회에 젖어서 쓴 작품이다. 나무란 나무는 모두 가을빛으로 물들고, 산이란 산은 모두 저녁노을로 물들었다. 목동들은 송아지를 몰고 돌아오고, 사냥꾼들은 잡은 새를 말에 엮어 달고 돌아오고 있다. 여기서 시인의 고독한 심리를 토로하고 있다. 둘러보아도 아는 사람은 하나도 없는데, 혼자서 백이숙제(伯夷叔齊)가 고사리 뜯는 노래를 부르며 그들을 길게 추모하고 싶다는 시인의 사상이 나타나 있다. 이 시는 수나라 말기에 지은 것으로, 여기서 황혼의 풍경은 왕조의 멸망을 상징하고 있는 것으로 보는 견해도 있다.

작자 | 王績왕적(585~644) ; 初唐

字는 無功(무공). 시풍은 阮籍(완적)이나 陶潛(도잠)을 따르려고 했고, 은둔적인 경향이 강하며 매우 소박한 작품을 썼다.

왕적(王績)

98
長城 장성 ● 汪遵 왕준

秦築長城比鐵牢하여 蕃戎不敢逼臨洮라.
진축장성비철뢰 번융부감핍임조

焉知萬里連雲勢도 不及堯階三尺高를—.
언지만리연운세 불급요계삼척고

| 풀이 | 만리장성

진시황이 만리성 쌓고 철옹성처럼 든든하다 여겨

오랑캐들 임조(臨洮) 변경에 얼씬도 못하리라 생각했지.

어찌 알았으랴, 만리에 이어진 구름 같은 세력도

요(堯)임금의 삼척 높이의 섬돌만도 미치지 못함을—.

| 낱말 | *형식 : 칠언절구 *운자 : 牢, 洮, 高.

• 鐵牢(철뢰) : 철로 만든 감옥. 견고함. • 蕃戎(번융) : 오랑캐. 흉노족을 가리킴. • 臨洮(임조) : 감숙성에 있는 지명. 만리장성의 기점이 되어있음. • 連雲勢(연운세) : 구름에 이어질듯한 세력. • 堯階三尺(요계삼척) : 요임금의 궁전 섬돌의 높이가 석 자 밖에 안 되었음. 소박함을 가리킴.

| 감상 |

진시황의 만리장성이 철옹성처럼 든든하여 오랑캐들이 얼씬도 못하리라 믿었지만 그렇지 못했다. 만리장성에 이어진 구름 같은 세력도 요임금의 덕으로 다스리는 것보다 못함을 알았다. 그래서 만리장성이 요임금의 석 자 밖에 안 되는 섬돌보다 못했다는 것이다. 덕으로 다스리는 나라를 강조하고 있다.

만리장성(萬里長城)

덕으로 다스리는 정치, 그것이 동양사상의 근본이었다.

작자 | 王遵왕준(?) ; 晩唐

진사에 합격했다는 이외는 잘 모른다.

99
登, 鸛鵲樓 ● 王之渙왕지환
등 관작루

白日依山盡하고 黃河入海流라.
백일의산진 황하입해류

欲窮千里目하여 更上一層樓라.
욕궁천리목 갱상일층루

| 풀이 | **관작루에 올라**

서쪽에는 해가 산을 기대어 지려 하고
동쪽으로는 황하가 바다를 향해 흘러가네.
천리 밖으로 바라볼 수 있을까 하여
다시 한 층 위로 향해 올라가려 하네.

| 낱말 | *형식 : 오언절구 *운자 : 流, 樓.

• 鸛鵲樓(관작루) : 산서성 영제현에 있었던 3층 누각. 동남쪽으로는 中條山(중조산)이 보이고 눈 아래는 황하를 내려다 볼 수 있는 명승지. • 白日(백일) : 빛나는 태양. 여기서는 저녁 해. • 窮(궁) : 다할 궁. • 千里目(천리목) : 천리를 보는 시야. 目(목)은 바라보는 시야.

관작루(鸛鵲樓)

| 감상 |

멀리 지는 해와 흐르는 황하를 바라보고 있다. 거기서 한 층을 더 올라간다. 거기서 대자연의 웅장한 모습을 바라보면서 저물어 가는 관작루의 주위 풍경을 바라보고 있다. 첫 구절에서 백일이 지는 모습과 황하가 길게 동쪽으로 흘러가는 장엄한 모습을 그림처럼 묘사하고 있다. 그리고 1, 2구는 대구를 이루면서 강렬한 인상을 자아내게 하는 작품이다.

100
涼州詞 王之渙 왕지환
양 주 사

黃河遠上白雲閒하면 一片孤城萬仞山이라.
황 하 원 상 백 운 한 일 편 고 성 만 인 산

羌笛何須怨楊柳리오 春光不度玉門關이라.
강 적 하 수 원 양 류 춘 광 부 도 옥 문 관

| 풀이 | 양주사

황하를 거슬러 멀리 구름 감도는 곳까지 올라가면
한 조각 외로운 산성이 만길 우뚝 산 위에 솟았다.
오랑캐가 부는 피리 소리에서 어찌 '절양류' 를 슬퍼 하리오.
봄날 햇볕은 옥문관(玉門關)을 넘어 오지는 못하리라.

| 낱말 | *형식 : 칠언절구 *운자 : 閒, 山, 關.

• 涼州詞(양주사) : 악부의 명칭. 出塞曲(출새곡)과 비슷한 뜻을 지니고 있다. • 閒(한, 간) : 틈 간, 사이 간. 間의 속자. 間과 같음. • 遠上(원상) : 멀리 상류로 올

라가다. • 萬仞(만인) : 아주 높은 언덕이나 산. • 羌笛(강적) : 오랑캐가 부는 피리 소리. • 何須(하수) : 왜 ~할 필요가 있는가? 의 뜻. • 怨(원) : 여기서는 원망보다 슬픔을 나타냄. • 楊柳(양류) : 이별곡인 折楊柳(절양류)를 말함. • 不度(부도) : 넘어오지 않는다. 不渡와 같음. • 玉門關(옥문관) : 돈황 서쪽에 있는 關所(관소)의 이름.

| **감상** |

이 노래는 양주사라 하여 변방의 노래다. 황하를 거슬러 올라가면 거기는 아득한 산, 이처럼 오랑캐 땅은 높은 산악지방에 있었다. 더구나 거기에는 봄도 오지 못하는 곳인데, 봄빛이 오지 않는 그곳에 '절양류' 라는 봄의 노래도 들리지 않을 것이다. 봄빛도 못 미치는 곳인데 '절양류' 라는 곡조가 이 옥문관까지 들려오겠는가?

옥문관(玉門關)

작자 | 王之渙왕지환(688~742) ; 盛唐

왕지환(王之渙)

산서성 병주 사람. 자는 季陵(계릉). 과거는 보았으나 계속 낙방, 재야 시인으로 일생을 마쳤다. 생애의 대부분을 술과 검술을 좋아해서 협객들과 어울렸으나 중년 이후에는 이를 청산하고 전원문학에 매진했다. 岑參(잠삼), 王昌齡(왕창령) 등과 더불어 邊塞詩人(변새시인)으로 알려져 있다. 시 6수가 전한다.

101
出塞 출새 ● 王昌齡왕창령

秦時明月漢時關하니 萬里長征人未還이라.
진시명월한시관 만리장정인미환

但使龍城飛將在라면 不敎胡馬度陰山을—.
단사용성비장재 불교호마도음산

| 풀이 | 변방에 나감

진나라 때 비치던 달이 한나라 관문에도 있었으리,

만리(萬里) 밖 원정 나간 사람 아직도 못 돌아오네.

오직 용성(龍城)의 비장군(飛將軍)이 있었더라면

오랑캐로 하여금 음산(陰山)을 넘지는 못하게 했을 것을.

| 낱말 | *형식 : 칠언절구 *운자 : 關, 還, 山.

• 出塞(출새) : 변방으로 전쟁을 하러 나가는 것. 악부의 제목이기도 하다. • 秦時明月(진시명월) : 진나라 시대에도 비치던 밝은 달. • 漢時關(한시관) : 한나라 시대에 만들어진 그대로의 관문. • 但使(단사) : 오직 ~이었더라면. • 龍城(용성) : 흉노가 쌓았다는 성. 현재 감숙성에 있음. • 飛將(비장) : 전한의 명장 李廣(이광)을 말함. 흉노들이 그를 두려워하여 飛將軍(비장군)이라 불렀다 함. • 不敎(불교) : ~를 시키지 않는다. • 度(도) : 지나다. 건너다. • 陰山(음산) : 陰山山脈(음산산맥)인데, 몽고 중부를 가리킴.

| 감상 |

이 시는 변새시(邊塞詩)의 일종이다. 중국 한족이 역사상으로 흉노족과 싸워온 역사는 길다. 그래서 변방으로 싸우러 가는 소재의 시가 많다. 이 시 역시 마찬가지다. 그래서 진나라 때부터 진시황이 만리성(萬里城)을 쌓고 한나라 때에도 그들과 싸우기도 하고 화친하기도 하여서 시끄러운 날이 그치지 않았다. 만일 옛날의 날쌘 장군이 지금도 있었더라면 하는 가정도 끊이지 않는다.

102
出塞行 ● 王昌齡왕창령
출 새 행

白草原頭望京師하면 黃河水流無盡時라.
백 초 원 두 망 경 사 황 하 수 류 무 진 시

秋天曠野行人絶하고 馬首東來知是誰요?
추 천 광 야 행 인 절 마 수 동 래 지 시 수

| 풀이 | **변방으로 나가는 노래**

흰 풀이 우거진 원두에서 서울 쪽을 바라보면
황하 물만 끊임없이 흘러가누나.
가을 하늘 펼쳐진 광야에는 행인마저 끊어지고
말머리 동쪽으로 돌려 달려오는 저 사람은 누구인가?

| 낱말 | *형식 : 칠언절구 *운자 : 師, 時, 誰.

• 出塞行(출새행) : '行'은 노래의 한 형식. 국경지대로 출전하는 사람의 노래. 全唐詩(전당시)에는 '旅望(여망)'이란 제목으로 실려 있다. • 白草原(백초원) : 흰 쑥이 깔려 있는 언덕. • 頭(두) : 언저리. • 京師(경사) : 서울. 장안을 말함. • 馬首東來(마수동래) : 말머리를 동쪽으로 향해 달리다.

| 감상 |

이 시는 본인이 서쪽 변방으로 출전하는 것으로 생각한다. 맑게 갠 가을하늘, 평원 저쪽은 지평선을 이루고 마른 풀이 초원에 깔려 있다. 황하는 끊임없이 흘러가는데 이 광야에는 행인마저 끊겼다. 멀리 동쪽에서 말을 타고 달려오는 사람, 그는 누구인가. 그 사람은 그리운 서울을 향해 가는데 나는 그 반대 방향인 서쪽 변방으로 가고 있으니 마음이 쓰리고 아프다. 여기서 작자의 심경이 잘 나타나 있다.

全唐詩

御製全唐詩序
詩至唐而衆體悉
備亦諸法畢該故
稱詩者必視唐人

전당시(全唐詩)

103
從軍行 ● 王昌齡 왕창령
종 군 행

青海長雲暗雪山하고 孤城遙望玉門關이라.
청 해 장 운 암 설 산 고 성 요 망 옥 문 관

黃沙百戰穿金甲하니 不破樓蘭終不還이라.
황 사 백 전 천 금 갑 불 파 누 란 종 불 환

| 풀이 | 종군행 從軍行

청해에 길게 드리운 눈 덮인 산 어둡게 보이고
외로운 성 머나먼 동쪽 옥문관을 바라다 본다.
사막에서 수없이 싸워서 갑옷도 구멍이 뚫렸나니
저 누란을 깨뜨리지 못하면 죽어도 돌아가지 않으리.

| 낱말 | *형식 : 칠언절구 *운자 : 山, 關, 還.

• 從軍行(종군행) : 전쟁터에 나간 병사들의 고생을 주제로 노래하는 악부체. • 青海(청해) : 호수의 이름. • 雪山(설산) : 눈 덮인 산. • 玉門關(옥문관) : 돈황 서쪽에 있는 요충지. 서역의 관문으로 교통의 요지가 되었다. • 金甲(금갑) : 무쇠 갑옷. • 樓蘭(누란) : 한나라 때 옥문관 서쪽에 있던 소수민족의 독립국.

| 감상 |

왕창령은 변새시인(邊塞詩人)이라고 한다. 전쟁터에서 일어나는 여러 가지 보고, 듣고, 느낀 사실을 시로 표현하는데 일인자였다. 그래서 이 시도 제목이 '종군행(從軍行)' 이다. 특히나 여기서는 중국 서쪽 옥문관을 지키는 군인들의 양상을 잘 표현하고 있다. 그래서 이 시에서 새로운 견문을 알려주는 것이 '청

해(青海)' 니, '설산(雪山)' 이니, '옥문관(玉門關)' 이니 하는 서역지방의 특유한 사실을 들어 '황사(黃沙)' '금갑(金甲)' '누란(樓蘭)' 같은 지명과 시어에서 당시의 그쪽 지방의 자연현상과 전쟁 등의 문화를 알 수 있다.

104
芙蓉樓, 送, 辛漸
부 용 루 송 신 점

王昌齡 왕창령

寒雨連江夜入吳하니 平明送客楚山孤라.
한 우 연 강 야 입 오 평 명 송 객 초 산 고

洛陽親友如相問하면 一片氷心在玉壺하라.
낙 양 친 우 여 상 문 일 편 빙 심 재 옥 호

| 풀이 | **부용루에서 신점辛漸을 보내며**

차가운 비, 강을 이어 밤에 오나라 땅에 들어오는데
밝을 무렵 그대 보낼 때 초나라 산 홀로 우뚝 솟아 있네.
낙양 친구가 내 소식을 묻게 된다면
한 조각 얼음이 옥호(玉毫)에 있는 심정이라 전하게나.

| 낱말 | *형식 : 칠언절구 *운자 : 吳, 孤, 壺.

• 芙蓉樓(부용루) : 누각의 이름. 지금의 강소성 진강에 있었다. • 辛漸(신점) : 작자의 친구. • 寒雨(한우) : 늦가을의 비. • 連江(연강) : '江' 은 양자강. 비가 줄기차게 내리기 때문에 비와 강물과의 경계를 알 수 없는 상태. • 平明(평명) : 새벽녘. • 如(여) : 만약. 가정을 나타냄. • 氷心(빙심) : 얼음처럼 맑은 마음. • 玉壺(옥호) : 옥으로 만든 아름다운 항아리.

부용루(芙蓉樓)

| 감상 |

송별의 정을 나타낸 시 작품이다. 신점은 누군지는 알 수 없지만 작자와 웬만큼 친한 사이인 모양이다. '한우(寒雨)', '빙심(氷心)', '옥호(玉壺)'와 같은 낱말이 나오는 걸 보면 작자는 누구에겐가 자기의 결백함과 쓸쓸한 심정을 친구에게 말하고 있는 듯하다. 당시 작자가 죄를 입어 강녕(江寧) 현승(縣丞)으로 좌천되어 가는 그의 쓸쓸한 심정이 잘 나타나 있다.

작자 | 王昌齡왕창령(698~755?) ; 盛唐

왕창령(王昌齡)

자는 소백(少伯). 진사급제 후 하남성 氾水縣(범수현)의 위가 되었다가 博學宏詞科(박학굉사과)에 합격, 秘書省(비서성) 校書郎(교서랑)이 되었다. 만년에는 호남성 龍標縣(용표현)의 위로 좌천되었다가 안녹산의 난리가 일어나자 향리로 돌아갔다가 刺史(자사) 閭丘曉(여구효)에게 미움을 받아 살해되었다. 邊塞詩人(변새시인)으로 유명하다. 180여 수의 시가 남아 있다.

105
涼州詞 ● 王翰왕한
양 주 사

葡萄美酒夜光杯를 欲飮琵琶馬上催라.
포 도 미 주 야 광 배 욕 음 비 파 마 상 최

醉臥沙場君莫笑하라 古來征戰幾人回오?
취 와 사 장 군 막 소 고 래 정 전 기 인 회

| 풀이 | 양주사

포도로 빚은 좋은 술 야광 옥배에 가득 부어
그 술 마시려는데 비파소리 말 위에서 재촉하네.
취해서 백사장에 누워 있어도 그대여 웃지를 말라,
예부터 전쟁에 나가 돌아온 사람 몇이나 있었더냐?

| 낱말 | *형식 : 칠언절구 *운자 : 杯, 催, 回.

• 涼州詞(양주사) : 양주는 변방 지명의 하나. 양주사는 악곡 이름. 일반적으로 변방을 지키는 군인들을 주로 노래했음. • 葡萄美酒(포도미주) : 포도로 만든 좋은 술. 좋은 포도주를 말함. • 夜光杯(야광배) : 흰 옥으로 만든 잔. 밤에는 하얗게 빛나기 때문에 이렇게 불렀다. • 琵琶(비파) : 서쪽 지방에서 만들어 전해진 현악기의 하나. 말 위에서 연주되었던 악기였다. • 催(최) : 독촉하다. • 沙場(사장) : 사막의 싸움터. • 君(군) : 그대. 여기서는 세상 사람들. • 征戰(정전) : 전쟁터. 싸움터. 전쟁에 나가다.

| 감상 |

전쟁터에서 살아오는 일은 극히 드문 일. 더구나 변방 지역에서는 수시로

전쟁이 벌어지고 있다. 언제 싸움터에 나가 죽을지도 모르는 이 심각한 상황을 잊기 위해 술이라도 마시고 마상 비파까지 연주하는 흥겨운 자리가 되었다. 달빛 아래 옥배(玉杯)에 가득 부어 마신 술이 취해 전쟁터 백사장에 누워 있음을 웃지를 말라. 이 전쟁에서 살아서 돌아가는 사람이 몇이나 되었는가? 이 허무함을 한숨과 술로 노래하고 있다. 당의 칠언절구 가운데 가장 수작으로 꼽고 있다.

작자 | 王翰왕한(687~726?) ; 初唐

왕한(王翰)

산서성 幷州人(병주인). 字는 子羽(자우). 진사급제 후 直言極諫科(직언극간과), 超拔群(초발군) 類科(류과)에 급제하여 하남성 昌樂縣(창락현)의 尉(위)가 되었다. 어려서부터 호방한 성격이어서 술을 좋아하고 방탕한 생활을 했으며, 張說(장열)이 실각한 뒤 지방 벼슬아치 노릇을 하다가 道州司馬(도주사마)로 좌천되었고, 그 후 광동으로 유배되어 가던 도중에 죽었다. 高適(고적), 岑參(잠삼)과 더불어 邊塞詩人(변새시인)으로 불린다.

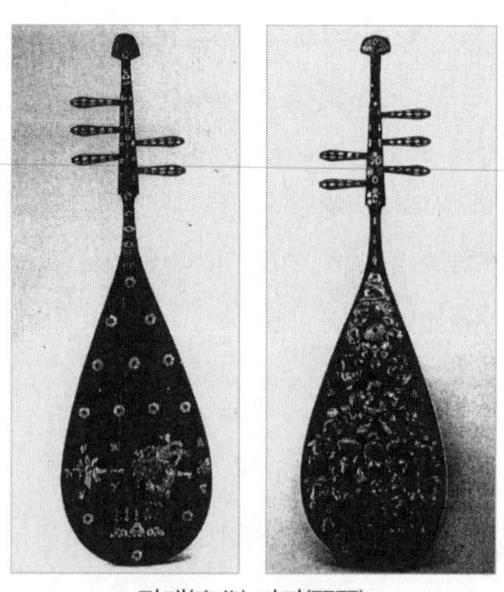

당대(唐代) 비파(琵琶)

106
勸酒 권주 ● 于武陵 우무릉

勸君金屈巵하니 滿酌不須辭하라.
권군금굴치 만작불수사

花發多風雨하니 人生足別離리요?
화발다풍우 인생족별리

| 풀이 | **술을 권하다**

그대에게 금빛 잔을 권하노니
잔 가득 이 술을 사양하지 말게나.
꽃이 피면 비바람도 많다 했으니
인생이란 어차피 이별이 아니더냐?

| 낱말 | *형식 : 오언절구 *운자 : 巵, 辭, 離.

• 金屈巵(금굴치) : 황금빛으로 된 술잔. • 滿酌(만작) : 술을 가득 채운 술잔. • 不須辭(불수사) : 꼭 사양할 필요가 없다. • 花發(화발) : 꽃이 피어나다. • 足(족) : 만족하다.

| 감상 |

술을 권하는 노래이다. 예부터 술 권하는 노래를 '권주가' 라고 했다. 술을 권하는 내용이 인생의 깊은 곳을 움직일 정도로 찡한 감정이 녹아있다. 술과 이별, 이런 것의 소재가 바로 우리 인생을 노래하는 것이다. 인생이란 원래 이별을 전제한다는 것이 시의 주제로 깔려있다.

작자 | 于武陵우무릉(810~?) ; 晩唐

이름은 鄴(업). 字가 于武陵(우무릉)이다. 과거에 급제하고도 벼슬은 하지 않고 거문고와 책을 들고 여러 지방을 떠다니게 되었다. 마지막엔 嵩山(숭산)에 은둔하여 생을 마침.

107
行宮 ● 元稹원진
행 궁

寥落古行宮이여 宮花寂寞紅이라.
요 락 고 행 궁　　궁 화 적 막 홍

白頭宮女在하여 閑坐說玄宗이라.
백 두 궁 녀 재　　한 좌 설 현 종

| **풀이** | **행궁**

쓸쓸하구나, 옛날의 그 행궁이여
마당에 핀 붉은 꽃이 적막하구나.
머리 센 궁녀가 거기에 있어
한가하게 앉아 현종을 이야기하네.

| **낱말** | *형식 : 오언절구 *운자 : 宮, 紅, 宗.

• 行宮(행궁) : 이궁(離宮)을 말함. • 寥落(요락) : 쓸쓸하다. • 閑坐(한좌) : 한가하게 앉아 있음. • 玄宗(현종) : 당나라 황제 李隆基(이융기 : 685-762). 만년에 양귀비에게 빠져 나라 일이 어지러웠다.

| 감상 |

당 현종의 사건이 있고 50년 뒤에 이 시를 지었다 한다. 머리가 하얗게 센 궁녀가 이궁에 살고 있었다. 그는 쓸쓸하게 혼자 마당에 핀 붉은 꽃을 적막하게 바라보면서 옛날을 회상하고 있다. 그 회상 속에는 현종과 양귀비의 슬픈 사랑이야기를 하고 있었다.

현종(玄宗)

108
聞, 樂天, 授, 江州司馬 元稹원진
문 낙천 수 강주사마

殘燈無焰影幢幢에 此夕聞君謫九江이라.
잔등무염영동동 차석문군적구강

垂死病中驚坐起하니 暗風吹雨入寒窓이라.
수사병중경좌기 암풍취우입한창

| 풀이 | **낙천이 강주사마로 임명되었다는 소식을 듣고**

쇠잔한 등불이 불꽃은 없고 그림자만 흔들리는데
이 밤에 그대가 구강으로 귀양 갔다는 소식 들었다네.
병들어 죽음 앞에서도 깜짝 놀라 자리에 일어나 앉으니
어두움 속 한 줄기 바람이 비를 더불어 싸늘한 창문을 적시네.

| 낱말 | *형식 : 칠언절구 *운자 : 幢, 江, 窓.

• 樂天(낙천) : 작자의 친구인 백거이, 즉 白樂天(백낙천). • 江州司馬(강주사마) : 강

주는 강서성에 있는 지명이요, 사마는 벼슬이름인데 별로 중요하지 않는 벼슬. 백거이가 강주사마로 좌천된 것이다. • 殘燈(잔등) : 곧 꺼져버릴 것 같은 등불. • 憧憧(동동) : 빛이 흔들리는 모양. • 謫(적) : 귀양 가다. • 九江(구강) : 강주의 별칭. • 垂死(수사) : 죽음을 앞두다. • 驚坐起(경좌기) : 깜짝 놀라 일어나 앉다.

| 감상 |

시인 백거이가 권력자들의 미움을 받아 815년(원화10) 강주로 귀양 가게 되었다. 그보다 5년 먼저 역시 중앙 권력에서 물러나 통주(通州)의 사마(司馬)가 된 작자는 병이 들어 있는 가운데 그 소식을 듣고 이 시를 짓게 된다. 깜박이는 등불이 꺼져 간다는 것은 자기의 생명을 의미하는 것이요, 이런 가운데 친구의 소식을 듣고 병석에서 일어나 앉는다. 어둠 속에 한줄기 차가운 바람과 창문 틈으로 비가 스쳐가는 빗줄기도 운명적인 것을 상징하고 있는 것이다.

백낙천(白樂天)

작자 | 元稹 원진(779~831) ; 中唐

원진(元稹)

하남성 洛陽人(낙양인). 字는 微之(미지). 9세 때부터 시를 지었다고 한다. 15세 때 과거에 급제한 수재였다. 白居易(백거이)와 함께 새로운 시풍을 개척했는데 세인들에게 '元輕白俗(원경백속 : 원진이 경박하다면 백거이는 세속적이다.)' 이란 평을 받았다고 한다. 武昌軍節度使(무창군절도사)가 되었다가 병으로 죽음. '元氏長慶集(원씨장경집)' 6권과 820여 수의 시가 전한다.

109
滁州西澗 ● 韋應物위응물
저 주 서 간

獨憐幽草澗邊生하니 上有黃鸝深樹鳴이라.
독 련 유 초 간 변 생 　 상 유 황 리 심 수 명

春潮帶雨晩來急하고 野渡無人舟自橫이라.
춘 조 대 우 만 래 급 　 야 도 무 인 주 자 횡

| 풀이 | 저주滁州의 서쪽 간수澗水

홀로 그윽한 산골 냇가에 돋은 풀을 보고 있으니
머리 위에 노란 꾀꼬리는 깊은 숲에서 우네.
봄 물살 빗물 더해 저녁 무렵엔 더욱 빨리 흐르고
나루터에 사람 없고 배만 가로 놓여 있을 뿐이로세.

| 낱말 | *형식 : 칠언절구 *운자 : 生, 鳴, 橫.

• 滁州(저주) : 안휘성에 있는 지명. • 西澗(서간) : 서쪽 간수. 산골짜기에 흐르는 시내를 간수라고 한다. • 憐(련) : 마음이 끌리다. • 幽草(유초) : 그윽한 곳에 돋은 풀. • 黃鸝(황리) : 꾀꼬리. • 春潮(춘조) : 봄이 되어 물이 불어난 시냇물. • 晩來(만래) : 저녁 무렵. '來' 는 조사. • 野渡(야도) : 냇물을 건너는 작은 나루터.

| 감상 |

산골짜기의 작은 나루터의 풍경을 그리고 있다. 산골짜기에 흐르는 시냇물, 샘가에 돋은 작은 풀, 머리 위에는 꾀꼬리가 울고, 숲 속 나무에는 봄으로 잎이 피기 시작한 초여름의 산속 풍경이 아름답다. 봄에 자주 내린 빗물로 냇물이 불어 철철 흘러 넘치며 빨리 흘러가고 있다. 나루터에는 사람은 없고 빈

배만 가로 놓여 있었다. 스케치하듯 서경을 그려 나가고 있다.

110
秋夜寄, 丘二十二員外 ● 韋應物위응물
추 야 기 구 이 십 이 원 외

懷君屬秋夜에 散步詠凉天이라.
회 군 속 추 야 산 보 영 량 천

山空松子落하고 幽人應未眠이라.
산 공 송 자 락 유 인 응 미 면

| 풀이 | 가을밤에 구원외랑에게

그대를 그리워하는 마침 이 가을밤에

서늘한 마음으로 걸으며 시를 읊는다.

산이 비어있으니 솔방울 떨어지고,

그윽한 사람 있어 분명 잠을 못 이루네.

| 낱말 | *형식 : 오언절구 *운자 : 天, 眠.

• 丘二十二員外(구이십이원외) : '丘'는 성, '二十二'는 排行(배항). '員外(원외)'는 상서성에 속하는 벼슬인 員外郎(원외랑). '丘爲(구위)'의 아우인 '丘丹(구단)'이다. • 屬(속) : 마침 ~이다. 작자가 구단에게 준 시는 이 시 이외에도 4수가 더 있다. • 松子(송자) : 솔방울. • 幽人(유인) : 속세를 떠나 조용히 살고 있는 사람.

| 감상 |

벗을 생각하다가 가을밤을 당하여 처량하게 객심(客心)을 불러일으키고 있다. 자기 몸에서 회포가 떠나지 않으므로 산보를 하면서 가을 하늘의 서늘한 밤에 이 시를 읊었다. 나뭇잎이 다 떨어지면 산은 공허했다. 솔방울이 떨어지는 산중은 밤이 고요할 때다. 그윽하게도 원외랑(員外郞)을 생각하고 그는 주위를 거닐면서 시상을 잡아내고 있다. 걸으면서 생각하고 잠을 자지 못할 때에 역시 그윽한 가을밤의 회포가 쌓이기 마련이다. 1, 2구에서는 작자의 현상을 시간과 동작으로 표현하면서 그리움을 간결하게 나타내었고, 3, 4구에서 그리움을 더욱 심화시키고 있다.

111
幽居 ● 韋應物위응물
유 거

貴賤雖異等이나 出門皆有營이라.
귀 천 수 이 등　　출 문 개 유 영

獨無外物牽하고 遂此幽居情이라.
독 무 외 물 견　　수 차 유 거 정

微雨夜來過하니 不知春草生이라.
미 우 야 래 과　　부 지 춘 초 생

青山忽已曙면 鳥雀繞舍鳴이라.
청 산 홀 이 서　　조 작 요 사 명

時與道人偶하고 或隨樵者行이라.
시 여 도 인 우　　혹 수 초 자 행

自當安蹇劣하니 誰謂薄世榮이랴.
자 당 안 건 렬　　수 위 박 세 영

| 풀이 | 그윽하게 살면서

귀천이 비록 등위가 다르나

문을 나서면 모두 영리를 찾아 일한다.

나 홀로 외물에 끌리지 않고

그윽한 곳에서 그 정을 실컷 맛보고 있다네.

이슬비는 어젯밤에도 내렸으니

이런 날은 모름지기 봄풀이 싹틀지도 모른다.

푸른 산이 갑자기 환하게 밝아오면

새들은 집 주위에 홍겹게 지저귀고 있으리.

이런 속에서 때로 도인과 함께 앉기도 하고

어떤 때는 나무꾼 따라 산에 가기도 한다.

내 스스로 재능이 부족해도 홀로 편안하나니

누가 세상 영화를 경멸하며 산다고 말하랴.

| 낱말 | *형식 : 오언고시 *운자 : 營, 情, 生, 鳴, 行, 榮.

• 等(등) : 등급. • 外物(외물) : 자기만의 명성. 지위. 재산 따위. • 夜來(야래) : 지난밤. • 偶(우) : 짝하다. • 蹇劣(건렬) : 우둔하고 졸렬함. • 薄(박) : 경멸함. • 世榮(세영) : 세상의 영화.

| 감상 |

시인 위응물은 홀로 산속에 묻혀 세상 영화를 버리고 자기 나름대로 자기 뜻에 의해 살아간다는 인생의 참뜻을 보여주고 있다. '시인다운 삶', 이것으로 볼 때 위응물은 참다운 시인의 삶이 아닐까 하는 생각이 들기도 한다. 이렇게 사는 것이 무능한 삶일까? 아니면 위선된 삶일까, 혹은 은자의 삶일까? 하

는 의문을 낳기도 한다.

작자 | 韋應物위응물(736~?) ; 中唐

위응물(韋應物)

長安人(장안인). 字는 미상. 명문가 출신으로 20세 무렵, 현종의 近衛隊(근위대)에 참가했다가 안사의 난 후 실직하고 독서에 전념했다. 30세에 洛陽丞(낙양승)이 된 후 승진을 거듭, 櫟陽令(역양령)이 되었으나 병으로 사직. 46세에 다시 比部員外郎(비부원외랑)이 되었다가 滁州(저주), 江州(강주), 蘇州刺史(소주자사)를 역임했는데 시정이 절실해서 남에게 인정을 얻었다. 그 후에도 진퇴를 거듭하며 90세를 넘게 살았다. 王維(왕유), 孟浩然(맹호연)의 시풍을 이은 田園山林派(전원산림파) 시인으로 '韋蘇州集(위소주집)' 10권, 560여 수의 詩가 전한다.

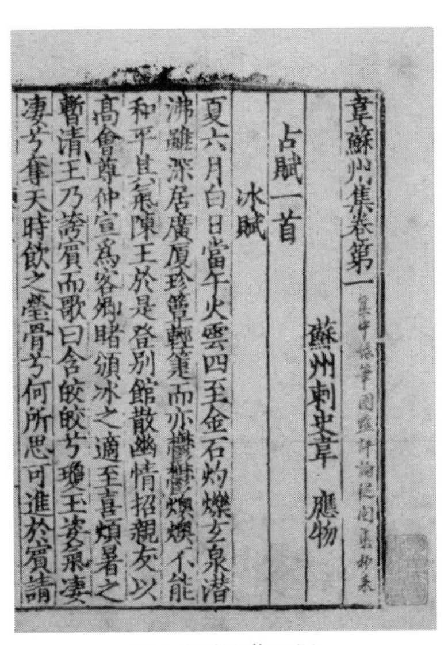
韋蘇州集卷第一
蘇州刺史韋 應物
古賦一首
冰賦
夏六月白日當午火雲四至金石灼爍玄泉潛
沸雖深居廣廈珍簟輕箑而亦鬱鬱熠熠不能
和平其氣陳王於是登別館散幽情招親友以
高會尊仲宣爲客觴酣須冰之適至喜煩暑之
暫清王乃誇賓而歌曰含皎皎兮瓊玉姿凜凄
凄兮奪天時飲之瑩骨兮何所思可進於賓請

위소주집(韋蘇州集)

112
春日晏起 ● 韋莊 위장
춘 일 안 기

近來中酒起常遲하여 臥見南山改舊詩라.
근 래 중 주 기 상 지　　와 견 남 산 개 구 시

開戶日高春寂寂하여 數聲啼鳥上花枝라.
개 호 일 고 춘 적 적　　수 성 제 조 상 화 지

| 풀이 | 봄날 늦잠에서 일어나

요즈음 술로 해서 늘 늦게 일어나서

누워서 남산 바라보며 묵은 시원고(詩原稿)나 고치지.

문을 여니 해는 높이 떠 봄날은 적적한데

지저귀는 새소리만 꽃가지 위에서 들릴 뿐이네.

| 낱말 | *형식 : 칠언절구　*운자 : 遲, 詩, 枝.

• 晏起(안기) : 늦게 일어나다. • 中酒(중주) : 항상 술에 취해있다. • 改舊詩(개구시) : 낡은 시를 고치다. • 開戶(개호) : 문을 열다. • 數聲啼鳥(수성제조) : 지저귀는 새소리.

| 감상 |

봄날의 정서가 잘 나타나 있다. 시인은 약간 나태한 것이 동서고금에 흔한 일. 시인 위장(韋莊)도 이 시로 보아 약간 게으르다. 묵은 시 원고를 고친다는 것도 그렇지만, 봄날이라 술을 마시고 술 때문에 잠에서 늦게 일어났다는 것도 그렇다. 어느 새 해는 중천에 뜨고 봄날은 고요한데 꽃가지 위에 새소리만 들리고 있을 뿐이었다.

113
金陵圖 韋莊위장
금 릉 도

江雨霏霏江草齊하고 六朝如夢鳥空啼라.
강 우 비 비 강 초 제 육 조 여 몽 조 공 제

無情最是臺城柳요 依舊烟籠十里隄라.
무 정 최 시 대 성 류 의 구 연 농 십 리 제

| 풀이 | 금릉도

강가에 내리는 비에 강기슭 풀은 송송 돋아나고

육조의 영화로운 꿈, 지금은 공허한 새 울음뿐이구나.

이 무정한 것은 대성(臺城) 가의 버드나무요

의구한 안개비는 십리 둑에 아득히 덮여있네.

| 낱말 | *형식 : 칠언절구 *운자 : 齊, 啼, 隄.

• 金陵(금릉) : 현재 강소성 남경시. 대대로 南朝(남조)의 서울이었다. • 霏霏(비비) : 비가 가늘게 지루하게 내리는 모양. • 六朝(육조) : 吳, 東晋, 宋, 齊, 梁, 陳의 여섯나라(222~589). 문화가 화려한 시대였다. • 臺城(대성) : 남경시 북쪽 玄武(현무) 호반에 있던 궁전. • 依舊(의구) : 옛날 그대로. • 烟(연) : 봄 안개. 혹은 버드나무가 싹이 튼 모양을 비유함.

| 감상 |

금릉의 경치를 그린 듯이 그 아름다움을 한 편의 시로 표현한 작품이다. 육조시대와 그 화려했던 문화와 나라의 흥망성쇠를 표현하고 있다. 1, 2구는 금릉 부근의 장강의 봄 경치를 노래하고, 흐린 날씨 속에 내리는 보슬비는 역사를 회고하는 정이 담겨 있다. 여기에서 대성(臺城)의 버드나무는 그 시적 기분을 한층 자아내고 있다. 육조가 망한 지도 어언 300년, 늙어버린 버드나무가 서 있는 세월 속에 봄 날씨를 읊고 있는 정이 무한한 허무를 자아낸다.

대성(臺城)

작자 | 韋莊위장(836~910) ; 晩唐

위장(韋莊)

字는 端己(단기). 강남을 유람하며 많은 작품을 남겼는데, 한결같이 晩唐(만당)의 마지막을 장식하는 서정을 지니고 있다.

114
飮酒看, 牧丹 ● 劉禹錫유우석
음 주 간 목 단

今日花前飮하니 甘心醉數杯라.
금 일 화 전 음 감 심 취 수 배

但愁花有語는 不爲老人開라.
단 수 화 유 어 불 위 노 인 개

| 풀이 | **술에 취하여 모란꽃을 보다**

오늘 꽃 앞에서 술을 마시니

기분이 좋아 몇 잔에 취했네.

다만 꽃이 말을 할까 두려운 것은

늙은 사람 앞에는 피지 않겠다는 걸세.

| 낱말 | *형식 : 오언절구 *운자 : 杯, 開.

• 飮酒看牧丹(음주간목단) : 술을 마시고 모란꽃을 보다. • 花前飮(화전음) : 꽃 앞에서 술을 마시다. • 甘心(감심) : 달콤한 마음이니 기분이 매우 좋다. • 但愁(단수) : 다만 걱정은~.

| 감상 |

'모란(牧丹)' 이란 꽃은 진실로 꽃 중에 왕이니 마주 앉아 취하도록 마심이 오히려 즐거움을 얻기가 쉽다. 내가 기분이 좋아 한 번 취함이니, 모란꽃을 보고 두려워 하거나 웃는 사람이 없을 것이다. 다만 걱정되는 것은 꽃들이 모여 말을 한다면 늙은 사람 앞에서는 피지 않겠다는 걸세. 그것이 제일 두려운 일일세. 그것은 늙은 사람을 꽃이 혐오하리니, 네가 피지 아니하면 나는 다른 것과 마주 앉아 술을 마심에 어찌 스스로 부끄러워하지 않을까?

115
秋風引 ● 劉禹錫유우석
추 풍 인

何處秋風至요 蕭蕭送雁群이라.
하 처 추 풍 지 　 소 소 송 안 군

朝來入庭樹하니 孤客最先聞이라.
조 래 입 정 수 고 객 최 선 문

| 풀이 | 가을바람의 노래

어디서 불어오는 가을바람이기에

쓸쓸하게 저 기러기 떼 보내오는가.

아침에 마당의 나무 위를 불어오니

외로운 나그네가 제일 먼저 들겠네.

| 낱말 | *형식 : 오언절구 *운자 : 群, 聞.

• 秋風引(추풍인) : 引은 '歌, 行, 曲'과 마찬가지로 시의 한 형식이다. 본래의 '引'은 문장에서 서술한다는 뜻으로 쓰였다가 시에서는 琴曲名(금곡명)으로 쓰였고, 뒤에는 단순히 '~노래'라는 의미로 쓰였다. • 蕭蕭(소소) : 쓸쓸한. • 朝來(조래) : 아침 무렵. '來'는 어조사. • 孤客(고객) : 외로운 길손. 여기서는 작자 자신을 말함.

| 감상 |

작자는 23세 때 문숙왕의 일파로 지목되어 광동성 연주자사로 강등된 후 오랫동안 지방에서 생활했는데, 이 시도 지방생활 중에 지어진 것이다. '추풍(秋風)'이 멀리에서 불어오기에 잠깐 들으니 어느 곳에서 오는지 의심스럽다. 기러기 떼가 북에서부터 쓸쓸하게 남으로 날아오니 그것이 북풍임을 알겠으니, 이 북풍이 어느 곳으로부터 오는가. 가을이 서늘한 기운을 발하니 뜰에 나무가 우수수 소리를 낸다. 아침에는 모든 것이 움직이지 않고 있는데 가을바람소리를 듣고는 모두 놀란다. 외로운 나그네 마음이 제일 먼저 흔들리기 쉽기에 '최선문(最先聞)'이라 하여 가장 먼저 느낌이 온다는 것이다.

116
閨怨詞 ● 劉禹錫유우석
규 원 사

珠箔籠寒月은 紗窓背曉燈이라.
주 박 농 한 월 사 창 배 효 등

夜來巾上淚하여 一半是春氷이라.
야 래 건 상 루 일 반 시 춘 빙

| 풀이 | **규방의 노래**

주렴 밖에 비치는 차가운 달빛은

비단 창 벽에 깜박이는 새벽 등불이네.

밤새 울던 눈물이 수건에 젖어

절반은 싸늘하게 식어 봄 얼음이 되었다네.

| 낱말 | *형식 : 오언절구 *운자 : 燈, 冰.

• 閨怨詞(규원사) : 출정한 군인의 부인이 외롭게 지내는 설움을 표현한 시. • 珠箔(주박) : 주렴. 문 앞에 가리어 늘어뜨린 발. • 紗窓(사창) : 비단으로 발라놓은 화려한 창. • 背曉燈(배효등) : 새벽 등잔불을 등지고. • 夜來(야래) : 밤에. 來는 별 뜻이 없음. • 春氷(춘빙) : 봄 얼음.

| 감상 |

밤에 잠을 자려고 생각하다가 차가운 창문 밖 달이 주렴 안으로 비쳐 들어오니 이미 서늘함을 깨닫게 되었다. 새벽이 오고 있을 때 생각하다가 창 앞에 쇠잔한 등잔이 깜박거리며 꺼지지 않으니 도무지 이것이 수심에 겨운 정황이라 하겠네. 잠을 자려고 하다가 첫 새벽에 수심과 번뇌에 고뇌하는 한밤, 수건

위에 모두 눈물 흔적이었다. 한밤의 절반을 울었던 흔적이니 그 눈물이 이미 싸늘하게 식어서 봄의 얼음[春氷]이 되었고, 밤의 절반 이후의 울음은 아직 눈물이 따뜻하여 얼음이 되지 않았으니 이것이 진짜 '원사(怨詞)' 이다. 달을 보고 수심에 잠겨 잠잠하게 눈물이 흐르고, 등불을 보고 슬퍼하여 눈물을 흘리니 이것이 원한이 깊어있기에 그렇다.

117
閨怨詞(其二) ● 劉禹錫유우석
규 원 사

關山征戍遠하고 閨閤別離難이라.
관 산 정 수 원 규 합 별 리 난

苦戰應憔悴하니 寒衣不要寬이리요?
고 전 응 초 췌 한 의 불 요 관

| 풀이 | **규방의 노래[2]**

관산 밖 전쟁터는 멀고
규방은 이별하기도 어려웠네.
괴롭게 싸우느라 얼굴 또한 초췌하리니
겨울옷이 또한 필요하지 않을까요?

| 낱말 | *형식 : 오언절구 *운자 : 難, 寬

• 征戍遠(정수원) : 먼 곳에 있는 전쟁터. • 閨閤(규합) : 규방. 부녀자들이 거처하는 방. • 憔悴(초췌) : 얼굴이 거칠고 수척하여 볼 모양이 없음. • 寒衣(한의) : 겨울옷. 겨울에 입는 두꺼운 옷. 冬寒服(동한복)을 말함.

| 감상 |

지금 남편이 멀리 관산(關山)에 가서 변방을 지키고 있다. 여자들은 괴로운 밤을 홀로 안방에서 지킨다. 남편들은 대개 쉽게 떠나갔지만 규중의 사정은 두어 마디 말이면 족하다. 이에 여인들은 남편이 변방에서 괴롭게 싸우고 있어 형용이 초췌하리니 규방의 처량함과 비교하면 두 배나 고생한다고 응답한다. 남편이 얼굴이 초췌하여 얼굴마저 형편이 없으리니 만약 옛날의 모양을 비춰보면 집에 두꺼운 옷이라도 보내고자 하나 보내는 인편을 얻지 못하리라.

118
秋思 (추 사) ● 劉禹錫유우석

自古逢秋悲寂廖하니 我言秋日勝春朝라.
자 고 봉 추 비 적 료 　 아 언 추 일 승 춘 조

晴空一鶴排雲上하니 便引詩情到碧空을—.
청 공 일 학 배 운 상 　 변 인 시 정 도 벽 공

| 풀이 | 가을날의 생각

예부터 가을을 만나면 쓸쓸함이 그지없거늘
나는 말하리, 가을날이 봄날 아침보다 낫다고.
맑은 하늘에 한 마리 학이 구름을 헤치고 날아오르니
곧 시정(詩情)을 끌고 가을 푸른 하늘에 이르고 있음을—.

| 낱말 | *형식 : 칠언절구 *운자 : 寥, 朝, 空.

• 秋思(추사) : 가을날의 감상. 악부의 이름이기도 함. • 寂廖(적료) : 쓸쓸한 모

양. • 勝春朝(승춘조) : 봄날 아침보다 낫다. • 便(변) : 곧, 문득. '勝(승)' 은 ~보다 낫다.

| 감상 |

가을은 쓸쓸하고 감상에 젖기 쉬운 계절이라고 생각하지만 시인 유우석(劉禹錫)은 그렇지가 않다. 오히려 가을은 생기 있고 활동적인 계절이라고 생각하고 있다. 그래서 가을은 시정이 넘치고 벽공 위에 흰 구름을 헤치고 학이 날아오르는 것처럼 힘과 생기가 있는 계절로 생각하고 있다.

119
烏衣巷 ● 劉禹錫유우석
오 의 항

*烏衣巷(오의항)은 東晉(동진)의 謝安(사안)과 王導(왕도)가 이 거리에 있었고 그 자제가 여기서 살고 있었다. 오의항은 金陵(금릉) 秦淮河(진회하) 남쪽 朱雀橋(주작교) 근처에 있는 거리 이름. 삼국의 吳(오)의 군영 烏衣營(오의영)이 이곳에 주둔한 뒤부터 붙여진 이름. 군사들이 검은 옷을 입고 있었기 때문이다.

朱雀橋邊野草花하고 烏衣巷口夕陽斜라.
주 작 교 변 야 초 화　　　오 의 항 구 석 양 사

舊時王謝堂上燕은 飛入尋常百姓家라.
구 시 왕 사 당 상 연　　　비 입 심 상 백 성 가

| 풀이 | 오의항에서

주작교(朱雀橋) 언저리에는 들풀 들꽃 피고

오의항(烏衣巷) 입구 앞에 석양빛 기우네.

그 옛날 왕사(王謝)의 집 위의 제비는

심상하게 백성의 집에 날아들고 있네.

| **낱말** | *형식 : 칠언절구 *운자 : 花, 斜, 家.

• 烏衣巷(오의항) : 강소성에 있던 거리 이름. • 朱雀橋(주작교) : 궁성의 주작교 남쪽 秦淮河(진회하)에 만들어진 큰 다리. • 王謝(왕사) : 王導(왕도), 謝安(사안)의 권문 세족. • 尋常(심상) : 흔하고 평범함.

| **감상** |

작자가 화주자사(和州刺史)로 좌천되어 있을 때 장경(長慶 4년 : 824년) 때에 지은 '금릉오제(今陵五題)' 라는 연작시의 하나다. 당나라 시대의 전형적인 회고시이다. 기(起)와 승구(承句)는 대구를 이루고 있으니 백거이는 이 승구(承句)를 격찬하고 있다. 작자는 이 시에서 동진 시대부터 권문세족들이 모여 살던 '오의항(烏衣巷)' 이라는 지명을 제재로 하여 그 옛날의 화려했던 거리가 지금은 들풀만이 무성한 황량한 곳이 되었음을 그려내고 있다.

오의항(烏衣巷)

작자 | 劉禹錫유우석(772~842) ; 中唐

유우석(劉禹錫)

태어나 자란 곳은 강소성 蘇州(소주). 字는 夢得(몽득). 21세에 진사와 博學宏詞科(박학굉사과)에 급제, 淮南節度使(회남절도사) 杜佑(두우)의 막료가 되었다가 중앙에 들어와 監察御使(감찰어사)로 있을 때 王叔文(왕숙문)과 알게 되어 그의 추천으로 屯田員外郞(둔전원외랑)이 되었다. 왕숙문이 실각하자 일파로 지목되어 광동성 連州刺史(연주자사), 호남성 朗州司馬(낭주사마)로 좌천되었는데 이때 지방 민요의 향상을 위해 '竹枝詞(죽지사)' 등은 당시 사람들에게 널리 애창되었다. 10년 뒤 중앙으로 소환되었으나 다시 권력의 미움을 받아 連州刺史(연주자사)로 나갔다. 夔州(기주), 和州刺史(화주자사)를 역임. 13년 뒤에 중앙으로 돌아와 잠시 主客郎中(주객랑중), 禮部郎中(예부랑중) 등을 맡았다가 또다시 소주, 여주, 동주 등의 자사로 떠돌다가 8년 뒤에 소환되어 太子賓客(태자빈객)이 되었다. 그 후 만년에는 검교예부상서 등을 지내며 평온한 생활을 하는 한편 시문에 전념, 白居易(백거이)와 친하게 지냈으며 많은 시를 남겼다. 사후에 兵部尙書(병부상서)가 추증되었으며 '劉夢得文集(유몽득문집)' 40권, 800여 수의 시가 전한다.

120
過, 鄭山人, 所居 ● 劉長卿유장경
과 정산인 소거

寂寂孤鶯啼杏園하고 廖廖一犬吠桃園이라.
적적고앵제행원　　료료일견폐도원

桃花芳草無尋處에 萬壑千峯獨閉門이라.
도화방초무심처 만학천봉독폐문

| 풀이 | 정산인鄭山人 사는 곳을 지나며

적적한 곳에 꾀꼬리는 살구나무 동산에서 우짖고

고요한 도원에서는 개 한 마리가 짖어댄다.

복사꽃 꽃다운 풀은 아무도 찾지 않는 그곳에

수많은 산봉우리에 싸여 홀로 문을 닫았네.

| 낱말 | *형식 : 칠언절구 *운자 : 園, 源, 門.

• 鄭山人(정산인) : 성은 鄭(정)이요, 山人(산인)은 속세를 버리고 산속에 사는 사람. 이름은 미상. • 寂寂(적적) : 고요하고 쓸쓸한 모양. • 杏園(행원) : 살구나무 동산. 장안의 동산 이름. 桃源(도원)과 대비됨. • 寥寥(료료) : 매우 쓸쓸한 모양. 寂寂(적적)과 대비가 된다. • 桃源(도원) : 복숭아꽃이 피어있다는 이상의 세계.

| 감상 |

이곳의 분위기로 보아 은자(隱者)가 있을 법한 곳이다. 산이 첩첩하게 둘러서 있고 꾀꼬리는 살구나무 동산에서 울고, 도원에서는 개가 홀로 하늘을 향해 짖어대니 여기가 무릉도원이 아닌가? 복사꽃 향기 바람에 날리고 만학천봉 깊은 골짜기가 높이 솟아 있는 곳, 여기가 정산인 사는 곳이었다. 이 시는 도연명의 '도화원기(桃花源記)' 의 영향을 받은 것이며 이백(李白)의 '산중문답(山中問答)' 과도 같은 영향을 보이고 있다.

121
逢雪, 宿, 芙蓉山 ● 劉長卿유장경
봉설 숙 부용산

日暮蒼山遠이요 天寒白屋貧이라.
일 모 창 산 원 천 한 백 옥 빈

柴門聞犬吠하니 風雪夜歸人이라.
시 문 문 견 폐 풍 설 야 귀 인

| 풀이 | 눈을 만나 부용산에서 자다

해 저물어 어둑어둑한 산 멀리 보이고

날씨 추워 초가집은 초라하다.

사립문에 개 짖는 소리 들리니

풍설 몰아치는 날, 밤늦어 돌아오는 사람 있구려.

부용산(芙蓉山)

| 낱말 | *형식 : 오언절구 *운자 : 遠, 貧, 人.

• 芙蓉山(부용산) : 산 이름. • 蒼山(창산) : '蒼(창)' 은 흐릿하게 보이는 빛이다. 곧 저물었기 때문에 어둑어둑하게 보이는 것. • 天寒(천한) : 겨울철의 차갑게 보이는 하늘. • 白屋貧(백옥빈) : 빈한한 초가집. • 柴門(시문) : 가시로 가리어 놓은 사립문. • 吠(폐) : 개가 짖다. • 風雪夜(풍설야) : 바람 불고 눈이 내리는 밤.

| 감상 |

여행 도중에 눈이 오고 날이 저물어 부용산에 하룻밤을 자면서 쓸쓸하고 차가운 광경을 노래한 시이다. 하얗게 눈 덮인 가난한 집, 쓸쓸하고 외롭고 추운 하늘 아래서 하룻밤을 자야 하니 몇 배나 더 처량했다. 사립문 앞에 개가 짖는 소리에 나그네는 놀라서 이 마을에 이르고 보니 여기는 확실히 야경이 볼만했다. 사람을 따라 풍설 속으로 들어와 밤에 하얀 집에 돌아오니 이 처량한 가운데서도 곧 안락한 경지를 얻을 수 있었다.

작자 | 劉長卿유장경(709~785) ; 中唐

유장경(劉長卿)

하북성 河間(하간), 또는 안휘성 宣城縣人(선성현인). 字는 文房(문방). 진사에 급제한 뒤 監察御使(감찰어사), 檢校使部員外郎(검교사부원외랑), 轉運使判官(전운사판관) 등을 역임. 淮西岳鄂轉運留後(회서악악전운유후)가 되었으나 관찰사 吳仲儒(오중유)의 무고로 광동성 藩州(번주) 南巴縣(남파현)의 尉(위)로 좌천되었다. 뒤에 절강성 睦州司馬(목주사마)가 되었다가 호북성 수주자사로 죽었다. 특히 五言律詩에 능했으며 '劉隨州詩集(유수주시집)' 과 540여 수의 시가 전한다.

122
江雪 강설 ● 柳宗元 유종원

千山鳥飛絶이요 萬徑人蹤滅이라.
천 산 조 비 절　　만 경 인 종 멸

孤舟蓑笠翁이 獨釣寒江雪이라.
고 주 사 립 옹　　독 조 한 강 설

| 풀이 | 강가에 내리는 눈

온 산에는 새조차 날지 않고

길이란 길엔 사람 자취 끊어졌네.

외로운 배 안에서 사립 쓴 늙은이가

눈 내리는 강에서 홀로 낚시질하네.

| 낱말 | *형식 : 오언절구　*운자 : 絶, 滅, 雪.

• 江雪(강설) : 강가에 내리는 눈. • 千山(천산) : 모든 산. • 萬徑(만경) : 모든 길. • 人蹤(인종) : 사람 자취. • 蓑笠(사립) : 도롱이와 삿갓. • 寒江雪(한강설) : 차갑고 조용한 강가에 내린 눈.

| 감상 |

겨울 눈 내리는 풍경을 그린 일품이다. 쉬운 것 같은 시가 이렇게 사람에게 공감을 주는 것은 그만큼 명작이기 때문이다. 많은 사람으로부터 애송되는 작품이다. 이 시는 하나의 회화적인 수법으로 그 전경을 눈으로 보는 것 같은 서경시이다. 제목이 '강설' 이라면 지금 내린 눈으로 생각할 수 있으나 끝 구절의 '한강설(寒江雪)' 로 보아 내려 쌓인 눈으로 그 설경을 보는 느낌이다.

123
漁翁 ● 柳宗元유종원
어 옹

漁翁野仿西巖宿하고 曉汲淸湘然楚竹이라.
어 옹 야 방 서 암 숙　　효 급 청 상 연 초 죽

煙銷日出不見人하고 欸乃一聲山水綠이라.
연 소 일 출 불 견 인　　애 내 일 성 산 수 록

廻看天際下中流하니 巖上無心雲相逐이라.
회 간 천 제 하 중 류　　암 상 무 심 운 상 축

| 풀이 | 늙은 어부

늙은 어부는 서쪽 바위 밑 배를 멈추어 자고
새벽이면 상수 물 길어 대나무 태워 밥을 짓네.
안개 개어 해 뜨면 이미 사람은 보이지 않고
어여차! 소리 한 마디에 산도 물도 초록으로 물드네.
먼 수평선 저쪽 돌아보며 강 중류에 내려오니
바위 위에 무심한 구름 서로 서로 좇고 있었네.

| 낱말 | *형식 : 칠언고시　*운자 : 宿, 竹, 綠, 逐.

• 汲淸湘(급청상) : 맑은 상수의 물을 떠오다. 상수는 호남성을 흘러 동정호에 이르는 湘江(상강)을 말한다. • 然(연) : '然' 은 '燃(연)' 과 같다. • 楚竹(초죽) : 초나라의 대나무. • 煙(연) : 안개. • 人(인) : 어부 노인. • 欸乃(애내) : 배를 저을 때의 소리. 의성어 ; 어여차~.

| 감상 |

늙은 어부가 자연 속에 묻혀 살아가는 모습을 시 속에 담고 있다. 이 시는 서경적인 시로서 물가에서 고기를 잡으며 살아가는 늙은 어부의 삶이 그려지고 있는데, 이 모습에서 작자의 인생에 대한 동경이 그려져 있다. 시인 유종원은 '강설'에서 보여주듯이 서경 시인으로 우리의 기억에 사라지지 않고 있다. 이 시는 자연과 인생이 일체가 되어 나타난 것이 퍽 인상적이다.

唐柳河東集卷第一

明 檇李蔣之翹輯注

雅詩歌曲

獻平淮夷雅表一首

유하동집(柳河東集)

작자 | 柳宗元유종원(773~819) ; 中唐

유종원(柳宗元)

산서성 河東人(하동인). 字는 子厚(자후). 21세에 進士試(진사시), 26세에 博學宏詞科(박학굉사과)에 급제, 集賢殿正字(집현전정자)가 되었다. 섬서성 鹽田尉(염전위)를 거쳐 監察御使(감찰어사)가 되었다가 王叔文(왕숙문)이 정권을 잡고, 賦稅輕減(부세경감), 惡吏追放(악리추방) 등의 개혁을 단행하자 여기에 가담했다가 개혁이 좌절되어 호남성 永州司馬(영주사마)로 좌천되었다. 이후 10년간 남방 벽지에 지내다가 잠깐 소환되었으나 다시 광서성 柳州刺史(유주자사)로 나갔다. 그때 播州刺史(파주자사)로 임명된 劉禹錫(유우석)에게 노모가 있음을 안타깝게 여겨 자기와 바꿔주길 청한 유명한 일화에서 그의 돈독한 우정을 엿볼 수 있다. 그 후 소환 논의가 일어났으나 애석하게도 柳州(양주)에서 죽었다. 韓愈(한유)와 함께 古文復興運動(고문부흥운동)에 앞장 선 문장가로 이름이 높으며, 시에 있어서는 韓愈(한유), 白居易(백거이) 계열에 속하지 않고 오히려 왕유, 맹호연 등의 자연파 계열에 가깝다. 柳河東集(유하동집) 45권과 160여 수의 시가 전한다.

124
靜夜思(정야사) ◎ 李白이백

床前明月光이 疑是地上霜이라.
상전명월광 의시지상상

擧頭望山月하고 低頭思故鄕이라.
거두망산월 저두사고향

| 풀이 | 고요한 밤에 생각함

침상 앞의 밝은 달빛,
땅 위에 내린 서리인가 여겼네.
머리 들어 산에 걸린 달을 쳐다보고
고개 숙여 고향을 생각하네.

| 낱말 | *형식 : 오언절구 *운자 : 光, 霜, 鄕.

• 床(상) : 중국의 침대. • 明月光(명월광) : '看月光(간월광)' 으로 된 곳도 있다. 子夜吳歌(자야오가)의 '秋歌(추가)' 에 '仰頭看明月(앙두간명월), 寄情千里光(기정천리광).' 이라는 시구가 있다.

*이 시의 다른 책에서는 이렇게 씌어져 있다. 床前看月光(상전간월광), 疑是地上霜(의시지상상). 擧頭望山月(거두망산월), 低首思故鄕(저수사고향) 라고.

| 감상 |

이백의 시로 널리 알려진 이 작품은 사향시(思鄕詩)이다. 계절은 가을, 달빛이 너무너무 밝아 온 세상이 마치 서리 내린 듯이 하얗다. 잠자는 침상 머리에서 조용히 그것을 보고 있는 나그네는 먼저 무심한 가운데 달빛을 보았을 때 혹시 새벽? 날이 새고 있지 않을까? 하고 의심도 해 본다. 갑자기 머리를 들어 하늘을 보니 밝은 달이 중천에 걸려있고 자기가 타향의 나그네 되어있음을 깨닫는다. 머리를 들어 저 달을 보고는 머리를 숙여 조용히 고향을 생각한다. 고향에도 저 달이 떴을 테고 타향에도 저 달이 떴으니 말이다. 그래서 고요한 가을밤에 정녕 가슴을 진정하지 못한다.

125
秋浦歌 ● 李白 이백
추 포 가

白髮三千丈이 緣愁似箇長이라.
백 발 삼 천 장 　 연 수 사 개 장

不知明鏡裏에 何處得秋霜고?
부 지 명 경 리 　 하 처 득 추 상

| 풀이 | 추포의 노래

백발 삼천 발이
근심 때문에 이렇게 되었다네.
모르겠네요. 저 거울 속에 비친 것이
어디서 가을 서리를 맞았는고?

| 낱말 | *형식 : 오언절구　*운자 : 長, 霜.

• 秋浦(추포) : 지금의 안휘성 귀지현에 있는 浦口(포구). 만년에 이백이 좋아한 곳으로, 여기서 17수의 추포가를 지었다. 이 시는 그중의 15번째의 것임. • 三千丈(삼천장) : 1장이 10척. 백발의 길이를 과장한 것임. • 緣(연) : 말미암아. '因(인)' 의 뜻임. • 似箇(사개) : 이렇게. '如此(여차)' 와 같음. • 秋霜(추상) : 백발의 은유.

| 감상 |

이 '추포가(秋浦歌)' 는 널리 알려진 이태백의 시다. 지나친 과장과 걸출한 시적 배포가 많은 사람에게 호감을 주는 작품이다. 이백이 지양(池陽)에 우거(寓居)할 때 느낀 바 있어 지은 작품이다. 나의 이 머리털이 수심 때문에 허옇게 길어졌으니 이것을 재어보면 응당 삼천 발이나 될 것이니, 모든 사람들이 모두 근심과 걱정 때문임을 나는 안다. 내 젊을 때는 흰머리가 하나도 없더니 모르는 사이에 날마다 생겨나고 날마다 많아져 마치 가을 서리 맞은 나뭇잎이 누렇게 말라 떨어지는 것과 같으니라. 그래서 거울 속에 찌든 가을 서리는 어디서 얻어 왔는가. 역시 이것은 근심과 걱정 때문이었다.

추포(秋浦)

126
獨坐, 敬亭山 李白 이백
독좌 경정산

衆鳥高飛盡이요 孤雲獨去閑이라.
중조고비진 고운독거한

相看兩不厭은 只有敬亭山이라.
상간양불염 지유경정산

| 풀이 | 홀로 경정산에 앉아

새들은 하늘 높이 날아 멀리 사라지고

외로운 구름 날아서 그 홀로 한가롭구나.

서로 바라보아도 싫증나지 않는 것은

오직 저 경정산이 있기 때문이다.

경정산(敬亭山)

| 낱말 | *형식 : 오언절구　*운자 : 閑, 山.

• 敬亭山(경정산) : 안휘성 선성현에 있는 산. 昭亭山(소정산), 혹은 查山(사산)이라고도 한다. • 衆鳥(중조) : 새떼. • 相看(상간) : 서로 상대를 바라본다. • 兩(양) : 이백과 경정산. • 只(지) : 다만, 오직.

| 감상 |

새와 구름은 항상 가변성이다. 새떼는 날아왔다가 사라져 가고 구름도 떠왔다가는 또 없어진다. 그러나 경정산은 항상 그 자리에 놓여있었다. 그리고 그 산을 마주 바라보아도 언제나 새롭고 싫증이 나지 않는다. 그래서 이백은 경정산을 좋아하고 있었다.

127
望, 廬山瀑布 ● 李白 이백
망　여 산 폭 포

日照香爐生紫烟하고 遙看瀑布掛長川이라.
일 조 향 로 생 자 연　요 간 폭 포 괘 장 천

飛流直下三千尺하니 疑是銀河落九天이라.
비 류 직 하 삼 천 척　의 시 은 하 낙 구 천

| 풀이 | 여산폭포를 바라보다

해는 향로봉을 비추어 보랏빛으로 보이고
멀리 보이는 폭포는 긴 내를 걸어둔 듯.
그 물줄기 흘러서 곧장 삼천 척을 날아 내리니
은하수가 구만리 하늘에서 떨어진 듯하구나.

| **낱말** | *형식 : 칠언절구 *운자 : 烟, 川, 天.

• 廬山(여산) : 강서성 성자현 서북에 있는 산. 남방의 명산이며, 五老峰(오노봉)은 경치가 매우 좋다. • 香爐(향로) : 여산 서북에 있는 봉우리 이름. • 紫烟(자연) :아침 햇볕에 비치어 붉은 빛깔로 나타나는 안개. • 三千尺 : 정확한 길이의 계산이 아니라 그냥 아주 길다는 표현이다. • 疑是(의시) : 마치 ~와 같다. • 九天(구천) : '九萬里長天(구만리장천)' 의 준말.

| **감상** |

앞의 2구절에서 여산 폭포의 거대한 현상을 말하고, 다음 2구절에서는 높은 곳에서 떨어지는 폭포의 흘러내리는 정경을 말하고 있다. 향로봉에서 피어오르는 자색 붉은 안개와 멀리서 바라보는 장엄한 폭포에 대한 표현은 이백의 특유한 과장이 이 시인의 기량을 보이고 있다. 다음으로는 떨어지는 물줄기를 하늘의 은하수에 견주어 하늘에 걸려서 떨어진다는 그의 시적 과장이 우리를 역시 감탄하게 한다.

망여산폭포(望廬山瀑布)

128
山中, 與, 幽人對酌 ● 李白 이백
산중 여 유인대작

客舍竝州已十霜하니 歸心日夜憶咸陽이라.
객사병주이십상 귀심일야억함양

我醉欲眠卿且去타가 明朝有意抱琴來하라.
아취욕면경차거 명조유의포금래

| 풀이 | 산중에서 유인幽人과 술을 마시며

두 사람 마주 앉아 술을 마시니 산에 꽃은 피는데

한 잔 한 잔 또 한 잔을 끊임없이 마셔보세.

나는 취해 잠을 자려 하니 그대 잠시 돌아갔다가

내일 아침에 생각 있으면 거문고나 안고 오게.

| 낱말 | *형식 : 칠언절구 *운자 : 開, 杯, 來.

• 幽人(유인) : 속세를 떠나 산속에 조용히 살고 있는 사람. • 卿(경) : 그대. 여기서는 대명사로 쓰임. • 且(차) : 또. 잠시.

여산(廬山)

| 감상 |

이백이 속세를 떠나 조용히 살고 있는 은자를 찾아 대작하는 내용으로 되어있는 칠언절구의 시이다. 술을 대작하니 산에 꽃이 핀다는 자연과의 호응이 재미있다. 그 다음에 이어지는 '一杯一杯復一杯' 는 이백으로서만 가능한 시구절로 생각된다. 술이 취한 이백이 하는 말 '나는 술에 취해 잠이 오니 그대는 일단 돌아가라.' 는 말도 재미있지만 '내일 아침에 생각이 있으면 거문고를 가지고 다시 오라.' 는 말은 더욱더 재미있는 말이다.

129
蘇臺覽古 ● 李白 이백
소 대 람 고

舊苑荒臺楊柳新하고 菱歌淸唱不勝春이라.
구 원 황 대 양 류 신　　능 가 청 창 불 승 춘

只今惟有西江月이여! 曾照吳王宮裏人이라.
지 금 유 유 서 강 월　　증 조 오 왕 궁 리 인

| 풀이 | 소대에서 회고함

옛 동산 거친 누대 버들 빛만 새로운데
마름 따는 고운 노래에 지난봄이 그립네.
지금 떠 있는 서강의 달이여,
일찍 吳王(오왕) 궁궐에 미인의 얼굴도 비쳤으리.

| 낱말 | *형식 : 칠언절구 *운자 : 新, 春, 人.

• 蘇臺(소대) : 춘추시대 吳王(오왕) 부차가 세운 姑蘇臺(고소대). • 覽古(람고) : 고

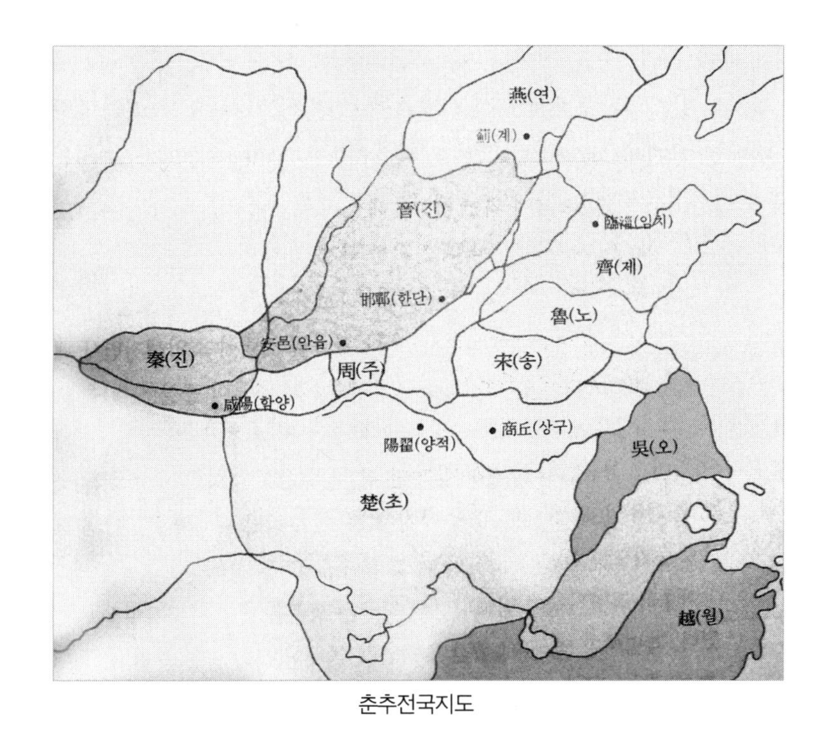

춘추전국지도

적을 찾아 옛날을 회고함. • 舊苑(구원) : 오왕 夫差(부차)의 고소에 도읍했던 자리의 동산. '荒臺(황대)'는 바로 姑蘇臺(고소대)이다. 이 '舊苑(구원)'은 동산이 낡았고 황폐했으나 버드나무 색깔은 오히려 새롭다고 말하고 있다. • 菱歌(능가) : 마름을 따면서 부르는 노래(민요). • 不勝春(불승춘) : 봄의 감회를 이기지 못함. • 西江(서강) : 고소대의 서쪽에 흐르는 강. 오와 월의 전쟁터. • 吳王宮裏人(오왕궁리인) : 西施(서시)를 이르는 말.

| 감상 |

이 시는 옛일을 회고한 시로서 '월중람고(越中覽古)'와 주제가 같고 유사한 제재를 취하여 옛날의 영화로움을 읊고 있다. 또한 이 시는 서시(西施)라는 미인을 등장시키고 있지만 실은 당 현종의 양귀비에 대한 비유이며 이백 자신의

처지에 대한 한탄이요 탄식이다. 제2구절은 마름 따는 노래를 회상하며 봄을 그리워하고 있다. 제3구에서 보이는 것은 새로 핀 버드나무요, 들리는 것은 마름노래인데 거기에 서강의 달빛은 더욱 그리움을 자아낸다. 제4구에서는 지금의 저 달은- [只今惟有] 일찍 오나라 궁인인 그 미인을- [西施(서시)]를 비췄으리라고 생각했으니 그때의 간절함을 회고하고 있는 것이다.

130
越中覽古 ● 李白 이백
월 중 람 고

越王句踐破吳歸하니 義士還家盡錦衣라.
월 왕 구 천 파 오 귀 의 사 환 가 진 금 의

宮女如花滿春殿하니 只今惟有鷓鴣飛라.
궁 녀 여 화 만 춘 전 지 금 유 유 자 고 비

| 풀이 | 회계會稽에서 회고하다

월왕 구천이 오(吳)를 쳐부수고 돌아오니
의사(義士)들은 집으로 돌아가 비단옷 입었다.
꽃 같은 궁녀들이 봄 궁전에 넘쳐났으니
그러나 지금은 허무하게 자고새만 날고 있을 뿐.

| 낱말 | *형식 : 칠언절구 *운자 : 歸, 衣, 飛.

• 越中(월중) : 현재 절강성에 있는 춘추시대 越(월)나라의 도읍지였던 會稽(회계)를 가리킨다. • 覽古(람고) : 옛 유적을 회고해 보는 것. • 句踐(구천) : 춘추시대 越(월)나라 왕. • 鷓鴣(자고) : 꿩과에 속하는 새. 그 울음소리가 구슬프다.

| 감상 |

이 시는 시인이 회계로 유람 갔다가 감흥을 느껴서 지은 회고시이다. 이 시는 우리가 잘 아는 '오월동주(吳越同舟)', '와신상담(臥薪嘗膽)' 이라는 고사성어와 관계되는 시이며, 또한 이것과 유사한 품격의 이백 시 '소대람고(蘇臺古覽)'란 시와 같이 놓고 음미해야만 그 면모가 드러나는 시이기도 하다. 춘추시대(春秋時代)의 오왕(吳王) 부차(夫差)는 그의 부친 합려(闔閭)가 월왕(越王) 구천(句踐)과의 싸움에 져 패주하다가 도중에서 횡사하는 욕을 당하게 된다. 부차는 아버지의 원수를 갚기로 결심해서 매일 밤 섶에서 잠을 자며 복수를 잊지 않았다. 결국 회계(會稽)의 싸움에서 구천을 이겼다. 그러나 부차는 옛일을 용서하고 승자의 아량으로 구천을 용서했다. 그런데 구천 역시 보통내기가 아니었다. 그는 부차에게 복수하려고 항상 쓰디쓴 쓸개를 씹으며 복수의 칼날을 세웠다. 미인 서시까지 부차에게 바쳤다. 오왕 부차는 서시(西施)의 아름다움에 탐닉하여 고소대(姑蘇臺) 위에 화려한 궁전을 짓고 환락의 나날을 보내다가 20년 후에 월왕 구천의 일격을 받고 고소대(姑蘇臺)에서 자살했다. 이런 사실도 잊은 채 지금은 구슬픈 자고새만 날아다닐 뿐이었다.

131
春夜, 洛城聞笛 ● 李白 이백
춘 야 낙 성 문 적

誰家玉笛暗飛聲하여 散入春風滿洛城이라.
수 가 옥 적 암 비 성 산 입 춘 풍 만 낙 성

此夜曲中聞折柳하니 何人不起故園情고?
차 야 곡 중 문 절 류 하 인 불 기 고 원 정

| 풀이 | 봄밤 낙양성에서 피리 소리를 듣다

누구의 집에서 옥피리 소리 은은하게 들려와
그 소리 봄바람 타고 낙양의 거리마다 가득 울리네.
오늘 밤 곡조 중에 절양류(折楊柳)라는 이별 곡이 들리니
그 어느 누가 고향 생각 않는 사람 있으랴.

| 낱말 | *형식 : 칠언절구 *운자 : 聲, 城, 情.

• 洛城(낙성) : 낙양성 안이니, 곧 낙양의 거리. • 玉笛(옥적) : 옥피리 소리. • 暗飛聲(암비성) : 은은하게 들려오는 소리. • 折柳(절류) : 折楊柳(절양류)를 말함. 이별할 때 연주하는 곡의 이름. • 故園情(고원정) : 고향을 그리워하는 정.

| 감상 |

고향을 멀리 두고 이 낙양의 거리에 살고 있는 사람들의 귀에 들리는 이별 곡인 '절양류 곡' 은 정말 고향 생각이 일어나게 하는 곡조이다. 더구나 봄날 고향이 그리워지는 계절에 들리는 피리 소리는 가슴을 도려내는 아픔으로 다가 온다. 그래서 피리 소리와 봄바람과 절양류 곡과 이런 모든 요소들을 한데 어울러 듣는 나그네에게 '고원의 정' 을 느끼지 않을 사람 있으랴!

132
峨眉山月歌 ● 李白 이백
아 미 산 월 가

峨眉山月半輪秋에 影入平羌江水流라.
아 미 산 월 반 륜 추 영 입 평 강 강 수 류

夜發淸溪向三峽하니 思君不見下渝州라.
야 발 청 계 향 삼 협 사 군 불 견 하 유 주

| 풀이 | 아미산의 달을 노래함

아미산에 반달 뜨는 가을날에
달은 평강 물 위에 뜬 그림자와 함께 흐르네.
밤에 청계를 떠나 삼협(三峽)으로 향해 나가니
그대 생각나도 보지를 못하고 유주(渝州)로 그냥 떠나가네.

| 낱말 | *형식 : 칠언절구 *운자 : 秋, 流, 州.

• 峨眉山(아미산) : 사천성에 있는 산 이름. • 半輪(반륜) : 반달. • 影入(영입) : 달빛이 흘러들다. • 平羌江(평강강) : 아미산에서 흐르는 강물. 青衣江(청의강)이라도 한다. • 三峽(삼협) : 양자강의 협곡지대. 瞿塘峽(구당협), 巫峽(무협), 西陵峽(서능협)을 말한다. • 思君(사군) : 그대 생각하는 마음. • 渝州(유주) : 지금의 重慶(중경).

아미산(峨眉山)

| 감상 |

아미산 위에 떠있는 반달은 넌지시 평강의 물결을 비추고 있다. 강물은 쉴 사이 없이 흘러가듯이 우리가 타고 있는 배도 끊임없이 흘러가고 있다. 밤에 청계(清溪)에서 배를 몰아 백여 리 길의 삼협을 향해 저어가고 있다. 이 협곡은 좁고 높아서 하늘의 달을 보지 못하는 안타까움을 이백은 노래하고 있다. 이것만 보아도 이백(李白)이 달을 얼마나 좋아하는지 알 수 있겠다. 여기서 아미산은 여자의 눈썹을 은유하고 있기에 여성을 마음속에 사모하고 있다 해도 좋겠다. 끝 구절에 '사군불견(思君不見)'의 안타까움도 달이 아닌 어느 미인을 은유하고 있음도 이해할 수 있다.

133
清平調詞 ● 李白 이백
청 평 조 사

雲想衣裳花想容하고 春風拂檻露華濃이라.
운 상 의 상 화 상 용 춘 풍 불 함 로 화 농

若非群玉山頭見이면 會向瑤臺月下逢이라.
약 비 군 옥 산 두 견 회 향 요 대 월 하 봉

| 풀이 | 청평조의 노래

구름 보니 옷이 떠오르고 꽃을 보니 얼굴 떠오르네.
봄바람 난간을 스치니 모란 적시는 이슬은 반짝인다.
만약 이런 미인을 군옥산(群玉山)에서 만나지 못했다면
정녕 선녀의 세계인 달 밝은 요대(瑤臺)에서나 만났으리.

| 낱말 | *형식 : 칠언절구 *운자 : 容, 濃, 逢.

• 淸平調(청평조) : 청조와 평조의 두 가지를 합친 이름. • 檻(함) : 난간. • 露華(노화) : 아름다운 이슬. • 濃(농) : 아름답고 요염하다. • 群玉山(군옥산) : 전설적인 산 이름으로 서왕모(西王母)와 선녀들이 산꼭대기에 살고 있었다고 함. • 會(회) : 반드시 ~할 것이다. • 瑤臺(요대) : 초사에 나오는 선경. 신선이 사는 곳.

| 감상 |

이백이 이 청평조사 3수를 짓게 되었는데 그 첫 수이다. 천보 2년에 그가 하지장의 추천을 받아 한림학사가 된지 10년이 되어 가는 시기로 왕지환(王之渙)이 죽고 왕유는 망천 별장으로 들어갔으며, 왕창령은 관직에서 쫓겨날 때라는 공간적 배경을 확보하고 있다. 이 시에서 양귀비의 아름다움을 노래하고 있는데 '구름 보니 옷 생각 나고, 꽃을 보니 얼굴이 떠오른다.[雲想衣裳花想容]라는 것은 양귀비의 옷은 구름 같이 화려하고 얼굴은 모란같이 탐스러움을 묘사한 것이다.

134
早發, 白帝城 ● 李白 이백
조발 백제성

朝辭白帝彩雲間에 千里江陵一日還이라.
조사백제채운간 천리강릉일일환

兩岸猿聲啼不住에 輕舟已過萬重山이라.
양안원성제부주 경주이과만중산

| 풀이 | 일찍 백제성白帝城에서 출발하다

아침에 채색구름 사이 백제성을 하직하고

천리 길 강릉을 하루에 와 닿았네.

양쪽 언덕 원숭이 울음소리 멎기도 전에

가벼운 배는 이미 만 겹 산을 지나왔네.

| 낱말 | *형식 : 칠언절구 *운자 : 間, 還, 山.

• 白帝城(백제성) : 사천성 백제산 위에 있는 山城(산성). • 朝辭(조사) : 아침에 하직함. • 彩雲(채운) : 아침 햇빛에 붉게 물든 구름. • 江陵(강릉) : 현재 호북성 강릉현. 백제성에서 강릉까지 천리 길. 그 당시 백제성에서 강릉까지의 뱃길로 하루가 걸렸다. • 啼不住(제부주) : 울음이 멎지 않음. • 萬重山(만중산) : 겹겹이 중첩해서 겹쳐진 산.

백제성(白帝城)

| 감상 |

'채운간(彩雲間)'의 間은 '간'으로 읽고, 뜻도 '間'과 같다. 백제성에서 강릉까지 급류를 타고 천리 뱃길을 유쾌하게 가고 있음을 노래하고 있다. 여기에서 '천리강릉일일환(千里江陵一日還)'이라는 구절을 읽을 때 저절로 흥이 나고 힘이 솟아나는 것은 그만큼 이백의 시가 걸작이기 때문일까? 백제성은 '촉중어복(蜀中魚腹)'이라 했는데, 이는 공손술(公孫述)이 촉나라에 있을 때 우물에 흰 용을 보고 이름을 백제성지라고 했으며, 우물이 심히 높은 곳에 있었기에 채운 사이에 있다고 했다. 백제성은 지금의 사천성 봉절현에 있는 옛 성이다. 촉나라의 유비가 이곳에서 오(吳)를 막았다고 함.

135
黃鶴樓, 送, 孟浩然之, 廣陵 — 李白 이백
황학루 송 맹호연지 광릉

故人西辭黃鶴樓하고 煙花三月下楊州라.
고인서사황학루 연화삼월하양주

孤帆遠影碧空盡하고 惟見長江天際流라.
고범원영벽공진 유견장강천제류

| 풀이 | 황학루에서 광릉 가는 맹호연을 보내다

오랜 친구 그는 서쪽의 황학루를 거기 두고
꽃그늘 안갯속 삼월에 양주로 내려가네.
외로운 돛단배는 먼 그림자 벽공(碧空) 속으로 사라지고
보이는 것은 오직 하늘 끝에 흐르는 장강(長江)일 뿐.

황학루(黃鶴樓)

| 낱말 | *형식 : 칠언절구　*운자 : 樓, 州, 流

• 黃鶴樓(황학루) : 호북성 무창현의 양자강 가의 황학산에 있는 높은 누각. • 孟浩然(맹호연) : 이백의 친구. 이백보다 12세 연장자다. • 廣陵(광릉) : 楊州(양주)의 별칭. • 故人(고인) : 오래 사귄 친구. 여기서는 맹호연을 말함. • 西辭(서사) : 양주로 내려가는 것을 말함. • 煙花(연화) : 안개 같은 것이 끼어 흐릿하게 보이는 꽃을 말함. • 楊州(양주) : 중국 九州(구주)의 하나로, 북쪽은 淮水(회수)를 경계로 하고 남쪽은 바다에 이르는 지역인데 지금의 절강성, 강서성, 복건성 등이 포함된다. • 惟見(유견) : 오직 그것만 보인다.

| 감상 |

첫 구절에서 '친구 자네는 서쪽의 황학루를 거기 두고'의 구절을 보아 알 듯이 두 사람은 항상 이 황학루에서 서로 연락을 하던 장소가 아닌가? 맹호연은 이곳을 버리고 꽃그늘 아름다운 3월에 양주로 내려간다고 하니 더욱 친구가 그리워진다. 그 다음 3, 4구절에서 이별의 정취가 잘 나타난다. 친구가 타고 가는 외로운 돛단배가 차츰 수면 위에서 사라져 갈 때 더더욱 그리움을 느끼게 된다.

136
山中問答 ● 李白 이백
산 중 문 답

問余何事棲碧山고? 笑而不答心自閑이라.
문 여 하 사 서 벽 산　　소 이 부 답 심 자 한

桃花流水杳然去하니 別有天地非人間이라.
도 화 유 수 묘 연 거　　별 유 천 지 비 인 간

| 풀이 | 산중에서 말 주고받음

나에게 물었다, '그대는 어찌하여 이 산중에서 사느냐고?

웃기만 하고 대답 않으니 마음이 한가롭네.

복사꽃이 물에 떠서 아득히 흘러가니

여기가 별천지인지, 인간 세상 아니로세.

| 낱말 | *형식 : 칠언고시(평측平仄이 절구의 형식에 맞지 않기 때문) *운자 : 山, 閑, 間.

• 問余(문여) : 나에게 물었다. • 何事(하사) : 무슨 일로. • 棲碧山(서벽산) : 푸른

산에 사느냐? • 桃花流水(도화유수) : 복사꽃이 물에 떠서 흘러가다. 즉 무릉도원을 말함. 도잠의 '도화원기' 에서 근거한 이상향을 말함. • 杳然去(묘연거) : 아득히 흘러가니. • 天地(천지) : 이 세상. • 人間(인간) : 속세.

| 감상 |

위의 2구절은 묻고 대답하는 형식으로 되어있다. 무엇 때문에 이런 산중에 사느냐? 하고 물었는데, 대답은 웃음으로 답했다. 그러나 언어대신 웃는 것이 마음이 편했다. 아래 2구절은 추가 설명으로 여기가 바로 무릉도원 같은 별천지가 아닌가? 하고 도무지 인간 세상이 아니라는 것을 말하고 있다. 우리 현대시에서 김상용의 '남으로 남을 내겠소.' 에서도 이런 이미지를 느낄 수 있다. […강냉이가 익걸랑 / 함께와 자셔도 좋소 / 왜 사냐 건 /웃지요] 이 시는 전원을 노래한 시이지만 이달(李達)의 시에서 [寺在白雲中(사재백운중), 白雲僧不掃(백운승불소). 客來門始開(객래문시개), 萬壑松花老(만학송화로).]가 있으니, 이 역시 이런 시적 분위기가 잘 나타나 있다.

137
子夜吳歌 ● 李白 이백
자 야 오 가

長安一片月에 萬戶擣衣聲이라.
장 안 일 편 월　만 호 도 의 성

秋風吹不盡하니 總是玉關情이라.
추 풍 취 부 진　총 시 옥 관 정

何日平胡虜하여 良人罷遠征고?
하 일 평 호 로　양 인 파 원 정

| 풀이 | **자야오의 노래**

장안 하늘에 높이 달은 떠 있고

집집마다 옷 다듬질 소리 들리네.

가을바람 그치지 않고 불어오니

이 모두 군에 나간 남편 생각뿐이네.

어느 날 오랑캐를 다 무찌르고 나서

우리 남편 전쟁 끝내고 돌아올까?

| 낱말 | *형식 : 오언고시 *운자 : 聲, 情, 征.

• 子夜吳歌(자야오가) : 악부의 이름. 東晉(동진)시대에 子夜(자야)라는 여자가 부르기 시작한 민요이다. 이를 본 따서 지은 노래. • 長安(장안) : 당나라 시대의 수도. 당시 인구는 1백 만이 넘었다. • 一片月(일편월) : 하늘에 뜬 달. • 萬戶(만호) : 수많은 집들. • 總是(총시) : 이 모두 다. • 玉關情(옥관정) : 옥문관 전쟁터에 나가있는 남편을 생각하는 정. 玉門關(옥문관)은 감숙성 敦煌(돈황) 서쪽에 있었다. • 胡虜(호로) : 오랑캐. 흉노족. • 良人(양인) : 남편.

| 감상 |

가을밤에 달은 밝고 군에 나간 남편 생각은 간절하고 어디선가 들리는 다듬이 소리는 가을밤의 정취를 돋우고 있다. 밤은 길고 잠은 오지 않는 밤, 남편 생각이 나서 간절할 때마다 하루 빨리 오랑캐를 정복하고 개선해 오는 남편을 기다리는 마음 간절하다. '자야오가(子夜吳歌)' 는 원래 남쪽 지방에서 부르는 노래인데, 이백은 이 작품에서 북쪽 옥문관으로 원정 나간 남편을 기다리는 것으로 되어있다.

138
送, 友人 ● 李白 이백
송 우 인

青山橫北郭하고 白水遶東城이라.
청 산 횡 북 곽 　 백 수 요 동 성

此地一爲別하면 孤蓬萬里征이라.
차 지 일 위 별 　 고 봉 만 리 정

浮雲遊子意하고 落日故人情이라.
부 운 유 자 의 　 낙 일 고 인 정

揮手自玆去하니 蕭蕭班馬鳴이라.
휘 수 자 자 거 　 소 소 반 마 명

| 풀이 | 벗을 보내다

청산은 성곽 북쪽에 가로 놓여있고
흰 강물은 성 동쪽을 감싸고 흐른다.
이제 여기서 한 번 이별을 하게 되면
외로운 부평처럼 만 리를 헤매야 한다네.
뜬구름은 그대 떠도는 나그네의 마음이요
지는 해는 이별하는 우리 친구의 심정이네.
손 흔들면서 이렇게 여기서 떠나는 마당에
떠나가는 말도 이렇게 쓸쓸하게 우는구나.

| 낱말 | *형식 : 오언율시 *운자 : 城, 征, 情, 鳴.

• 北郭(북곽) : 북쪽의 성곽. • 白水(백수) : 흰 물. 맑은 물. 햇볕에 반사되는 강물. • 東城(동성) : 성의 동쪽. • 此地(차지) : 이곳. 여기. • 孤蓬(고봉) : 부평. 방

랑하는 나그네에 비유. • 遊子(유자) : 나그네. 여기서는 떠나가는 친구. • 故人(고인) : 여기서는 친구를 말함. 이 시에서는 이백 자신. • 揮手(휘수) : 손을 흔들어 이별하는 모양. • 自茲去(자자거) : 여기에서부터 떠나가다. • 蕭蕭(소소) : 쓸쓸한 모양. • 班馬(반마) : 떠나가는 말.

| 감상 |

청산(靑山)과 백수(白水)가 대구를 이루면서 색채감을 대비하고 있다. 이런 분위기 속에서 이별의 아쉬움을 노래하고 있는데, 이별하는 일정한 장소에서 보내고 떠나가는 상황이 분명하다. 이제 이곳으로부터 떠나가면 부평초처럼 그대는 먼 길을 떠돌아 다녀야 하고 나는(이백) 그대를 보내고 아쉬워해야 한다. 끝 구절에서는 이별하는 상황이 잘 나타나 있다. 손을 흔들어 헤어지고, 말은 소리 높여 쓸쓸히 우는 장면이 아쉬움을 잘 표현하고 있다.

139
登, 金陵鳳凰臺 ● 李白 이백
등 금릉봉황대

鳳凰臺上鳳凰遊하고 鳳去臺空江自流라.
봉황대상봉황유 봉거대공강자류

吳宮花草埋幽徑이오 晉代衣冠成古丘라.
오궁화초매유경 진대의관성고구

三山半落靑天外하고 二水中分白鷺洲라.
삼산반락청천외 이수중분백로주

總爲浮雲能蔽日하니 長安不見使人愁라.
총위부운능폐일 장안불견사인수

| 풀이 | 금릉 봉황대에 올라

봉황대 위에는 봉황이 놀고
봉황 날아간 빈 대 아래 강물이 흐르네.
오궁(吳宮)의 화초는 그윽한 길가에 묻혀있고
진나라 의관문물은 성터의 흙으로 남았다.
삼산(三山)의 반쯤은 허물어져 청산 밖에 기울고
두 줄기 강물은 백로의 물가에 흘러가네.
언제나 뜬구름은 밝은 태양 가리기 때문에
장안을 못 보게 하니 나를 시름겹게 하네.

| 낱말 | *형식 : 칠언율시 *운자 : 遊, 流, 丘, 洲, 愁.

• 金陵(금릉) : 현재 남경을 말함. • 鳳凰臺(봉황대) : 남경 동남쪽에 있음. • 自流(자류) : 예부터 지금까지 흐르고 있다. • 吳宮(오궁) : 오나라 손권이 지은 궁궐. • 三山(삼산) : 금릉에 있는 산. • 半落靑天外(반락청천외) : 산의 반은 가리고 반은 하늘 밖으로 기운 듯 보인다. • 二水(이수) : 秦水(진수)와 淮水(회수). • 浮雲(부운) : 뜬구름. 간신의 무리들을 비유.

봉황대(鳳凰臺)

| 감상 |

이백이 일찍 황학루에 올라가서 시를 지르려 했으나 최호의 '황학루' 시를 보고 감탄하여 그만두고 그 후에 봉황대에 올라가서 이 시를 지었다고 한다. 그래서 '황학루' 의 시적 표현과 유사함을 느낄 수 있다. 이백이 고역사(高力士)의 참언으로 조정에서 쫓겨나 방랑을 하면서 이 금릉의 봉황대에 올라 이 시를 지었다고 한다. 끝 구절에 '부운능폐일(浮雲能蔽日)' 의 표현에서 임금의 총명을 가리는 구름을 간신의 무리에 비유되어 나중 많은 사람들이 이 구절을 인용하기도 했다.

140
王昭君 ● 李白 이백
왕 소 군

昭君拂玉鞍하니 上馬啼紅頰이라.
소 군 불 옥 안 상 마 제 홍 협

今日漢宮人이 明朝胡地妾이라.
금 일 한 궁 인 명 조 호 지 첩

| 풀이 | 왕소군

소군이 말안장을 떨치고 앉아
말 위에 오르니 뺨에 눈물을 적시네.
오늘날 한나라 왕궁의 궁녀가
내일 아침이면 오랑캐의 첩이 되겠구나.

| 낱말 | *형식 : 오언절구 *운자 : 頰, 妾.

• 王昭君(왕소군) : 전한 원제를 모시던 궁녀, 王嬙(왕장)을 말함. • 玉鞍(옥안) : 아름답게 꾸민 안장. • 啼(제) : 소리 내어 울다. • 紅頰(홍협) : 붉은 뺨. 젊고 아름다운 용모. • 胡地(호지) : 오랑캐 땅. '胡(호)' 는 흉노를 말함.
* '五言唐音(오언당음)' 에는 동방규(東方虯)가 지은 것으로 되어있다.

| 감상 |

절세미인 왕소군이 흉노족 추장에게 시집 가게 되어 그 처절한 모습을 읊은 시 작품이다. 한나라 원제(B.C. 46~B.C .33년 재위)에게는 많은 궁녀가 있었는데 화가 모연수(毛延壽)를 시켜 초상을 그려 올리라고 했는데, 다른 궁녀들은 화공에게 뇌물을 주어 예쁘게 그려졌으나 왕소군은 본래 절세미인이라 안심하고 뇌물을 주지 않아서 못난이 얼굴로 그렸기 때문에 제일 못난 궁녀를 골라 흉노족 추장에게 보낸다는 것이 왕소군이 뽑혀서 가게 되었다는 것이다. 결국 왕소군은 억울하게 뽑혀 시집가게 된 것이다. 이 장면은 소군이 말을 타고 말 위에서 우는 장면을 그렸고, 오늘의 한나라 궁녀가 내일이면 억울하게 호지(胡地)의 첩이 된다는 가련한 신세를 한탄하고 있다.

141
贈, 汪倫 ● 李白 이백
증 왕륜

李白乘舟將欲行하니 忽聞岸上踏歌聲이라.
이 백 승 주 장 욕 행 홀 문 안 상 답 가 성

桃花潭水深千尺이나 不及汪倫送我情이라.
도 화 담 수 심 천 척 불 급 왕 륜 송 아 정

| 풀이 | 왕륜에게

이백이 배를 타고 막 떠나려 할 적에

문득 들리는 건 기슭에서 발장단 노랫소리

도화담(桃花潭) 물 깊이는 천 길이나 되지만

왕륜이 나를 보내는 정에는 미치지 못 하리.

| 낱말 | *형식 : 칠언절구 *운자 : 行, 聲, 情.

• 汪倫(왕륜) : 이백의 친구. 桃花潭(도화담)에서 이백에게 술을 권한 일이 있다.
• 忽(홀) : 문득. • 踏歌(답가) : 발로 땅을 밟으면서 가락을 맞추어 노래하는 것.
• 桃花潭(도화담) : 연못의 이름.

| 감상 |

이 시에서 자신이 이백이란 사실을 밝히고 작품을 시작했다. 이것은 작품 전체를 객관화하려는 의도일 것이다. 배가 떠나가는 기슭에서, 떠나가는 배를 노래하면서 배웅하는 왕륜과 둘 사이에는 진지한 이별의 느낌이 구체적 의미를 갖는다. 마치 한 폭의 그림을 보는듯한 그런 작품이다. 여기서 왕륜은 이백에게 한 잔의 술을 권하면서 부르던 그때의 이별의 노랫소리가 지금도 귀에 들리는 것 같다. 그래서 왕륜의 후손들은 이 시를 지금도 가보처럼 잘 보존하고 있다고 한다.

142
與, 史郎中欽, 聽, 黃鶴樓上, 吹笛 李白 이백
여 사낭중흠 청 황학루상 취적

一爲遷客去長沙하니 西望長安不見家라.
일 위 천 객 거 장 사 서 망 장 안 불 견 가

黃鶴樓中吹玉笛하니 江城五月梅花落라.
황학루중취옥적 강성오월매화락

| 풀이 | **낭중 사흠과 더불어 황학루 위에서 피리 부는 소리를 들으며**

귀양살이 몸이 되어 장사(長沙) 땅에 들어가니
서로 장안을 바라봐도 우리 집은 안 보이네 그려.
황학루 안에서 옥적(玉笛) 부는 소리 듣나니
강성의 여름 오월에 '낙매화(落梅花)' 곡을 듣는구려.

| 낱말 | *형식 : 칠언절구 *운자 : 沙, 家 ,花.

• 史郞中欽(사낭중흠) : 史(사)는 성이요, 郞中(낭중)은 상서성 관리요. 欽(흠)은 이름이다. 그래서 벼슬은 郞中(낭중)이요, 성명이 史欽(사흠)이다. • 遷客(천객) : 좌천이나 귀양살이하는 죄인. • 長沙(장사) : 동정호 근처에 있는 지명. • 江城(강성) : 양자강 유역의 성을 이름. 즉 武昌(무창)임.

| 감상 |

죄인이 되어 귀양살이 가는 도중 사흠(史欽)을 만나서 이백은 그와 함께 황학루에 올라 [낙매화(落梅花)] 곡을 듣고 지은 시다. 이백이 좌천으로 떠나는 사흠(史欽)을 만나 황학루에 올라서 피리 소리를 듣는 것으로 이 시의 절정을 이루고 있다. 제일 끝 구절이 멋이 있다. '낙매화' 란 피리 소리의 곡조를 듣는다는 것이다. "서쪽으로 장안을 바라보아도 고향집은 보이지 않는다." 에서 답답한 심정을 노래하고 있다. 특히 황학루에서 불고 있는 옥피리 소리는 참 멋이 있어 보인다. 이런 구절에서 대시인의 절묘한 시구를 느낄 수 있는 것이다.

143
望, 天門山 ● 李白 이백
망 천문산

天門中斷楚江開하고 碧水東流至北廻라.
천문중단초강개 벽수동류지북회

兩岸青山相對出하고 孤帆一片日邊來라.
양안청산상대출 고범일편일변래

| 풀이 | **천문산을 바라며**

천문산은 한 중간을 잘라 양자강이 흐르고
푸른 물 동쪽으로 흘러 북으로 돌아서 이른다.
양쪽 물 언덕으로 푸른 산이 마주 서서 바라보고
외로운 돛단배 하나 해 따라 먼 곳으로 흘러온다.

천문산(天門山)

| 낱말 | *형식 : 칠언절구 *운자 : 開, 廻, 來.

• 天門山(천문산) : 안휘성에 있는 산 이름. 博望山(박망산)과 서쪽에 梁山(양산)이 있는데, 흡사 하늘 문처럼 보이기 때문에 그 둘을 합쳐서 天門山(천문산)이라 부른다. • 楚江(초강) : 양자강. 옛날 이 근처가 초나라였기 때문에 楚江(초강)이라 불렀다. • 至北廻(지북회) : 북쪽을 향해 흐름의 방향을 바꾸다. • 日邊(일변) : 아주 멀리 있는 거리.

| 감상 |

시인 이백(李白)이 천문산을 바라보며 지은 시다. 이백다운 큰 기개와 광대한 대자연이 등장하고 있다. '천문산' 이란 고산과 웅장한 자연을 대상으로 그의 웅혼한 시상이 잘 나타나 있다. 이런 것들이 천지의 광대무변하고 웅장한 모습으로 대범하게 표현하고 있다. '고범일편(孤帆一片)' 과 같은 시어를 사용하여 넓은 우주에 비해 인간의 나약함을 생각하게 하는 작품이다. 한 점으로 표현된 것들이 바로 이런 시적인 묘미가 있다. 끝 구절에 '고범일편(孤帆一片)' 이 인간의 외로움을 더욱 생각하게 한다.

144
金陵酒肆, 留別 ● 李白 이백
금릉주사 유별

白門柳花滿店香한대 吳姬壓酒喚客嘗이라.
백문류화만점향 오희압주환객상

金陵子弟來相送하니 欲行不行各盡觴이라.
금릉자제래상송 욕행불행각진상

諸君問取東流水하라 別意與之誰短長을—.
제군문취동류수 별의여지수단장

| 풀이 | 금릉 주막에서 이별함

백문(白門)의 버들 꽃은 주막에 술 냄새 가득하고

예쁜 아가씨들 술 걸러 손님 불러 맛보라 한다.

금릉의 젊은이들 여기 모여 나를 전송하는데

가고자 해도 가지 못하고 서로 술잔만 비우고 있구나.

오, 그대여! 동으로 흐르는 물에게나 물어보자구나

이별의 의미와 그 흐름이 어느 쪽이 길고 짧은가를.

| 낱말 | *형식 : 칠언고시 *운자 : 香, 嘗, 觴.

• 金陵(금릉) : 지금의 강소성 남경시. • 留別(유별) : 길 떠나는 사람이 시를 써서 남기고 헤어짐. • 白門(백문) : 금릉의 서문. • 壓(압) : ~하게 하다. • 盡觴(진상) : 잔을 비우다. • 東流水(동류수) : 장강이 동으로 흘러가기 때문. • 之(지) : 흘러감을 가리킴.

| 감상 |

버드나무 꽃이 피어 향기 가득한 금릉주막에 늦은 봄 젊은이들과 술을 마시며 석별의 정을 나누는 시이다. 가려고 해도 가지 못하는 젊은 술꾼들의 낭만에 어린 그 심정이 잘 나타나 있다. 그대들이여, 동으로 흐르는 물과 석별의 정이 어느 쪽이 길고 짧은가를 한 번 비교해 보자꾸나. 버들 꽃 날리고 있는 금릉의 늦은 봄에 강남의 오희(吳姬:예쁜 아가씨)들, 어서 오라고 환대하는 주막에서 왁자지껄하게 술을 마시며 노래하는 이 마당에서 이별을 더욱 아쉬워하고 있다.

145
魯郡, 東石門, 送, 杜二甫 ● 李白 이백
노군 동석문 송 두이보

醉別復幾日고 登臨徧池臺라.
취별부기일 등림편지대

何言石門路하랴 重有金樽開라.
하언석문로 중유금준개

秋波落泗水하고 海色明徂徠라.
추파낙사수 해색명조래

飛蓬各自遠하니 且盡林中盃라.
비봉각자원 차진임중배

| 풀이 | 노군의 동석문에서 두보를 보내며

취하여 이별함이 또 며칠 얼마였던가?
산과 물에 다니며 누각에도 두루 올랐지.
무슨 말을 하랴, 이 석문의 길에서
다시금 술항아리 열릴 날이 있으리라.
가을 물결은 사수(泗水)에 떨어져 내리고
바다 빛깔은 조래산(徂徠山)에 밝구나.
날리는 쑥대처럼 각자 멀리 떠나가니
다음 또 숲 속에서 한잔 술 실컷 마시게나.

| 낱말 | *형식 : 오언율시 *운자 : 臺, 開, 徠, 盃.

• 魯郡(노군) : 지금의 산동성 자양현. • 石門(석문) : 산동성에 있는 산 이름. • 杜二甫(두이보) : 두보를 말함. '二' 는 두 번째 남자라는 뜻임. • 登臨(등림) : 산에

오르고 물에 임하다. • 何言(하언) : '어찌 ~라 하겠는가?' 의 뜻. • 泗水(사수) : 산동성으로 흐르는 강 이름. • 徂徠(조래) : 산동성에 있는 산 이름. • 林中盃(임중배) : 숲 속에서 잔을 마시다. '手中盃(수중배)' 라고도 되어 있다.

| 감상 |

이백과 두보는 아주 친한 사이였다. 둘 다 술을 좋아하여 만날 때나 헤어질 때는 꼭 술로써 만나고 헤어졌다. 이 시는 이백과 두보가 산동성 노군 동쪽에 있는 석문산에서 두보와 이백이 헤어지면서 지은 시라고 한다. 이별할 때마다 술을 마셨으니 취하고 이별함이 벌써 몇날 며칠인가? 하면서, 첫 구절에서 이미 말하고 있다. 그 둘은 다정하여 강이며 산이며 누대에서도 만나고 헤어졌으니 무슨 말을 덧붙이랴. 쑥 꽃이 멀리멀리 날아가듯이 한 잔 술이나 하고 우리 헤어지자 하고 약속이나 하듯이 이렇게 보내고 떠나갔었다.

석문산(石門山)

146
月下獨酌 李白 이백
월 하 독 작

花間一壺酒하니 獨酌無相親이라.
화 한 일 호 주 　 독 작 무 상 친

擧杯邀明月하며 對影成三人이라.
거 배 요 명 월 　 대 영 성 삼 인

月既不解飮하니 影徒隨我身이라.
월 기 불 해 음 　 영 도 수 아 신

暫伴月將影하여 行樂須及春이라.
잠 반 월 장 영 　 행 락 수 급 춘

我歌月徘徊하고 我舞影凌亂이라.
아 가 월 배 회 　 아 무 영 능 란

醒時同交歡하고 醉後各分散이라.
성 시 동 교 환 　 취 후 각 분 산

永結無情遊하고 相期邈雲漢이라.
영 결 무 정 유 　 상 기 막 운 한

| 풀이 | 달 아래서 혼자 술을 마시며

꽃 속에서 하루 한 병 술을 마시고

홀로 잔 기울이니 친한 벗도 없네.

술잔 높이 들어 밝은 달맞이하며

달과 나와 그림자 모두 셋이로세.

달은 달이라서 술을 마실 줄 모르니

그림자만 나를 따라 술을 마실 뿐이다.

잠시나마 달은 나와 그림자 벗 삼아

봄날의 즐거움을 나와 함께 하리로다.

내가 노래하면 달은 멀리 빙빙 돌고

내가 춤추면 그림자가 춤을 춘다.

깨어 있을 땐 함께 기쁨 나누지만

취해 잠들면 모두 각기 집으로 간다.

우리는 무정하지만 늘 함께 사귐을 맺고

머나먼 은하에서 우리 만남을 약속한다.

| 낱말 | *형식 : 오언고시 *운자 : 親, 人, 身, 春, (亂), (散), (漢).

• 邀(요) : 맞이하다. • 不解飮(불해음) : 마실 수 없다. • 將(장) : '與' 와 같음. • 凌亂(능란) : 흩어져 움직이는 모양. • 交歡(교환) : 사귀어 즐김. • 無情遊(무정유) : 인간의 속세를 떠난 교유. • 相期(상기) : 서로 기약하다. • 邈(막) : 아득히 멀다. • 雲漢(운한) : 은하수.

| 감상 |

이백이 달 아래서 혼자 술을 마신다는 내용의 시다. 이백이 얼마나 술을 좋아했기에 혼자서 숲 속에서 술을 마시는가? 나와 그림자와 달과 셋이서 술을 마시는 것으로 되어 있다. 이미지가 선명한 작품이다. 계절은 봄, 홀로 꽃 속에 묻혀 달을 쳐다보며 술을 마시는 일은 이백이 아니면 있을 수 없는 일이다. 더구나 '월하독작(月下獨酌)' 이란 시를 쓰는 그 자체가 대시인 이백(李白)답다. 그래서 이 시에서도 이백이 시선(詩仙), 주선(酒仙)이라 불리는 그 면모가 잘 나타나 있다.

147
戰, 城南 ● 李白 이백
전 성남

去年戰桑乾源하고 今年戰蔥河道라.
거년전상건원 금년전총하도

洗兵條支海上波하고 放馬天山雪中草라.
세병조지해상파 방마천산설중초

萬里長征戰이라 三軍盡衰老라.
만리장정전 삼군진쇠로

凶奴以殺戮爲耕作하고 古來惟見白骨黃沙田이라.
흉노이살육위경작 고래유견백골황사전

秦家築城備胡處하나 漢家還有烽花燃이라.
진가축성비호처 한가환유봉화연

烽火燃不息하고 征戰無已時하여 野戰格鬪死니라.
봉화연불식 정전무이시 야전격투사

敗馬號鳴向天悲하고 烏鳶啄人腸하다가 銜飛上挂枯樹枝라.
패마호명향천비 오연탁인장 함비상괘고수지

士卒塗草莽하고 將軍空爾爲니라.
사졸도초망 장군공이위

乃知兵者是凶器이니 聖人不得已而用之하라.
내지병자시흉기 성인부득이이용지

| 풀이 | 성남城南에서 전쟁

작년에는 상건(桑乾)지에서 전쟁을 하고는

금년에는 총하도(蔥河道)에서 전쟁을 하였네.

먼 조지해(條支海)의 파도에다 칼에 묻은 피를 씻었고,

천산(天山) 눈 덮인 초원에 말을 놓아 먹였다.

만 리 먼 전쟁을 언제까지 할 것인가,

삼군 군인들은 모두 지칠 대로 지쳤다.

흉노는 살육을 밭 갈듯하는구나,

예부터 백골만이 황사 밭에 뒹굴뿐,

진나라는 장성 쌓아 흉노 대비를 했었는데,

한나라 때 와서도 변방에는 봉화 불만 타오른다.

봉화 불은 타올라서 그칠 줄을 모르고

전쟁은 끝날 때가 없어서

들에서 싸우다가 격투하여 죽는다.

패망한 말은 하늘 향해 슬피 울고,

까마귀와 솔개는 전사자의 창자 내어 쪼아 먹다가

물고서 날아올라 마른 나뭇가지에 걸어놓는다.

사졸들은 우거진 풀떨기 속에서 죽었나니

장군은 하는 일 없이 헛될 뿐이었다.

이에 무기는 흉기라는 것 알게 되었으니

성인은 부득이한 때에만 그것을 사용하라 했다.

| **낱말** | *형식 : 잡언시 *운자 : 道, 草, 老, (田), (燃), 〈時〉, 〈悲〉, 〈枝〉, 〈爲〉, 〈之〉.

• 戰城南(전성남) : 한나라 악부의 제목. • 桑乾(상건) : 상건강. 산서성을 흐르는 강 이름. • 葱河(총하) : 총령하를 말하는데, 신강성을 흐르는 강 이름. • 兵(병) : 병기. • 條支(조지) : 지금의 시리아. • 海上(해상) : 지중해를 가리킴. • 天山(천산) : 천산산맥. • 三軍(삼군) : 전군. • 匈奴(흉노) : 중국 서북방의 소수 이민족. 유목 기마족. • 秦家築城(진가축성) : 진시황의 만리장성을 가리킴. • 敗馬(패마)

: 주인 잃은 말. • 草莽(초망) : 풀떨기. • 兵者是凶器(병자시흉기) : '노자' 에 나오는 말로, '병기는 흉기' 라는 뜻.

| **감상** |

이백의 전쟁 시는 너무나 비참함을 묘사하고 있다. 전쟁을 재제로 하여 쓴 시로서 지금으로 말하면 전쟁 시다. 한나라 때에는 '전성남(戰城南)' 이라 부르기도 했다. 당시 중국인이 주변 소수민족과 얼마나 많은 대치를 하고 그들과 싸웠는지 여기에 잘 나타나 있다. 진시황 시대에는 만리성을 쌓았고, 한나라 시대에도 이들 흉노족과 얼마나 대치해 싸웠는지 알 수 있다. 전쟁터에서 죽어가는 병사와 주인 잃은 말들의 울부짖는 모습이 보는 듯 잘 나타나 있다. 그리고 '병기는 흉기' 라고 말하고 성인이 말하기를 '병기는 부득이한 때에만 사용하라.' 는 말은 오늘날에 한 번 생각해볼 만한 말이다.

148
將進酒 ● 李白 이백
장 진 주

君不見, 黃河之水天上來하여 奔流到海不復回를
군 불 견 황 하 지 수 천 상 래 분 류 도 해 불 부 회

君不見, 高堂明鏡悲白髮을— 朝如青絲暮成雪이라.
군 불 견 고 당 명 경 비 백 발 조 여 청 사 모 성 설

人生得意須盡歡하니 莫使金樽空對月하라.
인 생 득 의 수 진 환 막 사 금 준 공 대 월

天生我材必有用이니 千金散盡還復來니라.
천 생 아 재 필 유 용 천 금 산 진 환 부 래

烹羊宰牛且爲樂하니 會須一飮三百盃하라.
팽 양 재 우 차 위 락　　회 수 일 음 삼 백 배

岑夫子 丹邱生이여 進酒君莫停하라.
잠 부 자　단 구 생　　진 주 군 막 정

與君歌一曲하리니 請君爲我傾耳聽하라.
여 군 가 일 곡　　청 군 위 아 경 이 청

鐘鼓饌玉不足貴이니 但願長醉不用醒이라.
종 고 찬 옥 부 족 귀　　단 원 장 취 불 용 성

古來聖賢皆寂寞하나 惟有飮者留其名이라.
고 래 성 현 개 적 막　　유 유 음 자 류 기 명

陳王昔時宴平樂하여 斗酒十千恣歡謔이라.
진 왕 석 시 연 평 락　　두 주 십 천 자 환 학

主人何爲言小錢고? 徑須沽取對君酌하라.
주 인 하 위 언 소 전　　경 수 고 취 대 군 작

五花馬, 千金裘를 呼兒將出換美酒하여 汝爾同銷萬古愁하리라.
오 화 마　천 금 구　호 아 장 출 환 미 주　　여 이 동 소 만 고 수

| 풀이 | 장진주

그대는 보지 못했는가?

황하의 물이 하늘에서 내려온 것을—.

거세게 흘러내려 바다에 이르면 다시 돌아오지 못한다네.

그대는 보지 못했는가?

좋은 집에서 거울에 비치는 백발의 슬픈 모습을—.

아침에 검은 머리칼이 저녁에는 눈처럼 희어지고 말았다네.

인생은 즐길 수 있을 때 모름지기 기쁨을 다할 것이리니

값진 술 항아리를 헛되이 달을 향해 놓아두지 말라.

하늘이 재능을 내림에는 어디엔가 쓸모가 있는 법,

천금을 뿌릴지라도 언젠가는 다시 오게 마련이로다.

양과 소를 삶아서 맛있게 먹으며 또 즐기며

마신다면 모름지기 한 번에 3백 잔은 마셔야 하네.

잠(岑) 선생, 단구(丹邱) 군이여,

술 드시는 잔을 놓고 멈춰서는 안 되네.

그대를 위하여 한 곡조 노래 부르리니,

그대들은 나를 위해 귀 기울여 들어주게나.

좋은 음악 소리에 먹음직한 요리가 무엇 그리 대단한가?

그저 원하는 것은 깊이 취하여 깨지 않는 것.

고래로 성인 현인들도 죽으면 다 그뿐이었으니

오직 마시는 자만이 그 이름 남겼을 뿐이로다.

진왕 조식은 평락관에서 성대한 잔치를 벌여

한 말에 만 량짜리 술을 실컷 즐겼다지 않았던가.

주인이시여, 어찌 돈 없다고 말하는가?

모름지기 술을 사서 그대들을 대접하리라.

멋진 오화(五花) 말, 천금 갖옷이라도

아이 불러 곧 술과 바꾸어 오라 하리라.

너와 더불어 이 밤 함께 마시며 온갖 시름 잊어나 보리라.

| **낱말** | *형식 : 칠언고시 *운자 : 來, 回, (髮), (雪), 月, [來], [杯], [生], 停, 聽, 醒, 名, (樂), (謔), (酌), [裘], [愁].

• 將進酒(장진주) : 악부의 하나. '술을 따라서 손님에 바친다.' 는 뜻이 있음.
• 高堂(고당) : 높고 멋진 집. • 青絲(청사) : 검고 윤기 나는 머리카락. • 得意(득

의) : 마음대로 행동함. • 金樽(금준) : 술 단지. • 材(재) : 재능. • 烹羊(팽양) : 양을 찌다. • 宰牛(재우) : 소를 잡아 요리하다. • 會(회) : 반드시. • 岑夫子(잠부자) : 잠징군(岑徵君)을 말한다. '부자' 는 선배에 대한 경칭. • 丹邱生(단구생) : 元丹邱(원단구) 도사를 말한다. 이백의 친구. '生(생)' 은 후배에 대한 호칭. • 鐘鼓(종고) : 음악을 말함. • 饌玉(찬옥) : 왕이 먹는 좋은 음식. • 陳王(진왕) : 위나라 曹植(조식). • 平樂(평락) : 낙양에 있던 '평락관' 이란 건물. • 斗酒十千(두주십천) : 한 말 술값이 만 량. • 歡謔(환학) : 즐겁게 놀다. • 徑(경) : 즉시. '須' 를 강조함. • 君(군) : 잠부자, 단구생을 말함. • 五花馬(오화마) : 청백 무늬가 있는 말. '五花驄(오화총)' 이라고도 한다. • 千金裘(천금구) : 천금의 값이 나가는 가죽 옷. 갖옷. • 銷(소) : 녹이다. 지우다. '消' 와 같음. • 萬古愁(만고수) : 온갖 시름. 가슴에 맺힌 무한한 수심.

| 감상 |

술을 좋아하여 예찬하는 찬가이다. 이 노래는 한없이 무한한 스케일을 가지고 있다. 황하(黃河), 천상(天上) 등의 낱말을 사용하여 좀 과장된 언어미감이 있으나, 무한하고 낭만적이고 술에 대한 끝없는 예찬으로 일관하고 있다. 과연 이백다운 발상이며 이백다운 글이라 할 수 있다. 우리나라 가사 문학의 대가로 송강(松江) 정철(鄭澈)의 '장진주사(將進酒辭)' 의 발상이 여기에서 나왔을 것으로 추측이 가능하다. 첫 머리에 '군불견 황하지수천상래(君不見 黃河之水天上來)' 로 시작하여 맨 끝에 '여이동소만고수(與爾同銷萬古愁)' 까지 일관하는 그의 대범한 술의 예찬은 과연 일품이라 할 수 있고, 또한 명작이라 할 수 있는 것이다.

작자 | 李白 이백(701~762) ; 盛唐

蜀(촉) 綿州(면주) 彰明縣(팽명현) 青蓮鄉(청연향)에서 태어남. 25, 6세 때 처음으로 蜀(촉)을 떠나 양자강 따라 약 10년 동안 호북, 호남, 강소성 등지를 편력하면서 맹호연 등 많은 시인과 교유했음. 36세 무렵 산동성 任城縣(임성현)에서 몇 년간 살았는데, 그중에 孔巢父(공소부) 등 5인의 은사와 조래산에 은거, '竹溪六逸(죽계육일)' 로 불렸다. 42세 때 도사 吳筠(오균)과 賀知章(하지장)의 추천으로 현종을 뵙고 翰林供奉(한림공봉)에 임명되었다. 그러나 분방한 기질과 傍若無人(방약무인)한 행동으로 참언과 비방을 받아 3년을 채우지 못하고 수도를 떠나 다시 10년간을 산동, 산서, 하북, 강소 각지를 방랑. 이때 두보, 고적 등의 시인과 알게 되었다. 방랑이 끝날 즈음에 안록산의 난이 일어나 그것을 토벌하러 나선 永王(빙왕) 군대의 참모가 되었다가, 永王(빙왕)이 형 肅宗(숙종)과 항쟁해 조정의 토벌을 받게 되자 그도 잡혀 사형될 뻔했으나 감면되어 귀주성 夜郎(야랑)으로 유배가게 되었고 유배지로 향하던 중 사면되었다. 이후에는 주로 강남 지방을 전전했으며 62세에 안휘성 當塗縣(당도현)에서 병사했다. '李太白集(이태백집)' 과 1,000여 수의 시가 남아있다.

이백(李白)

149
夜雨奇北 ● 李商隱이상은
야 우 기 북

君問歸期未有期하고 巴山夜雨漲秋池라.
군 문 귀 기 미 유 기 파 산 야 우 창 추 지

何當共剪西窓燭하며 卻話巴山夜雨時리요?
하 당 공 전 서 창 촉 각 화 파 산 야 우 시

| 풀이 | **비 내리는 밤 아내에게**

그대는 돌아오기를 물었으나 아직 돌아올 기약 없고

파산의 밤비 소리는 가을 연못을 출렁이게 하네.
언젠가 그대와 함께 서창 가에 앉아 촛불의 심지를 자르며
이 파산의 밤, 비 내리던 쓸쓸한 밤을 돌이켜 이야기하려나.

| **낱말** | *형식 : 칠언절구 *운자 : 期, 池, 時.

• 寄北(기북) : '北' 은 장안을 말하며, '寄(기)' 는 아내에게 보낸다는 뜻. • 君(군) : 그대. 그의 아내를 말함. • 歸期(귀기) : 돌아올 기약. • 巴山(파산) : 사천성에 있는 산 이름. • 漲(창) : 가득 차서 불어 넘치다. • 剪(전) : 가위. 촛불을 밝게 하기 위해 가위로 촛불의 심지를 자르다. • 西窓(서창) : 서쪽 창. 여기서는 부부의 침실을 말함. • 卻(각) : 돌이켜. 과거를 돌이켜 생각하다.

| **감상** |

지은이가 장안을 떠나 파산(巴山)에서 집에 있는 그의 아내에게 보내는 시다. 계절은 가을, 어두운 밤비는 내려 연못에 물이 넘쳐 출렁인다. 아내를 생각하며 쓸쓸한 밤에 아내에게 보내는 시를 쓰고 있다. 아내가 편지에서 '언제 돌아오느냐' 고 물었는데, 아직은 돌아갈 기약이 없다는 내용과 언젠가 집에 돌아가서 그대와 함께 우리의 침실에서 촛불의 심지를 자르며 이 쓸쓸했던 파산의 밤을 돌이켜 생각하며 이야기 할 수 있는 밤이 있을 것이라는 내용의 시다.

150
嫦娥 ● 李商隱이상은
항 아

雲母屛風燭影深하고 長河漸落曉星沉이라.
운 모 병 풍 촉 영 심 장 하 점 락 효 성 침

姮娥應悔偸靈藥하고 碧海青天夜夜心이라.
항 아 응 회 투 영 약　　　벽 해 청 천 야 야 심

| 풀이 | 항아

운모 병풍에는 촛불 그림자 그윽하고

은하수는 점점 기울어 새벽 별은 지고 있다.

항아는 아마도 영약 훔친 것을 후회하고

푸른 바다 푸른 하늘을 밤마다 서러워하리.

| 낱말 | *형식 : 칠언절구　*운자 : 深, 沉, 心.

• 嫦娥(항아) : 姮娥(항아), 羲娥(희아)라고도 하며 남편이 서왕모에게 얻은 不老長生藥(불로장생약)을 훔쳐 달로 달아났다는 夏(하)나라 羿(예)의 아내로서 전설적인 여인임. • 雲母(운모): 반짝반짝 빛나는 광석의 하나. • 屛(병) : 병풍. • 長河(장하) : 은하수. • 偸(투) : 훔치다.

| 감상 |

항아의 거처에는 운모처럼 빛나는 병풍을 둘렀고 은 촛불 그림자가 깜박거리며 깊어가니 밤이 오래 되었음을 알 수 있다. 하늘을 가로질러 흐르는 긴 은하수는 점점 아래로 떨어지고 반짝거리는 새벽 별은 점점 침몰해 가니 이는 한밤중의 광경을 보는 듯하다. 이때 항아는 묘약을 훔친 것을 참회해서 푸른 바다와 청천에 있는 이 마음을 어찌 밤마다 견딜 수 있

항아(嫦娥)

으랴. 이는 항아로서 노래나 시를 읊으나 원한을 머금고 있는 사람이 머물러 있는 것 같으리라. 근래 중국에서 달나라로 보내는 인공위성의 명칭을 "항아(嫦娥)" 라고 한 것은 뜻 있는 일이다.

151
樂遊原 낙유원 ● 李商隱 이상은

向晚意不適하여 驅車登古原이라.
향만의부적 구거등고원

夕陽無限好하여 只是近黃昏이라.
석양무한호 지시근황혼

| 풀이 | 낙유원

저녁때가 가까이 오니 마음 끌려 있을 수 없어
수레를 끌고 낙유원 언덕으로 올라갔네.
지는 해가 무한히 좋고 아름다워서
이렇게 다만 소리 없이 황혼이 가까워지고 있었지.

| 낱말 | *형식 : 오언절구 *운자 : 原, 昏.

• 樂遊原(낙유원) : 장안성에 있는 언덕. • 古原(고원) : 앞의 '낙유원' 을 말함. 여기는 유원지로 이름이 있는 곳이다. • 只是(지시) : 이것은 다만.

| 감상 |

해가 질 무렵 황혼은 가까이 오고 그러면 내 마음 끌려 어느덧 '낙유원' 으로 향하고 있다. 그것도 수레를 끌고 간다는 것을 보니 낭만을 즐길 줄 아는 사람 같고, 생활의 여유까지 있는 사람인 것 같다. 막 넘어가려는 저녁 해를 바라보며 인생의 황혼도 함께 생각했으리라. 이 시인은 그것을 생각하며 한없는 여유까지도 즐기고 있다. 그러한 깊은 감동을 받고 이 시를 썼을 것이다. 그냥 평범한 마음과 일반적인 생각으로 시에 임하는 태도가 한결 가볍게 느껴지기도 한다.

152
無題 ● 李商隱이상은
무 제

相見時難別亦難하니 東風無力百花殘이라.
상 견 시 난 별 역 난 　 동 풍 무 력 백 화 잔

春蠶到死絲方盡하고 蠟炬成灰淚始乾이라.
춘 잠 도 사 사 방 진 　 납 거 성 회 루 시 건

曉鏡但愁雲鬢改하고 夜吟應覺月光寒이라.
효 경 단 수 운 빈 개 　 야 음 응 각 월 광 한

蓬萊此去無多路이니 靑鳥殷勤爲探看이라.
봉 래 차 거 무 다 로 　 청 조 은 근 위 탐 간

| 풀이 | 무제

만나는 것보다 헤어지는 것도 역시 쉽지가 않네.

봄바람도 힘없고 온갖 꽃들 시들하구려.

봄누에는 죽을 때까지 실을 뽑고 죽어가고

촛불은 타고난 다음 재가 되고 눈물 또한 마르게 되느니.

새벽에 거울 보면 검은 머리 하얗게 됨이 안타깝고
밤에 시를 읊으면 응당 달빛 차가움을 깨닫는다네.
임 계신 봉래산은 여기서 그리 멀지 않는 길인데
파랑새는 은근히 나를 위해 소식이나 알려주려무나.

| **낱말** | *형식 : 칠언율시 *운자 : 難, 殘, 乾, 寒, 看.

• 東風(동풍) : 봄바람. • 殘(잔) : 시들다. • 春蠶(춘잠) : 봄누에. • 蠟炬(납거) : 촛불. • 淚(루) : 초의 물이 흐르는 것을 눈물로 비유. • 雲鬢(운빈) : 검은 머리카락. • 蓬萊(봉래) : 신선이 산다는 선산. 동해에 있음. 여기서는 임을 신선에 비유. • 無多路(무다로) : 멀지 않는 길. • 青鳥(청조) : 西王母(서왕모)의 심부름을 하는 파랑새.

| **감상** |

주제는 있는데 제목을 '무제' 라고 했다. 주제를 말한다면, 늙어가는 인생과 누군가 그리워하는 마음이 있음을 알 수 있다. 봄바람 불고, 꽃은 시들고 촛불이 다 타도록 누군가를 기다린다는 사실을 알 수 있고, 촛불이 꺼지고 검은 머리도 희어지고 있는데 서왕모의 파랑새라도 있으면 지금이라도 소식 전할 수 있을 것이 아닌가 하는 안타까움으로 가득하다. 끝 구절의 서왕모의 심부름꾼인 파랑새가 퍽 인상적이다.

작자 | 李商隱이상은(812~858) ; 晩唐

하남성 懷州人(회주인). 字는 義山(의산). 어릴 때 아버지를 여의고, 18세 무렵 令狐楚(영호초)에게 文才(문재)를 인정받아 그의 막하에 들어가 비호를 받았다. 그러나 진사에 급제하자, 곧 令狐楚(영호초)가 죽어 관리의 길이 막히자 王茂元(왕무원)의 딸과 결혼, 그의 비호를 받아 이 두 파벌 사이를 왕래했다. 관직은 校書郎

(교서랑)에서 秘書正字(비서정자), 京兆尹留後參軍(경조윤유후참군) 등을 역임한 후 영호초의 아들 令狐(영호)에게 부탁, 太學博士(태학박사)가 되었으나 다시 東川節度使(동천절도사)의 서기가 되는 등, 당쟁의 와중에서 복잡하고 우울한 삶을 살았다. 그의 시에는 이런 삶을 반영한 거취에 대한 煩悶(번민), 쓰디쓴 우수 등이 나타나 있기도 하지만, 작자의 최대의 특징은 수사를 최대로 동원한 화려한 연애시의 전형을 창조한 것으로 알려져 있다. 晩唐(만당)에서 宋初(송초)에 걸쳐 많은 모방자를 낳았다. '李義山詩集(이의산시집)' 3권이 남아 있으며 600여 수의 시가 전한다.

이상은(李商隱)

153
憫農詩 ● 李紳이신
민 농 시

鋤禾日當午하여 汗滴禾下土라.
서 화 일 당 오 한 적 화 하 토

誰知盤中餐이 粒粒皆辛苦라.
수 지 반 중 찬 입 립 개 신 고

| 풀이 | 농민을 불쌍히 여기며

호미 들고 김을 매니 어느덧 한낮이 되어

땀방울 떨어져서 이삭 아래 흙을 적시네.

누가 알랴? 밥상 위의 저 밥이

한 톨 한 톨 모두 농부의 피와 땀인 줄을.

| **낱말** | *형식 : 오언절구 *운자 : 午, 土, 苦.

• 憫農(민농) : 농민을 어여삐 여김. • 鋤(서) : 호미. • 禾(화) : 벼. 곡식의 총칭.
• 當午(당오) : 정오. • 餐(찬) : 밥. • 粒粒(입립) : 한 톨 한 톨.

| **감상** |

어느 나라를 막론하고 농민들의 고통은 대단하다. 시인은 농민의 고통을 알고 불쌍히 여겨 농민의 괴로움을 표현한 시다. 앞의 2구는 밭에서 김을 매는 농부의 괴로움을 표현했으며, 아래 2구절은 농민들이 만들어놓은 곡식으로 밥을 지었는데 그 밥알 한 톨 한 톨이 모두 농민의 괴로운 피땀인줄 알라는 내용이다. 이 시인도 이 시를 통하여 농민의 피땀을 생각하자는 내용으로 되어 있다.

작자 | 李紳이신(?~846) ; 中唐

강소성 潤州(윤주) 출신. 자는 公垂(공수). 진사에 급제하여 당나라 목종에서 무종에 이르는 네 임금을 섬기는 동안 '상서우복사' 에 이르렀다. 백거이와 교분이 있었다.

154
從軍北征 ● 李益이익
종 군 북 정

天山雪後海風寒한데 橫笛偏吹行路難이라.
천 산 설 후 해 풍 한 횡 적 편 취 행 로 난

磧裏征人三十萬은 一時回首月中看이라.
적 리 정 인 삼 십 만 일 시 회 수 월 중 간

| 풀이 | 종군하여 북을 정벌함

천산에 눈 온 후에 부는 바람은 차가운데

피리 소리 들려오네, '행로난' 곡조만을 불고 있다.

사막에 출정한 30만 대군들은

일시에 머리 돌려 달빛 속을 바라본다.

천산산맥(天山山脈)

| 낱말 | *형식 : 칠언절구 *운자 : 寒, 難, 看.

• 天山(천산) : 신강성을 가로지르는 산맥. • 海風(해풍) : 서쪽 호숫가에서 불어오는 바람. • 行路難(행로난) : 악곡 이름. 여정의 괴로움을 주제로 함. • 磧(적) : 사막.

| 감상 |

천산에서 불어오는 바람에 병사들은 추운 행진을 계속하고 있다. 모두가 달빛을 받으며 걸어가고 있는 군사들에게 '행로란(行路難)' 이란 곡조의 피리 소리만 계속 들려오니 그 소리에 30만 대군이 일시에 달빛 속을 바라보며 행군의 어려움과 향수에 젖고 있음을 노래한 작품이다.

155
夜上, 受降城, 聞笛 李益이익
야상 수항성 문적

回樂峰前沙似雪하고 受降城外月如霜이라.
회락봉전사사설 수항성외월여상

不知何處吹蘆管고 一夜征人盡望鄕이라.
부지하처취로관 일야정인진망향

| 풀이 | 밤에 수항성受降城에 올라 피리 소리를 듣다.

회락봉 앞에 깔린 모래 마치 눈과 같이 희고
수항성 밖의 달빛은 하얗게 서리 내린 듯하네.
어느 곳인지 잘 모르겠네, 들려오는 저 갈잎피리 소리
오늘 밤 저 군인들 다 고향 하늘 쳐다보겠네.

| **낱말** | *형식 : 칠언절구 *운자 : 霜, 管, 鄕.

• 受降城(수항성) : 한무제 때 綏遠城(수원성)에 쌓은 성. • 回樂峰(회락봉) : 수항성 근방에 있는 산봉우리. • 蘆管(노관) : 갈잎으로 만든 피리.

| **감상** |

모래, 눈, 달빛, 서리, 이런 것들의 대조가 멋있다. 여기에서 달빛과 모래가 원 관념이고, 눈과 서리는 보조 관념이다. 수항성은 적과 마주하고 있는 성으로 군인들은 고향 생각으로 가득하기 때문에 달빛과 피리 소리에 약하다. 조그만 감정에도 고향을 생각하고 고향집에 있는 처자와 부모를 생각하여 향수에 젖게 마련이다. 이 시에서는 그런 것을 멋지게 표현하고 있다.

작자 | 李益이익(748~827?) ; 中唐

이익(李益)

字는 君虞(군우). 진사급제 후 섬서성 鄭縣尉(정현위), 그리고 主簿(주부)로 임명되었으나 승진이 느린 데 불만, 사임하고 하북지방을 떠돌아다니며 朔方(삭방), 幽州(유주), 寧節度使(영절도사)의 막료생활을 했다. 그 후 소환되어 都官郎中(도관랑중), 中書舍人(중서사인)을 역임. 秘書少監(비서소감), 集賢殿學士(집현전학사)가 되었으나 오만한 태도가 반발을 불러일으켜서 잠시 降職(강직)되었다가 다시 복직되었다. 이후 太子賓客(태자빈객), 右散騎常侍(우산기상시)를 거쳐 禮部尙書(예부상서)로 있다가 그 후에 죽었다. 中唐(중당)의 귀재로 불리는 李賀(이하)와 한 집안으로 함께 이름을 날렸으며, 大曆10才子(대력십재자)의 하나로 꼽는 사람도 있다. 李君虞詩集(이군우시집) 2권이 현존하며 160여 수의 시가 남아 있다.

156
逢入京師 ● 岑參잠삼
봉 입 경 사

故園東望路漫漫하니 雙袖龍鍾淚不乾이라.
고 원 동 망 로 만 만 　　쌍 수 용 종 누 불 건

馬上上逢無紙筆하여 憑君傳語報平安이라.
마 상 상 봉 무 지 필 　　빙 군 전 어 보 평 안

| 풀이 | 서울로 가는 사람을 만나서

고향 있는 동쪽을 바라보니 길은 아득한데
두 소매는 눈물에 젖어 마를 날이 없구나.
말을 타고 가다가 만났으니 붓 종이 없어서
그대에게 전하는 말, '그저 잘 있다고만 해주게.'

| 낱말 | *형식 : 칠언절구　*운자 : 漫, 乾, 安.

• 故園(고원) : 고향. 여기서는 장안. • 漫漫(만만) : 멀고 아득한 상태. • 龍鍾(용종) : 눈물에 젖은 상태. • 憑(빙) : 부탁함. • 報(보) : 전하여 알림.

| 감상 |

서울로 들어가는 길에 아는 사람을 만나 고향에 안부를 전하는 시이다. 멀리 떠나 왔기에 고향으로 가는 길은 아득하여 고향 생각에 눈물을 흘려 두 소매를 적신다. 우리 서로 말 위에서 만났으니 지필(紙筆)이 없기에 말로만 안부나 전하니 '고향 가거든 내가 잘 있더라고만 전해주게.' 라고 하는 소박한 생각을 피력한 작품이다.

157
見, 渭水, 思, 秦川 ● 岑參잠삼
견 위수 사 진천

渭水東流去하니 何時到雍州오.
위수동류거 하시도옹주

憑添兩行淚하여 寄向故園流라.
빙첨양항루 기향고원류

| 풀이 | 위수를 보고 진천秦川을 생각함

위수 동쪽으로 흘러가니

언제 옹주에 이르려나.

부탁하나니, 두 줄기 눈물을 흘러 보태면

그 물을 따라 고향으로 흘러가리라.

위수(渭水)

| 낱말 | *형식 : 오언절구 *운자 : 州, 流.

• 渭水(위수) : 감숙성에서 발원하여 장안 북쪽을 지나 황하로 들어가는 황하 최대의 지류이다. • 秦川(진천) : 장안을 둘러 싼 평야지방을 총칭한다. 제목 위에 '西過渭州(서과위주)' 4자가 더 있는 곳도 있다. • 雍州(옹주) : 장안을 둘러싸고 있는 행정구역의 이름. 옹주는 바로 시인 岑參(잠삼)의 고향이니, 곧 장안이다. • 憑(빙) : 의지하다. • 添(첨) : 보태다. • 兩行淚(양항루) : 두 줄기 눈물. • 寄(기) : 부치다.

| 감상 |

위수(渭水)와 진천(秦川)이 다만 진령(秦嶺)이 막혀있고, 또 전쟁으로 인하여 그곳으로 왕래하지 못하는 까닭에 위수가 동으로 흐름을 보고 묻기를 '어느 때에 옹주로 이를까.' 하고 말했다. 시인 잠삼(岑參)이 군인이 되어서 군대에 있었기에 집 생각이 간절했고, 그 고향으로 통하는 것이 오직 이 강물 밖에 없었기에 두 줄기 눈물을 위수에 뿌려 고향으로 부쳐 보내고픈 심정이리라. 이것이 시인이 고향을 생각하는 심정이었다. 이런 시상은 우리나라 고려 때 시인 전지상(鄭知常)의 '대동강 물은 언제 다 마를까, 이별의 눈물 해마다 푸른 파도에 보태어지는데…[大洞江水何時盡(대동강수하시진), 別淚年年添綠波(별루년년첨록파)]라는 구절에서도 볼 수 있다.

작자 | 岑參잠삼(715~770) ; 盛唐

잠삼(岑參)

본적은 하남성 南陽君(남양군). 태어난 곳은 하남성 仙州(선주). 邊塞詩(변새시)의 제1인자이다. 증조와 조부, 백부가 차례로 재상을 지낸 명성 있는 집안 출신. 20세 무렵 상경하여 30세에 진사 급제. 右內率府(우내솔부)의 兵曹參軍(병조참군)이 되었으나 평범한 관료로서 생활에 불만, 전공을 세워 입신출세하려는 의욕을 불태우던 중, 35세에 安西鎭節度使(안서진절도사) 高仙芝(고선지)의 추천으로 그의 掌書記(장서기)가 되어 安西都護府(안서도호부)로 부임했다. 왕유, 두보 등과 교유했으며 그 후 起居舍人(기거사인), 考功員外郎(고공원외랑)에 임명되어 51세 때 사천성 嘉州刺史(가주자사)로 임명되었다. 반란군에 막혀 성도에서 체류하다가 객사했다. '岑嘉州集(잠가주집)' 7권과 4백여 수의 시가 전한다.

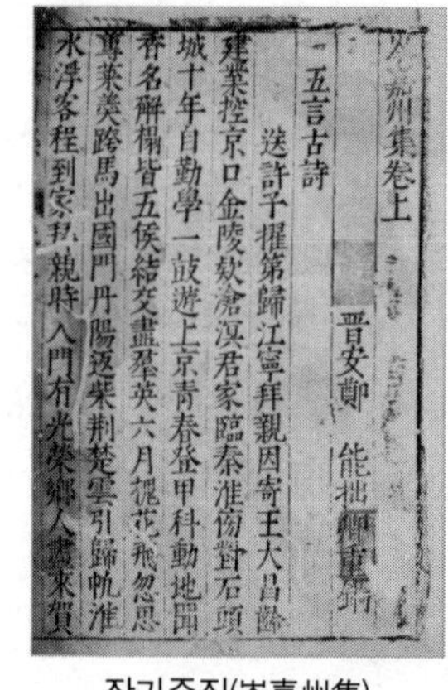
州集卷上
晉安鄭 能

五言古詩
送許子擢第歸江寧拜親因寄王大昌齡
建業控京口金陵欵滄溟君家臨秦淮傍對石頭
城十年自勤學一鼓遊上京青春登甲科動地聞
香名解褐皆五侯結交盡羣英六月槐花飛忽思
蓴菜羮跨馬出國門丹陽返柴荆楚雲引歸帆淮
水浮客程到家拜親時入門有光榮鄉人盡來賀

잠가주집(岑嘉州集)

158
邊詞 ● 張敬忠 장경충
변 사

五原春色舊來遲하니 二月垂楊未掛絲라.
오 원 춘 색 구 래 지 이 월 수 양 미 괘 사

卽今河畔氷開日에 正是長安花落時라.
즉 금 하 반 빙 개 일 정 시 장 안 화 락 시

| 풀이 | 변방의 노래

오원(五原) 땅은 본래 봄빛이 더딘 곳이니
2월에도 수양버들은 움틀 생각도 않는구나.
지금쯤 황하 가에서는 얼음이 풀릴 철인데
바로 이때면 장안에 꽃이 떨어질 때인 것을—.

| 낱말 | *형식 : 칠언절구 *운자 : 遲, 絲, 時.

• 邊詞(변사) : 변방의 노래. • 五原(오원) : 몽고의 오원현 지방. • 舊來(구래) : 원래. • 二月(이월) : 음력으로 2월. • 掛絲(괘사) : 싹이 튼 버드나무가 늘어지다. • 正是(정시) : 마침 ~이다.

| 감상 |

변방을 노래하고 있다. 중국의 북쪽 국경지대인 오원에는 봄이 늦게 온다는 것이 이 시의 주제이다. 이월이 되어도 수양버들은 움도 트지 않고 바람은 아직 차다. 이 계절이면 황하에 얼음이 풀릴 철이고 장안은 바로 이때가 꽃이 지고 있을 때인 것이라고 작자는 서술하고 있다. 그만큼 북쪽 몽고지방에는 봄이 늦게 온다.

작자 | 張敬忠장경충(719년경) ; 初唐

생몰 년대 미상. 일생의 대부분이 변경에서 군인으로 일생을 보낸 시인이라는 것만 알려져 있다. 시 2수가 전한다.

159
楓橋夜泊 ● 張繼장계
풍 교 야 박

月落烏啼霜滿天한데 江楓漁火對愁眠이라.
월 락 오 제 상 만 천 강 풍 어 화 대 수 면

姑蘇城外寒山寺에 夜半鐘聲到客船이라.
고 소 성 외 한 산 사 야 반 종 성 도 객 선

| 풀이 | **풍교의 밤, 배를 대면서**

달 지고 까마귀 울고 서리는 하늘에 가득한데

강가 단풍나무와 고기잡이 불빛이 근심 어린 잠을 대했구나.

고소성 밖에 있는 한산사(寒山寺)에서는

한밤을 알리는 종소리가 나그네 배에까지 이르네.

| **낱말** | *형식 : 칠언절구 *운자 : 天, 眠, 船.

• 楓橋(풍교) : 강소성 소주에 있는 다리. • 夜泊(야박) : 밤에 배를 대는 것. • 月落(월락) : 달이 지는 것. • 霜滿天(상만천) : 서리가 땅에 가득 차서 하늘까지 이른 듯이 보인다. • 江楓(강풍) : 강가의 단풍나무. • 漁火(어화) : 고기잡이 불. • 愁眠(수면) : 근심으로 깊은 잠을 이루지 못하고 자는 둥 마는 둥 하는 것. • 姑蘇城(고소성) : 소주를 가리키는 말. • 寒山寺(한산사) : 풍교 근처에 있는 절. 당나라 초기에 詩僧(시승)인 寒山子(한산자)가 이 절에 있었다 하여 한산사라 하였다. • 夜半(야반) : 한밤중.

풍교(楓橋)

| 감상 |

한산사는 소주성 밖에 있는 조그만 절이다. 풍경이나 건물 자체도 그렇게 뛰어난 절이 아닌데 장계의 이 '풍교야박' 시 때문에 시와 함께 유명한 절이 되었다. 지금은 보수, 증축하여 볼만한 절이 되었다. 그 옛날 조그만 한산사(寒山寺)가 지금은 대찰이 되어 관광객들이 하루에 수십만 명을 헤아린다. 이 시의 시제나 구성상 통일성에 대하여 지적하는 사람들도 있고, 다르게 해석하는 경우도 있으나 여기서는 생략한다. (烏啼山이 있고, 愁眠山이 있다고 풀이하는 사람도 있다는 뜻.)

작자 | 張繼장계(?) ; 中唐

호북성 襄陽人(양양인). 字는 懿孫(의손). 유명한 이 '풍교야박' 시에 비하여 기록은 상세하지 않다. 관직은 진사 급제 후 감숙성에 있는 鎮戎軍(진융군) 막료, 鹽鐵判官(염철판관) 등을 지내다가 중앙에 소환되어 校檢祠部郎中(교검사부랑중)에 이르다. 張祠部詩集(장사부시집) 1권과 40여 수의 시가 전한다.

160
照鏡見, 白髮 ● 張九齡장구령
조 경 견 백 발

宿昔青雲志터니 蹉跎白髮年이라.
숙 석 청 운 지 차 타 백 발 년

誰知明鏡裏에 形影自相憐을—.
수 지 명 경 리 형 영 자 상 련

| 풀이 | 거울에 비친 백발을 보며

지난날은 청운의 뜻을 품었지만

어쩌다 보니 백발의 나이만 먹었구나.

누가 알리요, 저 거울 속에 비친

그림자 모양 보고 내가 나를 불쌍히 여기게 됨을.

| **낱말** | *형식 : 오언절구 *운자 : 年, 憐.

• 宿昔(숙석) : 지난날. • 靑雲志(청운지) : 청운의 뜻. • 蹉跎(차타) : 어쩌다 보니 시기를 놓치다. • 明鏡(명경) : 거울. • 形影(형영) : 거울 앞에서 실제 자기의 모양이 비친 영상.

| **감상** |

지난날에는 청운의 높은 뜻을 품고 열심히 살았으나 어느덧 세월이 흘러 머리가 허옇게 되고 거울에 비치는 자신의 모습이 가엾게 여겨지기도 했다. 그래서 '형영자상련(形影自相憐)'이란 끝 구절에서 자신이 한없이 불쌍히 여겨질 때는 세상의 지위에서 벗어날 때쯤일 것이다. 장구령이 현종 밑에서 높은 재상 자리에 있었으나 물러나고 보니 허무한 자신과 고독함을 느끼고 이 시를 썼던 것이다. 청운의 뜻을 품었던 젊은 시절과 거울 속에 비친 지금의 자신의 백발을 보고 한없는 슬픔과 연민을 느꼈을 것이다.

장구령(張九齡)

작자 | 張九齡장구령(673~740) ; 盛唐

광동성 韶州(소주) 曲江縣人(곡강현인). 字는 子壽(자수). 진사에 급제 후 校書郞(교서랑), 左拾遺(좌습유), 中書舍人(중서사인) 등을 역임. 재상 張說(장열)의 심복으로 활약, 장열 사후에는 현종을 보좌했다. 그 자리를 시샘하던 李林甫(이임보)가 참언 하여 현종의 신임을 잃고 江陵荊州長史(강릉형주장사)로 좌천, 그곳에서 병사했다. 曲江張先生集(곡강장선생집) 20권과 210수의 시가 전한다.

161
蜀道後期 張說장열
촉 도 후 기

客心爭日月하여 來往預期程이라.
객 심 쟁 일 월 내 왕 예 기 정

秋風不相待하여 先至洛陽城이라.
추 풍 불 상 대 선 지 낙 양 성

| 풀이 | 촉도蜀道에서 예정이 늦어지다

나그네 마음은 늘 시간에 쫓기어
왔다 가는 일정을 미리 정했네.
가을바람이 기다려주지 않았기에
먼저 낙양성(洛陽城)에 이르렀도다.

| 낱말 | *형식 : 오언절구 *운자 : 程, 城.

• 蜀道(촉도) : 지금의 사천성인 蜀지방으로 가는 험준한 길. • 後期(후기) : 예정보다 늦다. • 爭日月(쟁일월) : 해와 달의 운행과 경쟁함. • 來往(내왕) : 왕복. • 豫(예) : 미리. • 期程(기정) : 일정을 정하다. • 洛陽城(낙양성) : 낙성에 있는 낙양(곧 작자의 집이 있는 곳).

| **감상** |

시인은 가을이 되기 전에 낙양에 돌아오려고 했다. 그러나 예정보다 늦게 도착한 것이다. 이것은 자기가 늦어서가 아니고 가을바람이 자기를 기다려주지 않고 먼저 와버렸기 때문이라고 원망한 것에서 작자의 시적 표현의 재치가 잘 나타나 있다. 그래서 제목을 '촉도후기(蜀道後期)' 라 했다. 여기서의 '후기' 는 자기가 예정보다 늦었다는 말이다. 이러한 함축적 뜻이 내포되어 있다. 곧 '세월이 빠르다' 는 것이다. '쟁일월(爭日月)' 이니, '불상대(不相待)' 등의 낱말로 보아 알 수 있다. 장열이 벗에게 蜀나라에서 돌아와 그간에 서로 약속을 하고 동도(東都)로 돌아올 때, 갈 때의 여행 계획보다 먼저 돌아온 까닭으로 그 이유를 이 시에 잘 표현하고 있다. 말하되, 객이 일찍 돌아와서 비록 하루를 먼저 왔으나 이는 더불어 기약을 고쳐서 낙양에 들어 왔으니 뜻하지 않는 가을바람이 먼저 온 것이지, 내가 늦게 낙양에 들어온 것이 아님을 넌지시 말하고 있음을 알겠다.

촉도(蜀道)

162
守歲 수세 ● 張說 장열

故歲今宵盡하고 新年明旦來라.
고세금소진 신년명단래

愁心隨斗柄하니 東北望春回라.
수심수두병 동북망춘회

| 풀이 | **섣달 그믐날, 밤을 지새우며**

묵은 해도 오늘 하룻밤으로 끝나고

새해는 내일 아침에 오는구나!

근심스런 마음으로 북두를 따라가니

동북 하늘에 봄 돌아옴을 바라보네.

| **낱말** | *형식 : 오언절구 *운자 : 來, 回.

• 守歲(수세) : 섣달그믐. 밤을 새우는 일. • 故歲(고세) : 묵은 해. • 明旦(명단) : 내일 아침. 旦은 朝와 같음. • 斗柄(두병) : 북두칠성.

| **감상** |

이는 제석(除夕)의 시이다. 섣달 그믐날 밤을 지키는 것이 '수세(守歲)' 이다. 그러므로 삼백육십 일이 오늘 하룻밤으로 다하고 새로운 삼백육십 일이 내일 아침 일찍 오게 되니, 이는 신구 교환의 밤이다. 추위는 하룻밤을 따라 가버리고, 봄은 오경을 좇아오니 북두칠성이 점점 동쪽을 가리키는 까닭에 사람의 배와 수심을 채워준다는 말이니 역시 이것을 따를 뿐이다. 끝 구절이 새해에 대한 희망찬 이미지가 나타나있다.

작자 | 張說장열(667~730) ; 初唐

字는 道濟(도제), 또는 說之(열지). 초당에서 성당에 걸쳐 재상으로 활약. 洛陽人(낙양인)이다. 蘇頲(소정)으로 더불어 문명을 날렸으니 사람들이 그를 '燕許大手筆(연허대수필)'이라 했다. '張說之文集(장열지문집)' 25권과 350여 수의 시가 전한다.

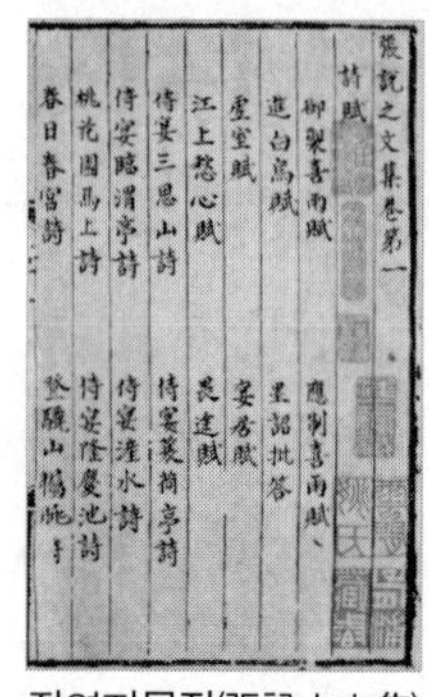
張說之文集卷第一
詩賦
御製喜雨賦 應制喜雨賦、
進白鳥賦 奉詔批答
虛室賦
江上愁心賦
侍宴三思山詩
侍宴臨渭亭詩 侍宴滻水詩
桃花園馬上詩 侍宴隆慶池詩
春日春宮詩

장열지문집(張說之文集)

163
題, 長安主人壁 ● 張渭장위
제 장안주인벽

世人結交須黃金하니 黃金不多交不深이라.
세인결교수황금 황금부다교불심

縱令然諾暫相許하나 終是悠悠行路心이라.
종령연락잠상허 종시유유행로심

| 풀이 | 장안 주인의 벽에 시를 쓰다

세상 사람들은 꼭 돈을 가지고 사람을 사귀니
돈이 많지 않으면 사귐도 깊지 못하네.
설사 친구로 허락하여 잠시 서로 사귄다 하더라도
끝내는 무심한 길손처럼 멀어지고 마느니.

| 낱말 | *형식 : 칠언절구 *운자 : 金, 深, 心.

• 須(수) : 꼭. • 縱令(종령) : ~라 하더라도. • 然諾(연락) : 승낙함. 그렇게 하마 허락함. • 相許(상허) : 친하게 교제함. • 悠悠(유유) : 무심한 태도. • 行路心(행로

심) : 길 가는 사람의 마음. 무심히 지나쳐버림.

| 감상 |

친구를 사귀는데도 돈이 있어야 한다는 현실을 잘 말해주고 있다. 그냥 잠시 친구로 사귄다고 허락을 하여도 돈이 없으면 끝내 무심하게 지나치게 된다는 세태를 표현하고 있다. 제목을 왜 '장안 주인의 벽에다 쓴다.' 고 했을까? 아마 장안에 살고 있는 어느 누구와의 관계로 인한 내용인 것 같은 느낌이 든다. 아마도 부잣집 주인 것은 아닐까?

작자 | 張渭장위(711~?) ; 盛唐

하남성 河內縣人(하내현인). 字는 正言(정언). 유주절도사의 막하에 있다가 30세 무렵 진사 급제함. 벼슬은 禮部侍郞(예부시랑)까지 이르렀으나 좌천되어 潭州刺史(담주자사)를 지냈다.

164
秋思 ● 張籍장적
추 사

洛陽城裏見秋風하니 欲作家書意萬重이라.
낙 양 성 리 견 추 풍 욕 작 가 서 의 만 중

復恐悤悤說不盡하니 行人臨發又開封이라.
부 공 총 총 설 부 진 행 인 임 발 우 개 봉

| 풀이 | 가을날의 생각

낙양성 거리에 가을바람 불어옴이여!

집집에 편지를 쓰려니 사연이 너무 많구나.

급하게 쓰느라 할 말을 다하지 못했을까봐

행인 출발에 앞서 봉투를 열어 다시 한 번 읽어본다.

| **낱말** | *형식 : 칠언절구   *운자 : 風, 重, 封.

• 秋思(추사) : 가을날의 생각. • 洛陽(낙양) : 당나라 때 도시 이름. 장안 다음으로 큰 도시. • 城裏(성리) : 장안 거리의 안에. • 家書(가서) : 집에 보낼 편지. • 萬重(만중) : 겹겹이. • 恐(공) : 두렵다. 마음이 불안하다. • 悤悤(총총) : 매우 바쁘게. • 說不盡(설부진) : 할 말을 다하지 못함. • 行人(행인) : 편지를 전하는 사람. 길 가는 사람. • 臨發(임발) : 출발할 즈음에.

| **감상** |

작자 장적이 고향을 떠나 낙양에서 살고 있을 때 지은 작품이다. 가을바람이 우수수 불어오니 향수에 젖어 고향집에 보낼 편지를 쓰려고 하니 온갖 사연이 너무도 많구나. 하나하나 급하게 쓰느라고 혹시 빠트린 것이 있을까 보아 편지를 가져갈 사람을 앞에 놓고 다시 한 번 편지를 열어본다는 인간 심리상태를 잘 표현한 작품이다. 우리 고전 문학작품에도 이 시가 많이 인용된 바 있다.

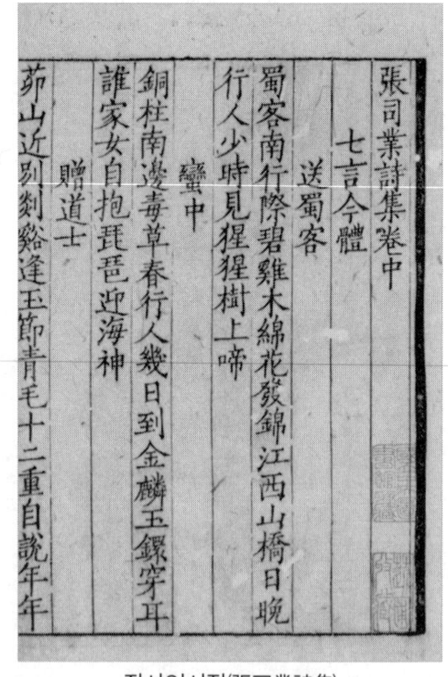
張司業詩集卷中
七言今體
送蜀客
蜀客南行祭碧雞木綿花發錦江西山橋日晚
行人少時見猩猩樹上啼
蠻中
銅柱南邊毒草春行人幾日到金麟玉鐶穿耳
誰家女自抱琵琶迎海神
贈道士
茆山近別剡谿逢玉節青毛十二重自說年年

장사업시집(張司業詩集)

작자 | 張籍장적(768?~830?) ; 中唐

안휘성 和州人(화주인). 字는 文昌(문창). 韓愈(한유)의 추천으로 國子監博士(국자감박사)가 되었다. 樂府體(악부체)에 능하였고 王建(왕건)과 함께 '張王樂府(장왕악부)' 로 竝稱(병칭)됨. '張司業集(장사업집)' 8권과 450수의 시가 남아 있다.

165
歸雁 귀안 ● 錢起전기

瀟湘何事等閒回요 水碧沙明兩岸苔라.
소상하사등간회 수벽사명양안태

二十五絃彈夜月에 不勝淸怨却飛來라.
이십오현탄야월 불승청원각비래

| 풀이 | 돌아가는 기러기

무슨 일로 소상(瀟湘)의 아름다움을 버리고 돌아가는 걸까?
물 푸르고 모래 희며 양 기슭 이끼 돋아 절경인데.
달 밝은 밤에 타는 이십오 현 비파소리에
맑고 한스러움을 이기지 못해 그래서 날아가는 것일까?

| 낱말 | *형식 : 칠언절구 *운자 : 回, 苔, 來.

• 歸雁(귀안) : 기러기가 왔다가 돌아감. • 瀟湘(소상) : 두 강의 이름. 동정호의 남쪽에 있어 그 물줄기는 동정호로 흐른다. 순임금의 왕비인 女英(여영)과 娥皇(아황)이 여기에 빠져 죽었다는 전설이 있음. 瀟江(소강)과 湘江(상강) 사이에 回雁峰(회안봉)이 있다. • 等閒(등간) : 일이 되가는 대로 맡기다. • 二十五絃(이십오

현) : 비파의 한 종류. 歸雁調(귀안조)라는 곡조가 있음. • 淸怨(청원) : 비파의 맑은 소리에 섞인 한탄조의 가락. • 却飛來(각비래) : 날아가다. '래'는 조사.

| 감상 |

기러기는 철새다. 봄이 되어 날아가는 기러기를 노래하고 있다. 소상강의 좋은 경치를 내버리고 왜 날아가는 걸까? 푸른 풀과 하얀 모래가 아름다운 소상강의 봄을 두고 왜 기러기는 날아가느냐? 달 밝은 밤 25현의 비파 소리를 듣고 청원(淸怨)을 못 이겨 날아가는 것일까? 하는 환상을 노래하고 있다.

작자 | 錢起 전기(710~780) ; 中唐

절강성 吳興人(오흥인). 字는 仲文(중문). 진사급제 후 校書郎(교서랑), 섬서성 藍田尉(남전위)를 거쳐 考功郎中(고공랑중), 太淸宮使(태청궁사), 翰林學士(한림학사)에 이르다. 장안 동남쪽에 초당을 짓고 王維(왕유), 裴迪(배적) 등과 교제, 시를 화답했으며 大曆十才子(대력10재자)의 하나. '錢考功集(전고공집)' 10권과 530여 수의 시가 전한다.

166
淮上與, 友人別 ● 鄭谷 정곡
회상여 우인별

揚子江頭楊柳春에 楊花愁殺渡江人이라.
양자강두양류춘 양화수쇄도강인

數聲風笛離亭晩하고 君向瀟湘我向秦이라.
수성풍적이정만 군향소상아향진

| 풀이 | 회수淮水에서 친구와 이별하다

양자강 기슭으로 수양버들 드리운 봄에

버들 꽃 날리니 강 건너는 사람 시름겹다.

몇 마디 피리 소리 날려 이별의 정자까지 들려오고

그대는 소상(瀟湘)으로 가고 나는 장안으로 가야 하네.

| 낱말 | *형식 : 칠언절구 *운자 : 春, 人, 秦.

• 淮上(회상) : 회수 근방의 지명. • 愁殺(수쇄) : 시름겹다. '殺' 은 강세조사. • 離亭(이정) : 송별의 자리. • 晩(만) : 시간상, 거리상 끝을 나타냄. 늦다. • 瀟湘(소상) : 소수와 상수의 두 강이 합류하여 동정호로 들어감. • 秦(진) : 장안. 옛날 진나라의 서울이 여기였기에 이렇게 부름.

| 감상 |

회수가 양자강으로 흐르는 어느 지점에서 친구와 이별을 하고 있다. 시적 주인공과 친구와의 이별의 자리, 한 사람은 남으로 소상강으로 가고, 또 한 사람은 북쪽 장안으로 돌아가는 이별을 앞에 놓고 아름다운 양자강 강 머리의 풍경을 그려내고 있다. 이 시의 시어를 열거해보면 양자강, 양류춘(楊柳春), 양화(楊花), 그리고 버들 꽃과 바람소리에 들려오는 풍적(風笛) 등 이별의 장을 그려나가고 있다. 버드나무는 이별을, 양화는 계절을, 피리 소리는 이별의 장소에서 들리는 이별을 예고하고 있다.

작자 | 鄭谷 정곡(?) ; 晩唐

자는 守愚(수우). 890년대에 활약했던 시인. 출생, 사망 연대는 미상.

167
江樓書感 ● 趙嘏조하
강 루 서 감

獨上江樓思渺然하고 月光如水水連天이라.
독 상 강 루 사 묘 연 월 광 여 수 수 연 천

同來翫月人何處요? 風景依稀似去年이라.
동 래 완 월 인 하 처 풍 경 의 희 사 거 년

| 풀이 | 강루江樓에서 느낌을 적다

홀로 강루(江樓)에 오르니 생각이 아득하구나

달빛이 물 위에 비치고 물은 하늘에 맞닿았네.

그때 함께 달을 보고 즐기던 사람은 어디에 있나?

저 풍경은 아주 비슷하여 지난해와 같구나.

| 낱말 | *형식 : 칠언절구 *운자 : 然, 天, 年.

• 江樓(강루) : 강가 누각. • 書感(서감) : 느낌을 술회함. • 渺然(묘연) : 아득한 모양. • 依稀(의희) : 아주 비슷한 모양.

| 감상 |

옛날 여기에 올라서 함께 저 달을 보던 사람은 어디에 가고 지금은 나 혼자 이 누각에 올라왔구나. 지난해에 달을 보고 즐기던 사람은 지금 어디에 있나? 풍경은 예대로 작년과 비슷하게 변함이 없구나. 위의 글 '독상(獨上)'과 '동래(同來)'가 대조를 이루어 고독감을 더욱 잘 나타내고 있다. 끝 구절에서 애틋한 추억의 그리움을 자아내게 한다.

작자 | 趙嘏조하(815?~856?) ; 晩唐

강소성 산양인. 字는 承祐(승우). 진사 급제 후 섬서성 渭南(위남)의 尉(위)가 되었으나 전혀 승진이 안 되어 장안으로 올라가 '長安秋望(장안추망)' 의 시를 지었다. 이 시는 두목이 격찬을 했다고 한다. 渭南集(위남집) 3권과 260여 수의 시가 전한다.

168
薊口覽古, 贈, 盧居士, 藏用 ● 陳子昻진자앙
계구람고 증 노거사 장용

南登碣石坂하여 遙望黃金臺라.
남등갈석판 요망황금대

丘陵盡喬木하니 昭王安在哉아?
구릉진교목 소왕안재재

霸圖悵已矣하여 驅馬復歸來라.
패도창이의 구마부귀래

| 풀이 | **계구薊口에서 회고에 잠겨 노거사盧居士 장용藏用에게 주다**

계구의 남쪽 갈석(碣石) 언덕에 올라

멀리 황금대(黃金臺)를 바라보노라.

구릉은 교목으로 덮였으니

소왕은 지금 어디에 있는가?

패권을 도모하려던 그의 뜻도 헛되어

나는 말을 몰아 왔던 길 되돌아오네.

| 낱말 | *형식 : 오언고시 *운자 : 臺, 哉, 來.

• 薊丘(계구) : 북경 근처에 있는 토성 관문. • 覽古(남고) : 고적을 찾아가서 회고하는 마음. • 盧居士藏用(노거사장용) : 성은 노씨, 이름은 장용, 거사는 벼슬하지 않고 숨어사는 사람. 노장용은 나중에 진자앙의 문집을 간행했다. • 碣石坂(갈석판) : 계구 동남쪽에 있는 언덕. • 黃金臺(황금대) : 갈석판 부근에 있는 臺(대). 연나라 昭王(소왕)이 이 臺(대)에서 천금을 놓고 어진 사람을 불러 모았다고 한다. • 喬木(교목) : 우뚝 솟은 큰 나무. • 昭王(소왕) : 연나라의 임금. • 覇圖(패도) : 패권을 잡으려는 야망. • 悵(창) : 슬퍼하는 모양.

| 감상 |

계구에서 회고에 잠겨 시를 지어 거사 장용에게 준다는 내용의 시다. 언덕에 올라 멀리 황금대를 바라보니 교목은 무성하게 구릉을 덮고 있음을 본다. 구름은 높이 솟아 나무 위로 흘러가는데 그때의 소왕은 어디로 갔느냐. 소왕이 이 황금대에서 어진 사람을 불러 모으던 그는 지금 어디로 갔느냐? 이런 시대에 소왕과 같은 임금이 그리워지는 시대이다. 일종의 회고시라 할 수 있다.

169
登, 幽州臺歌 ● 陳子昂진자앙
등 유 주 대 가

前不見古人하고 後不見來者라.
전 불 견 고 인 후 불 견 래 자

念天地之悠悠하고 獨愴然而涕下로다.
념 천 지 지 유 유 독 창 연 이 체 하

| 풀이 | 유주대에 올라 노래를

앞 사람은 고인을 보지 못하고

뒷사람은 오는 자를 보지 못한다.

천지의 유유함을 생각하니

혼자 서글퍼서 눈물 흘리노라.

| 낱말 | *형식 : 잡시 *운자 : 者, 下.

• 幽州臺(유주대) : 현재 북경 근처에 있던 대. • 悠悠(유유) : 매우 오래되어 아득한 모습. • 愴然(창연) : 슬퍼하는 모양.

| 감상 |

앞의 2구는 5언이오, 뒤의 2구는 6언이다. 그래서 잡시라고 했다. 인생의 슬픔과 감격을 노래한 시로서 글자도 들쭉날쭉하게 쓰인 잡시에 해당한다. 그러나 시에 운자를 꼭 붙여 쓰고 있다. 천지의 유유함을 생각하니 저절로 눈물이 흘러내린다는 그의 감격을 나타내고 있다. 우리 고시조에도 〈고인은 날 못보고 나도 고인 못뵈…〉 이런 시조가 있다. 유주대에 올라 천지의 유유함을 생각하고 눈물을 흘린다는 진자앙 시인의 시적 감상이 돋보인다.

170

晩次, 樂鄕縣 ● 陳子昂진자앙

만차 낙향현

故鄕杳無際하고 日暮且孤征이라.

고향묘무제 일모차고정

川原迷舊國이요 道路入邊城이라.
천 원 미 구 국　　도 로 입 변 성

野戍荒煙斷하고 深山古木平이라.
야 수 황 연 단　　심 산 고 목 평

如何此時恨하리요 噭噭夜猿鳴이라.
여 하 차 시 한　　교 교 야 원 명

| 풀이 | 낙향현에서 밤을 보내며

고향은 멀고멀어 아득하기 한이 없고
해가 질 무렵에 외롭게 길을 간다.
내와 언덕은 아득한 옛길처럼 놓여있고
도로는 성터 언저리로 이어져 들어가네.
들판의 군 주둔지에서는 연기마저 끊어지고
깊은 산에는 고목들이 평평하게 서 있네.
이와 같은 때에 깊은 한탄 어찌 하리오
교교한 원숭이 울음소리 한밤에 울리는구나.

| 낱말 | *형식 : 오언율시　*운자 : 征, 城, 平, 鳴.

• 次(차) : 여행 도중에 숙박. • 晩次(만차) : 늦은 행차. • 樂鄕縣(낙향현) : 지금의 호북성 형문현. • 孤征(고정) : 홀로 여행하다. • 舊國(구국) : 여기서는 전국시대 초나라 근방. • 邊城(변성) : 국경지대 마을과 성. • 野戍(야수) : 들판에 있는 군 초소. • 荒煙(황연) : 거친 연기. • 噭噭(교교) : 원숭이 울음소리의 의성어.

| 감상 |

고향을 떠나 먼 곳으로 여행하는 도중 낙향현에서 하룻밤을 지낸다. 1, 2구

에서는 시의 제목처럼 고향 떠나 멀리 여행하는 작자의 처지를 말하고 있다. 3, 4구와 5, 6구에서는 대구를 구성하면서 작가의 주변의 경치를 말하고 있다. 시적 분위기는 밤이기 때문에 음산한 분위기도 들며, 원숭이 울음소리가 특유의 이국정서를 안겨다 준다. 낯선 곳에서 하룻밤을 지내는 특색이 시로 잘 표현되어 있다.

작자 | 陳子昂 진자앙(661~702) ; 初唐

진자앙(陳子昂)

字는 伯玉(백옥). 대대로 호족이던 집안에서 출생, 24세에 진사 급제해서 측천무후에게 인정받아 左拾遺(좌습유)에 임명되었다. 거란 토벌에 참모로 종군했던 일이 있었으나 그의 뜻이 받아들여지지 않아 오히려 강등하자 사직하고 귀향했으나 나중에는 억울한 감옥살이를 하다가 옥사하게 된다. '陳伯玉集(진백옥집) 10권, 120여 수의 시가 전한다.

171
黃鶴樓 ● 崔顥최호
황 학 루

昔人已乘黃鶴去하고 此地空餘黃鶴樓라.
석 인 이 승 황 학 거　　차 지 공 여 황 학 루

黃鶴一去不復返하고 白雲千載空悠悠라.
황 학 일 거 불 부 반　　백 운 천 재 공 유 유

晴川歷歷漢陽樹요 芳草萋萋鸚鵡洲라.
청 천 역 력 한 양 수　　방 초 처 처 앵 무 주

日暮鄕關何處是요 煙波江上使人愁라.
일 모 향 관 하 처 시　　연 파 강 상 사 인 수

| 풀이 | 황학루

그 옛날 어느 사람 있어 황학 타고 가버리고

지금은 이 땅에 헛되이 황학루만 남아있네.

황학은 한 번 날아가고 다시 돌아올 줄 모르는데

흰 구름만 유유하게 천 년 동안 헛되이 떠있네.

맑은 강 건너엔 한양의 나무들 역력하고

강 가운데 앵무주(鸚鵡洲)에는 방초(芳草)만 무성하구나!

날 저무는 날 내 고향은 이 어느 곳에 있는가?

강가 가득 저녁 안개 사람에게 시름만 짙게 하네.

| 낱말 | *형식 : 칠언율시 *운자 : 樓, 悠, 洲, 愁.

• 黃鶴樓(황학루) : 호북성 무창 서남쪽 언덕에 있는 누각. • 千載(천재) : 천년. • 晴川(청천) : 강물이 맑아서 멀리까지 볼 수 있는 강. 강은 여기서는 양자강임. • 歷歷(역력) : 뚜렷이 보이다. • 漢陽(한양) : 양자강 가에 있던 도시 이름. • 芳草(방초) : 부드럽고 향기로운 풀. • 萋萋(처처) : 풀이 무성한 모양. • 鸚鵡洲(앵무주) : 무창 서남쪽 양자강 한가운데 있는 섬. • 鄕關(향관) : 고향. • 煙波(연파) : 안개가 어려 있는 물결.

| 註 | 黃鶴樓(황학루)의 전설 : 여러 가지 전설이 있다. 그 하나의 전설을 보면, 이곳에 주막집 하나 있었는데, 주인이 신씨라고 하는 마음 좋은 주모가 있었다. 하루는 이상한 노인이 거기에 와서 술을 마시고 술값 대신 벽에다 황학 한 마리를 그려주고 갔었다. 그 황학은 주인이 술을 팔다가 흥이 나서 손바닥을 두드리면 내려와서 춤을 추어 손님을 즐겁게 했다. 이 소문을 듣고 찾아

온 많은 술손님이 날로 붐벼서 신씨는 술장사에 성공하여 많은 돈을 벌게 되었다. 10년이 지난 어느 날 학을 그려준 노인이 찾아와서 그 황학을 타고 날아 가버렸다. 신씨는 거기에 누각을 세워 '황학루'라고 했다는 전설이다.

| 감상 |

황학루에 얽힌 전설을 들어 이 시를 시작하여 현재는 쓸쓸하게 이 누각만 남아 있다는 사실을 피력하여 세월의 덧없음을 말하고 있다. 한 번 날아간 학은 다시 돌아오지 않고 흰 구름만 천년 세월로 흘러간다는 대자연의 공허한 철리를 말하고 있다. 이 시가 명시인 만큼 널리 알려진 작품이다. 지금 이 자리에는 큰 누각을 다시 지어 관광객이 수십 만을 헤아린다. 누각이 얼마나 높고 큰지 누각에 오를 때는 엘리베이트를 타고 오르내린다. 내부는 물론 외부에서만 보아도 크고 화려함이 이루 말할 수 없고 특히 한국의 관광객이 많다는 것이다.

작자 | 崔顥최호(?~754) ; 盛唐

최호(崔顥)

하남성 변주인. 진사 급제 후 監察御使(감찰어사)가 되어 河東節度使(하동절도사) 막하로 들어가서 산서성 등지에 부임. 비상한 준재였으나 젊을 때는 술과 도박과 여자를 좋아해 사람은 경박하나 시는 빼어났다는 평을 받음. 만년에는 시풍이 일변하여 품격을 갖춘 시를 썼다고 한다. 시집 1권과 42수의 시가 전한다.

172
回鄕偶書 ● 賀知章하지장
회 향 우 서

少小離鄕老大回하니 鄕音無改鬢毛衰라.
소 소 이 향 노 대 회 향 음 무 개 빈 모 쇠

兒童相見不相識하여 笑問客從何處來오?
아 동 상 견 불 상 식 소 문 객 종 하 처 래

| 풀이 | 고향 와서 쓴 시

어리고 젊어서 고향 떠나 늙어서 돌아오니
고향 사투리는 그냥인데 귀밑머리만 늙었네.
아이들이 나를 알아보지 못해서
웃으면서 묻는 말 '손님 어디에서 오셨어요.' 한다.

| 낱말 | *형식 : 칠언절구 *운자 : 回, 衰, 來.

• 回鄕(회향) : 고향에 돌아오다. • 偶書(우서) : 우연히 쓰게 되다. • 少小(소소) : 나이가 어리다. • 老大(노대) : 늙어서. • 鄕音(향음) : 고향 사투리. • 鬢毛(빈모) : 구레나룻.

| 감상 |

이 시는 나그네가 되어 오랫동안 타향에 있다가 노경에 처음으로 고향을 찾아 돌아온 데에 대한 느낌과 상황을 노래한 작품이다. 고향 말소리는 변함이 없고 머리털만 노쇠했다는 것은 말소리는 비록 옛날의 고향 말이지만 나그네의 얼굴 모양은 이미 옛날의 얼굴이 아니었다. 아이들이 이 사람을 보고 알지를 못하니 그것은 다만 귀밑머리가 늙어 낯선 사람으로 변했고 그 옛날 사람이 아니었기 때문이었다. 시인 하지장(賀知章)이 오랜 관료생활에서 벼슬을 그만두고 고향인 월주(越州) 영흥현(永興縣)으로 돌아와 그때의 감회를 읊은 시이다. 그 마을의 아이들이 고향으로 돌아오는 그 사람이 누구인지 몰라 '객종하처래(客從何處來)'라 물었다는 대목은 착잡하기까지 하다. 작자는 감개무량한 그의 심정을 아이들의 묻는 말로 끝을 맺는다. 거기에 깊은 여운이 감돈다.

작자 | 賀知章하지장(659~744) ; 初唐

하지장(賀知章)

절강성 會稽郡(회계군) 永興縣人(영흥현인). 字는 季眞(계진), 스스로 四明狂客(사명광객)이라 했음. 飮中八仙(음중팔선)의 한 사람으로, 詩酒(시주)에 묻혀 풍류를 즐겼음. 李白(이백)을 처음 보자 謫仙(적선)이라 부르고 玄宗(현종)에게 천거한 것은 유명한 이야기이다. 만년에는 도사가 되었다. 禮部侍郎(예부시랑), 秘書監(비서감)에 이르렀다. '賀秘書集(하비서집)' 1권과 19수의 시가 전한다.

173
人問, 寒山道
인문 한산도

寒山한산

人問寒山道하나 寒山路不通이라.
인문한산도 한산로불통

夏天氷未釋하고 日出霧朦朦이라.
하천빙미석 일출무몽몽

似我何由屆요 與君心不同을—.
사 아 하 유 계　　여 군 심 부 동

君心若似我면 還得到其中이라.
군 심 약 사 아　　환 득 도 기 중

| 풀이 | 사람들이 한산의 길을 묻다

사람들이 한산으로 가는 길을 묻지만
한산으로 가는 길은 처음부터 있지 않았네.
여름철에도 얼음이 녹지 않고
해가 나와도 안개가 자욱이 피어나네.
나와 같다고 해서 어떻게 거기 이르리오.
그대와 나는 마음부터 같지 않는 것을—.
만약 그대 마음이 내 마음 같다면
그곳에 이를 수 있기는 할 것이로세.

| 낱말 | *형식 : 오언율시　*운자 : 通, 朦, 同, 中.

• 人問寒山道(인문한산도) : 본래의 제목은 '무제' • 寒山(한산) : 절강성 천태산 근방에 있는 산 이름. • 夏天(하천) : 여름 하늘. • 朦朦(몽몽) : 안개가 자욱한 모양. • 屆(계) : '至' 와 같음. • 其中(기중) : 그곳.

| 감상 |

한산이란 시인이 한산으로 가는 길을 묻는 것으로 이 시가 시작된다. '낙도' 란 도를 즐기는 것으로, 사이비 은자(隱者)를 배척하는 노래로서 이 시는 자신의 도를 통한 경지를 은근히 자랑하고 있다. 자신이야말로 자연 속에 묻혀

사는 은자라는 것을 은근히 말하고 있다.

작자 | 寒山한산(연대 미상) ; 中唐

자연 속에 묻혀 사는 은자로서 자연과 일치가 되어 산다는 전설과 같은 인물이다. 300여 편의 시를 남겼다.

174
柳巷 ◉ 韓愈한유
유 항

柳巷還飛絮하니 春餘幾許時요?
유 항 환 비 서 춘 여 기 허 시

吏人休報事하라 公作送春詩리라.
이 인 휴 보 사 공 작 송 춘 시

| 풀이 | 버드나무 거리

버드나무 길거리에 버들 꽃이 바람에 날리니

이제 봄날 남은 시간은 얼마쯤이랴?

관리들이여, 보고할 일들은 그만 멈추어두시라

그대들이여, 나는 지금 송춘시(送春詩)나 지어보려네.

| **낱말** | *형식 : 오언절구 *운자 : 時, 詩.

• 絮(서) : 버드나무의 솜털. 바람 불면 날리는 버들 꽃. • 吏人(이인) : 아전. 하급관리. • 公(공) : 지은이가 관리들에게 자기를 가리키는 말. 1인칭 대명사.

| 감상 |

지나가는 봄을 아쉬워하며 지은 시이다. 버들가지가 잎이 피면서 버들 꽃이 날리니 봄도 이제 거의 지나가나 보다. 이런 때를 맞아 바쁜 일을 멈추고 송춘시(送春詩)를 지으려 하니 그대들도 잠시 일손을 멈추고 지나가는 봄을 아쉬워하라는 유유자적(悠悠自適)하고 너그러운 태도로 자연을 바라보고 있다. 계절적 감각을 잘 나타낸 시 작품이다.

175
左遷, 至藍關, 示, 姪孫, 湘 ● 韓愈한유
좌천 지남관 시 질손 상

一封朝奏九重天하여 夕貶潮州路八千이라.
일봉조주구중천 석폄조주로팔천

欲爲聖明除弊事이니 肯將衰朽惜殘年이리요.
욕위성명제폐사 긍장쇠후석잔연

雲橫秦嶺家何在하니 雲擁藍關馬不前이라.
운횡진령가하재 운옹남관마부전

知汝遠來應有意하니 好收我骨瘴江邊하라.
지여원래응유의 호수아골장강변

| 풀이 | 좌천되어 남관에 이르러서 질손姪孫 상湘에게 주다

한 통의 봉문(상소문)을 조정에 올렸는데

그날 저녁 조주 땅 팔천 리를 귀양 가게 되었다.

성명(聖明)한 천자께서 폐해를 없애려고 한 일이니

이 쇠약한 몸으로 어찌 남은 목숨 아까워 하리오.

구름은 진령을 가로질러 내 집이 어디인지 모르니

구름은 남관에 덮여 말도 앞으로 나아가지 못하네.

네가 멀리 여기까지 온 것은 응당 뜻이 있음을 알겠고

내 뼈를 이 장강변(瘴江邊)에서 기꺼이 거두어주기 바란다.

| **낱말** | ＊형식 : 칠언율시 ＊운자 : 天, 千, 年, 前, 邊.

• 藍關(남관) : 남전관의 약칭. 섬서성에 있던 관소 이름. • 姪孫(질손) : 형제의 손자. • 湘(상) : 작자의 둘째 형인 韓介(한개)의 손자 湘(794~?)을 말함. • 一封(일봉) : 한 통의 상소문. • 奏(주) : 천자께 올리는 문서. 상소문. • 九重天(구중천) : 궁정을 가리킴. • 貶(폄) : 좌천. • 潮州(조주) : 광동성 조주시. • 路八千(로팔천) : 8천 리 길. • 聖明(성명) : 천자의 존칭. 헌종을 가리킴. • 弊事(폐사) : 폐해가 되는 일. • 將(장) : '~그렇다. ~해서' 의 뜻. • 秦嶺(진령) : 장안 남쪽에 있는 산맥. • 瘴江(장강) : '瘴(장)' 은 독기. 독기가 피어오르는 강.

| **감상** |

한유(韓愈)

현종은 원화(元和) 14년(819)에 부처님 사리(佛骨)를 중국에 맞이하여 사흘 동안 불공을 올렸다. 한유는 유학 부흥의 입장에서 이를 반대하여 [論佛骨表(논불골표)]를 올렸다. 때문에 천자의 노여움을 사 사형이 될 것을 한 등급 감형하여 조주자사로 좌천되었다. 이 작품은 그 도중에 뒤따라 온 질손에게 자기 신념을 밝힌 시 작품인 것이다. 한유의 마음에 서린 한을 엿볼 수 있다.

작자 | 韓愈한유(768~824) ; 中唐

字는 退之(퇴지). 호는 昌黎(창려). 벼슬이 형부시랑에 이르렀다. 당송팔대가의 한 사람이다. 문하에 賈島(가도), 孟郊(맹교) 등의 인물이 배출되었다.

176
題, 慈恩塔 ● 荊叔형숙
제 자은탑

漢國山河在하고 秦陵草樹深이라.
한국산하재 진릉초수심

暮雲千里色이요 無處不傷心이라.
모운천리색 무처불상심

| **풀이** | **자은탑을 제목으로**

한(漢)나라는 이제 산과 강만 남아있고
진시황의 능에는 풀과 나무만 깊었네.
저물어가는 구름은 아득한 천리 길인데,
모두가 마음 아픈 곳이 아닌 것이 없네.

| **낱말** | *형식 : 오언절구 *운자 : 深, 心.

• 慈恩塔(자은탑) : 섬서성 장안 남쪽에 있는 慈恩寺(자은사)의 7층탑. 달리 大雁塔(대안탑)이라고도 한다. • 漢國(한국) : 한나라. 전한과 후한. 문화가 발달한 나라의 하나였다. • 秦陵(진릉) : 진시황의 능. 장안 동남쪽 驪山(여산)에 있다. • 千里色(천리색) : 끝없이 하늘을 덮은 구름을 말함.

| **감상** |

나라의 흥망을 읊은 시다. '漢國山河在' 는 단지 한 나라만의 망함만을 노래

한 시는 아닐 것이다. 진나라와 한나라, 흥망과 성쇠의 덧없음을 노래했던 것이다. 한나라와 진나라의 흥망에 비겨 이 시적 배경이 되는 것은 '안사(安史)의 난' 이후에 쇠퇴해 가는 당나라 말기의 현실적 세태를 비유한 시라고 볼 수 있다.

작자 | 荊叔 형숙(?) ; 晩唐

출생 연대 미상의 시인이다. 당시선 6권에 이 한 수만 수록되어 있다.

자은탑(慈恩塔)

漢詩(한시)에 관한 일반적 이해

1. 漢詩(한시)의 由來(유래)

한시는 한문으로 이루어진 시를 말한다. 주로 漢(한)나라 때 지어진 시를 이렇게 말했던 것이며, 최초의 한시는 바로 詩經(시경)이었다. 이것은 기원전 12세기경부터 수백 년에 걸쳐 민간, 혹은 궁중에서 부르던 가요를 수록해서 전해지는 것이 모두 305수인데, 이것은 공자가 처음으로 수록했다는 것으로 전해지고 있다. 그래서 '詩 三百 一言而 弊之曰 思無邪(시 삼백 일언이 폐지왈 사무사 : 시 3백 편을 한 말로 말해서 생각에 사특함이 없다.)' 라는 말이 여기에서 나왔다고 한다. 이런 詩經(시경)을 거쳐 한나라에 이르자 처음에는 楚辭調(초사조)의 시가 성행했으나 武帝(무제) 때 와서는 樂府體(악부체)의 가요시가 성행하게 되었다. 4言(언) 형식의 시에서 비로소 5言(언) 형식의 시가 지어지게 되었다. 이때 지어진 오언시가 五言古詩體(오언고시체)의 시이다. 한나라 시대에 이미 7언 형식의 시가 나타났고, 남북조 시대에 7언 형식의 시가 자유롭게 지어지고 있었다고 한다. 그 후에 梁(양)나라의 沈約(심약 : 441-513)이 한자를 平, 上, 去, 入(평상거입)의 4성으로 분류한 뒤에 平仄(평측)이나 押韻(압운)을 도입하여 시를 짓게 되었다.

2. 漢詩(한시)의 전성기는 唐代(당대)이다.

* **初唐**(초당, 618-712) : 당시의 기초를 이룩한 시기로서, 律詩(율시)와 絶句(절구)의 기반을 닦아놓은 시기이다. 이때의 주요 시인들은 王勃(왕발), 楊炯(양형), 盧照鄰(노조린), 駱賓王(낙빈왕), 劉庭芝(유정지, 希夷), 王翰(왕한) 등이다.
* **盛唐**(성당, 713-765) : 당시의 가장 전성기를 이루는 시기로서, 當時(당시) 현종의 국력과 함께 李白(이백) · 杜甫(두보) 같은 천재 시인의 출현으로 唐詩(당시)의 전성기를 이루었다. 중요 시인으로는 李白(이백), 杜甫(두보) 이외에 孟浩然(맹호연), 王維(왕유), 高適(고적), 岑參(잠삼), 王昌齡(왕창령) 등이 그들이었다.
* **中唐**(중당, 766-835) : 唐詩(당시)를 두루 알리어 보급하는 기간에 해당하는 시기이며, 시대로 보아 성당 시대의 작품 수준을 초월할 수는 없어도 작품을 널리 알리고 당시의 수준을 알차게 하는 차원에서 중요한 시기에 해당한다. 주요 시인으로는 白居易(백거이), 元稹(원진), 韓愈(한유), 柳宗元(유종원), 耿湋(경위) 등이 그들이었다.
* **晩唐**(만당, 836-906) : 唐詩(당시)의 쇠퇴기라고 할 수 있다. 새로운 시적

발전이 없는 동시에 화려하면서 멋과 기교에만 흐르는 작품이 유행하던 시기이다. 주요 시인으로서는 杜牧(두목), 李商隱(이상은) 등이 대표 시인이었다.

3. 漢詩(한시)의 구성과 종류

〖한시의 구성〗

한시는 일반적으로 5언과 7언으로 구성되어 있는데 그 중 1句(구)의 구성을 살펴보면, 5언은 '2字' 와 '3字' 로 내용이 갈라져 있고, 7언은 위의 '4字' 와 아래 '3字' 로 갈라져 있음을 알 수 있다. 그래서 한시의 구성에는 (1) 절구는 起承轉結(기승전결)로, (2) 율시는 起頷頸尾(기함경미)의 對句法(대구법)으로 되어있다.

(1) 起承轉結(기승전결)

이는 絶句(절구)에 사용하는 명칭으로 5언절구나 7언절구에도 이 '起承轉結(기승전결)' 의 순서에 의하여 표현된다. '起(기)' 는 시작이란 뜻으로, 詩 전체의 始發(시발)이며 표현의 始作(시작)이기도 하다. '承(승)' 은 앞의 起(기)를 이어받아 내용을 더욱 발전시키는 과정이며 '轉(전)' 은 '옮아간다' 는 뜻으로 '起(기)' 와 '承(승)' 에 표현된 것을 여기서 一轉(일전)시켜 다른 내용의 표현으로 옮아간다는 것을 의미한다. '結(결)' 은 글자 그대로 '결론' 으로 끝을 맺는다는 뜻으로 '끝맺음' 이다.

(2) 起頷頸尾(기함경미)

이는 율시의 구성에 사용하는 명칭이다. 律詩(율시)는 8구로 되어 있기 때문에 2구씩 4연으로 나눈다. 起聯(기련)은 '首聯(수련)' 이라고도 하며, 제1, 2구로서 절구의 '起(기)' 에 해당한다. 頷聯(함련)은 제3, 4구로서 절구의 '承(승)' 에 해당하며, 頸聯(경련)은 제5, 6구로서 절구의 '轉(전)' 에 해당하고, 尾聯(미련)은 제7, 8구로서 절구의 '結(결)' 에 해당한다.

(3) 對句法(대구법)

대구는 두 句(구)가 있는 경우 두 句(구)의 글자 수가 같아야 한다는 것이 조건이다. 그리고 두 구의 語法的(어법적) 구성이 같아야 한다는 것, 또한 어법적으로 같은 위치에 있는 2구 가운데 말의 의미나 발음에서 對가 되어야 한다는 것이 조건이다. 예를 들면, 율시에서 頷聯(함련 : 제3, 4구)과 頸聯(경련 : 제5, 6구)에서 반드시 대구를 이루어야 한다는 규칙이 있다. 시에 따라서는 起聯(기련 : 제1, 2구)에서 對句(대구)를 이루는 경우도 있다. 杜甫(두보)의 '春望(춘망)' 에서는 起聯(기련), 頷聯(함련), 頸聯(경련)이 모두 對句(대구)를 이루고 있다.

〘漢詩(한시)의 종류〙

(1) 五言古詩(오언고시)

古詩(고시)란 말은 옛날에 樂府(악부)에 대한 고시라는 말로서 당 以後(이후)에는 近體詩(근체시), 즉 율시나 절구에 대해서 古風(고풍)의 시란 뜻으로 쓰인 말이다.

예시 李白(이백)의 子夜吳歌(자야오가)

長安一片月(장안일편월), 萬戶擣衣聲(만호도의성).

秋風吹不盡(추풍취부진), 總是玉關情(총시옥관정).

何日平胡虜(하일평호로), 良人罷遠征(양인파원정).

(2) 七言古詩(칠언고시)

시구가 7자로 된 古詩(고시)를 말하며, 칠언고시는 한나라 무제의 柏梁臺(백양대)의 聯句(연구)로부터 시작된 것으로 長短句(장단구) 混用句(혼용구)는 漢代(한대)의 악부에서 시작되어 唐代(당대)에 와서 성행되었다. 7언고시는 고색창연한 맛이 있다.

예시 杜甫(두보)의 貧交行(빈교행)

飜手作雲覆手雨(번수작운복수우), 紛紛輕薄何須數(분분경박하수수).

君不見管鮑貧交時(군불견관포빈교시), 此道今人棄如土(차도금인기여토).

(3) 五言律詩(오언율시)

율시의 律(율)은 音律(음율)의 律과 같은 것으로 대구의 精緻(정치)함을 말한다. 律詩(율시)는 五言律(오언율), 七言律(칠언율) 등 두 종류가 있는데, 五言律(오언율)은 5자씩 된 句(구)가 8구로 되었고, 七言律(칠언율)은 7자씩 된 句(구)가 8개로 되어있다. 2句(구)를 합쳐서 1聯(일련)이라 한다.

예시 杜甫(두보)의 春望(춘망)

國破山河在(국파산하재), 城春草木深(성춘초목심).

感時花濺淚(감시화천루), 恨別鳥驚心(한별조경심).

烽火連三月(봉화연삼월), 家書抵萬金(가서저만금).

白頭搔更短(백두소갱단), 渾欲不勝簪(혼욕불승잠).

(4) 七言律詩(칠언율시)

칠언율시의 형식에 대해서는 5언율시에서 말했듯이 7자씩 8구로 한다고 했다. 칠언율시는 육조 때 시작되었으며 당나라의 沈佺期(심전기)와 宋之問(송지문)이 창시했다고 해도 지나친 말이 아니다. 7언율시는 5언율시에 句마다에 2자를 더하여 모두 56자로 된 한시이다.

예시 杜甫(두보)의 蜀相(촉상)

丞相祠堂何處尋(승상사당하처심), 錦官城外柏森森(금관성외백삼삼).

映階碧草自春色(영계벽초자춘색), 隔葉黃鶯空好音(격엽황앵공호음).

三顧頻煩天下計(삼고빈번천하계), 兩朝開濟老臣心(양조개제노신심).

出師未捷身先死(출사미첩신선사), 長使英雄淚滿襟(장사영웅누만금).

(5) 五言絶句(오언절구)

오언절구는 漢魏(한위)의 樂府(악부)에서 시작되었다. 絶句(절구)란 명칭에 대해서는 여러 가지 설이 있으나 六朝人(육조인)의 시집에 '五言四句(오언사구)의 시를 혹은 絶句(절구), 혹은 斷句(단구)라고 이름 붙였다는 말이 있는 것으로 보아 절구는 漢(한), 魏(위)의 악부에서 싹터 당대에 와서 완성된 것으로 본다.

예시 賀知章(하지장)의 袁氏別業(원씨별업)

主人不相識(주인불상식), 偶坐爲林泉(우좌위임천).

莫慢愁沽酒(막만수고주), 囊中自有錢(낭중자유전).

(6) 七言絕句(칠언절구)

칠언절구는 古樂府(고악부)의 '挾瑟歌(협슬가)와' 梁元帝(양원제)의 '烏棲曲(조서곡)' 江總(강총)의 '怨詩行(원시행)' 같은 것이 예부터 있었으므로 齊(제), 梁(양)의 악부에서 나왔다고 할 수 있으나, 이때는 아직 韻法(운법)이나 平仄(평측)도 어울리지 않았는데 唐代(당대)에 와서 율시와 같이 일정한 체를 완성하게 되었다. 이 칠언절구는 당대의 신체시로서 당대문학의 정수였다. 李白(이백)과 王昌齡(왕창령), 杜甫(두보)의 시에서 이 칠언절구는 심오한 시적 형태로 씌어져 남게 되었다.

예시 李白(이백)의 早發白帝城(조발백제성)

朝辭白帝彩雲間(조사백제채운간), 千里江陵一日還(천리강릉일일환).

兩岸猿聲啼不住(양안원성제부주), 輕舟已過萬重山(경주이과만중산).

●現代的 감각으로 풀이한
唐詩의 이해와 감상

초판 인쇄 2015년 8월 25일
초판 발행 2015년 8월 31일

편　저 | 鄭畋浩
감　수 | 文曝鉉
디자인 | 이명숙 · 양철민
발행자 | 김동구
발행처 | 명문당(1923. 10. 1 창립)
주　소 | 서울시 종로구 윤보선길 61(안국동)
우체국 010579-01-000682
전　화 | 02)733-3039, 734-4798(영), 733-4748(편)
팩　스 | 02)734-9209
Homepage | www.myungmundang.net
E-mail | mmdbook1@hanmail.net
등　록 | 1977. 11. 19. 제1~148호

ISBN 979-11-85704-38-8 (03820)
15,000원